서울 이데아

서울 이데아

이우 장편소설

몽상가들

차례

서울 이데아

1 이방인	11
2 잃어버린 고향을 찾아서	18
3 가야 할 이유	28
4 코리안 드림	37
5 어색한 내국인	47
6 불협화음	56
7 비밀의 정원	70
8 한국인 연습	81
9 외로운 소환사의 협곡	94
10 소수민족과 원더랜드	102
11 구조신호	115

12 다문화주의자	124
13 함께하고 싶은 것	134
14 제임스 본드	149
15 신고식	159
16 민족주의자	170
17 신기루	185
18 어떤 설렘	196
19 아웃사이더	208
20 서울 이데아	223
21 청강생의 신고식	234
22 테니스 코트	247
23 언더그라운드 록스타	261
24 홍대병	276
25 이데아를 향하여	293
26 하람	307
27 총학생회	319
28 캐릭터 양말	328
29 제주의 유혹	341
30 그래 좋아	354

31 이데아를 위하여	363
32 금기의 저편	382
33 퍼즐 조각	393
34 도화선	406
35 약속의 날	418
36 고백	427
37 기다림	437
38 광화문으로부터	446

작가의 말

서울 이데아를 떠나보내며	467

그저 고향을 찾아 헤매고 있었다
문제는 그곳이 어디인지 모른다는 것뿐
고향에 대한 향수도, 추억도 없었기에

하지만 고향이 있을 거라 믿었다
그렇지 않으면 낯설고 두려운 이 세상으로부터
영영 버림받은 이방인이 될 것 같았기에

서울 이데아

1
이방인

파리를 벗어난 비행기는 어느새 라바트 상공에 떠 있었다. 준서는 턱을 괴곤 창밖의 익숙한 세계를 응시했다. 뜨거운 태양 아래 은회색 빛으로 굽이치는 대서양은 적갈색의 대지와 끊임없이 부딪히며 일렁이는 경계를 만들고 있었다. 두 빛깔이 세상을 양분하는 것처럼 보였지만, 자세히 보면 그렇지만도 않았다. 대지는 절기상 엄연한 겨울임에도 북아프리카의 따스함으로 인해 여기저기 푸른색으로 덧칠되어 있었다. 비행기는 푸르른 녹음을 향해 나아가고 있었지만 준서의 낯빛은 점점 어두워져만 갔다.

'그래, 이곳은 먹먹함뿐이야…'

그는 소리 없이 깊은 한숨을 내쉬며 생각했다.

어언 육 개월 만에 밟아 보는 모로코였다. 그는 내리쬐는 햇살에 재킷을 벗어 어깨에 걸쳤다. 그에게 묻어 있던 파리의 겨울 향기는 서서히 증발해 버렸다.

"방문 목적이 뭐죠?"

준서의 손때 묻은 대한민국 여권을 본 법무부 직원이 물었다.

"집에 가는 거예요."

그는 외국인 등록증을 보여 주었다.

잠시 호기심 가득한 눈으로 신분증과 여권, 그리고 그의 얼굴을 살펴보던 직원은 여권의 여백에 무심히 도장을 찍어 주었다.

공항을 나서자 외국인의 냄새를 맡은 택시 기사들이 준서에게 우르르 다가왔다. 그중 가장 먼저 다가온 사내가 억센 데리자* 억양이 짙게 밴 서툰 영어로 물었다.

"헤이 브라더, 왜얼 아유 고잉?"

"하이 리야드."**

준서가 간단하게 답했다.

"오케이, 2,000 디르함!"

* 모로코인들이 사용하는 아랍어를 일컫는다. 표준 아랍어보다 강한 발음이 특징이다.
** 모로코의 수도 라바트에 자리 잡고 있는 부촌이다.

"에이 라바트 택시 요금 다 아는데, 너무 비싸잖아요."

그는 인자한 미소를 지으며 유창한 아랍어로 말했다.

"아랍어를 할 줄 알아요?"

택시 기사가 놀라며 물었다.

"라바트에 산 지 십오 년째인걸요."

사내는 준서에게 바가지 요금을 받으려던 게 머쓱했던지 머리를 긁적였다. 곁에 있던 택시 기사들은 준서가 흥미롭다는 듯 수군댔다. 사내는 준서가 후한 가격인 400 디르함을 제시하자 무척 싹싹한 태도로 캐리어를 트렁크에 싣고 뒷좌석 문까지 직접 열어 주었다. 그가 앉은 택시는 인간으로 치면 노년에 가까운 벤츠 W116이었다. 친구들은 이미 폐차장에서 고철이 되거나 박물관에 있을 터였다. 하지만 택시는 나이가 무색할 만큼 힘차게 출발했다.

준서는 팔짱을 낀 채 활짝 열린 창문 너머로 지나가는 풍경을 멍하니 바라봤다. 불어오는 바람에 그의 머리가 나부꼈다. 도로 옆으로 국왕의 거주구역을 알려 주는 높은 성벽이 끝없이 펼쳐져 있었다. 성문마다 화려하게 차려입은 경비병들이 부동 자세로 경계를 서고 있었다. 택시는 차선을 무시한 채 무질서하게 내달리며 자동차 사이사이를 곡

예하듯 지나쳤다. 거친 경적을 울리며 짐을 잔뜩 실은 나귀 수레도 지나쳤다. 머리칼을 휘날리게 하는 바람과 함께 어디선가 따진[*] 냄새와 양고기 냄새도 풍겨 왔다. 이어 기도 시간을 알리는 아잔^{**} 소리도 울려 퍼졌다. 그는 그제서야 자신이 익숙한 세계로 돌아왔음을 절감했다. 너무나 익숙하지만 정붙일 수 없던 세계.

"어디에서 오는 길인가요?"

사내는 백미러를 통해 호기심에 가득 찬 눈으로 준서를 바라보곤 물었다.

"파리에서 왔어요."

"파리에는 왜 간 거죠?"

"학교를 다녔거든요."

"짐이 무거운 걸 보니 공부가 끝났나 보죠?"

준서는 사적인 질문을 하는 사내가 불편한 듯 대답 대신 침묵했다.

"원래 무언가를 결심하면 마음이 무거운 법이죠."

[*] 모로코를 비롯한 북아프리카의 대표적인 음식으로, 다양한 채소와 육류를 도기에 넣고 긴 시간 동안 쪄서 만든다.
^{**} 이슬람에서 기도 시간을 알려 주는 외침이다. 전통적으로는 모스크의 첨탑 꼭대기에서 육성으로 외쳤지만, 오늘날에는 스피커로 대체되었다.

사내는 차 안을 맴도는 정적을 견디지 못하고 애써 웃으며 말했다.

"학교를 그만두었거든요."

결심, 무거운 마음. 준서는 그의 말을 잠시 곱씹다가 경계가 풀렸는지 입을 열었다.

"공부를 그만하려고요?"

"그건 아니고, 대학교를 다른 곳으로 가게 되었어요."

"거기가 어디죠? 여기 라바트?"

"아뇨. 한국으로 갈 거예요."

"마침 손님이 중국인인지 한국인인지 긴가민가했던 참이었는데. 그러면 한국인 맞죠?"

사내는 백미러로 눈웃음을 지어 보이며 물었다.

"네, 맞아요."

"한국! 저는 한국을 좋아해요. 샘숭! 혼대!"

준서는 사내의 강한 데리자 발음에 웃음을 터뜨렸다. 그가 웃자 사내는 신이 난 듯 말을 이었다.

"저도 한국에 가 보고 싶어요."

"왜요?"

"한국이 궁금하거든요. 사실 얼마 전에 한국에 대한 다

큐를 봤어요. 모든 것이 빠르고 편리하다 하더라고요. 한국에서는 언제 어디서나 와이파이를 무료로 쓸 수 있다면서요? 버스나 지하철, 그리고 기차에서도 말이죠. 속도도 모로코보다 열 배는 빠르다던데요? 참, 그것뿐만이 아니더라고요. 시속 300km로 다니는 고속열차도 있고, 인터넷으로 물건을 사면 바로 다음 날 받아 볼 수 있다죠? 모로코에서는 상상도 할 수 없는 일이죠. 저는 가면 아마 눈이 휘둥그레질 거예요."

사내는 이에 그치지 않고 잔뜩 흥분해서 한국에 만연한 성형문화와 여전히 총구를 겨누고 있는 남한과 북한의 휴전 상황에 대해서도 이야기했다.

"정말 한국은 다큐에서 본 그대로인가요? 그쪽도 아마 그런 휘황찬란한 정취가 그리워서 한국으로 돌아가려는 거겠죠?"

사내는 창밖을 바라보는 준서를 백미러로 가만히 응시하며 물었다.

"사실 한국에 대해서는 저도 잘 몰라요. 떠난 지 십오 년이나 되었거든요."

준서는 어깨를 으쓱하며 대답했다.

"정말요?"

사내는 잠시 고갤 돌려 눈을 동그랗게 뜨고 준서를 바라봤다.

"네, 다섯 살 때까지 한국에서 살다가 이곳으로 이민 오게 되었어요. 한국보다 모로코에서 더 많은 시절을 보냈죠."

"그러면 한국에 대한 기억은 별로 없겠네요."

"정말 하나도 없어요."

준서는 입가에 쓴웃음을 지으며 말했다.

"그럼 당신한테는 모로코가 고향이겠어요!"

"그런 셈이죠…."

"그러면 당신은 왜 한국으로 가려는 거죠?"

준서는 순간 자신이 어떤 대답도 할 수 없음을 깨달았다. 그리고 이내 두려움을 느꼈다. 또다시 같은 질문을 받을 것이라는 걸 알았기에.

2
잃어버린 고향을 찾아서

준서는 한참 동안이나 텅 빈 집에서 불안에 떨었다. 홀로 소파에 앉아 입술을 깨물고 다리를 세게 떨며 몇 번이고 긴 한숨을 내뱉었다. 마침내 준서는 현관문을 열며 집으로 들어오는 엄마를 마주했다. 그는 엄마에게 인사를 하고 다짜고짜 종이 한 장을 내밀었다. 그녀는 충격을 받았는지 잠시 아무 말도 없이 서 있었다. 그것은 한글로 쓰인 대학교 합격 증서였다.

"아니, 이게 도대체 뭐야?"

그녀가 심각한 표정으로 물었다.

"대학 합격증이요."

준서가 침을 꿀꺽 삼키며 대답했다.

"내가 몰라서 물어? 지금 다니고 있는 학교는 어쩌고 또 합격증이라니 무슨 소리 하는 거야! 그것도 한국으로!"

"한국에서 공부하고 싶어요."

"너 하나 파리 그랑제콜*에 보내겠다고 엄마가 들인 노력이 얼만데 이렇게 네 맘대로 결정해?"

그녀는 언성을 높이며 신경질적으로 말했다.

"파리는 제가 원해서 간 곳도 아니었잖아요. 이제는⋯."

"이제는 뭐! 죽자 사자 키워 놨더니 자기 마음대로 결정하고!"

그녀는 말꼬리를 자르며 언성을 높였다.

"파리에서는 너무 힘들었어요. 이제는 다른 곳에서 살고 싶어요."

준서는 침울한 얼굴로 말했다.

"한국은 안 돼. 안 된다고! 사람들한테 네가 리세 루이르그랑**에 다닌다고 그렇게 자랑을 했는데, 이제 와서 이러면 어쩌자는 거야? 엄마 얼굴에 먹칠이라도 하고 싶은 거야?"

---

* 프랑스의 grandes écoles은 최고의 인재들을 양성하기 위한 엘리트 고등교육 기관이다. 평준화 되어있는 일반 대학과는 달리 별도의 선발 과정을 거쳐야 한다. '대학 위의 대학'으로도 널리 알려져 있다.
** lycée Louis-le-Grand은 프랑스의 명문 고등학교이며 그랑제콜 준비반인 프레파prépas가 갖춰져 있다

"한국에서 대학을 다니고 싶어요. 한국에서 졸업도 하고 직업도 구하고…."

준서는 엄마가 화를 내자 주눅이 든 채로 말했다.

"한국 대학에서 뭘 배울 건데!"

"한국 역사요."

"한국 역사? 그 쓸데없는 걸 왜 배우고 싶은데?"

그녀는 날카롭게 물었다.

"그건…."

준서는 마땅한 이유가 떠오르지 않아 잠시 머뭇거렸다. 말문이 막히자 오히려 강하게 나가야 한다는 생각에 언성을 높였다.

"파리에서의 삶은 제가 원하던 게 아니라 엄마가 원하던 거였잖아요!"

"그게 무슨 소리야! 다 널 위한 거였지!"

"엄마는 그냥 파리가 좋았던 거 아니에요? 그래서 저를 파리에 보내고 싶었던 거잖아요!"

"너, 그게 무슨 뚱딴지 같은 소리야!"

"엄마는 맨날 프랑스가 최고라고 생각하잖아요. 파리라고 하면 엄지부터 치켜세우고. 지금도 입고 있는 그 샤넬 트

위드 재킷, 손목에 찬 까르띠에 시계, 또 집에 가득한 루이비통 가방이랑 입생로랑 구두들. 맨날 저 보러 온다는 핑계로 쇼핑만 하고 가잖아요. 제가 어디 틀린 말 했나요? 엄마는 지금 갖고 있는 물건들처럼 저도 그랑제콜에 보내고 싶었던 거 아니에요? 주위 사람들에게 자랑해야 하니까요!"

어느새 준서의 목에는 핏대가 서 있었다. 그녀는 아들의 직업에 잠시 할 말을 잃었다.

"그래… 엄마는 프랑스가 최고라고 생각해. 그래서 너를 파리에 유학 보낸 거야. 거기에 네가 살 곳을 마련해 준 것도, 그랑제콜에 보내려는 것도, 프랑스 시민권을 따게 도와주는 것도 다 너를 최고로 만들고 싶어서야."

"그런데 중요한 건 저는 행복하지 않았다고요. 힘들고 외롭기만 했어요! 엄마가 좋은 건 엄마나 계속하세요. 저는 제가 좋은 걸 하고 싶다고요!"

준서는 화를 참지 못하고 자리를 박차고 일어나 현관으로 달려갔다.

"뭐야, 준서. 네가 어떻게 여기에 있어?"

준서는 때마침 집으로 들어오는 아버지와 마주쳤다.

"아빠, 저 이제 제 마음대로 살 거예요."

준서는 인사도 없이 눈물이 그렁그렁한 눈으로 아버지를 바라보며 말했다.

"잠깐만 준서야. 아니, 이게 도대체 무슨 일이야?"

그는 한 손으로 뛰쳐나가려는 준서의 팔을 강하게 잡은 채 아내에게 물었다. 준서는 오랜만에 느껴지는 아버지의 온기에 집을 뛰쳐나가려던 관성이 녹아내리는 것을 느꼈다. 아버지는 자신의 편이라는 걸 직감적으로 느꼈던 탓이기도 했다.

"글쎄 이것 좀 봐봐요."

그녀는 자신의 손에 들려 있는 합격증을 건네며 말했다.

"뭔데 그래."

그는 안경을 고쳐 쓰곤 종이에 적힌 글자 하나하나를 세심하게 읽었다.

"이게 보통 일이냐고요. 너 한국 가면 지원 하나도 안 해 줄 테니 그렇게 알아!"

그녀는 신경질적으로 팔짱을 끼며 남편과 준서에게 말했다.

"여보, 그러지 말고 준서가 이걸 어떻게 해서 가져왔을지 한번 생각해 보자고."

그는 어느새 아들의 팔을 놓고 있었고, 준서는 가만히 아버지 옆에 서 있었다.

"이게 지금 말이 된다고 생각해요? 자기 마음대로 한국을 간다니!"

"준서도 이제 스무살이야. 욕심 좀 버립시다. 그러다 애 잡아."

그는 한숨을 내쉬며 고개를 천천히 가로저었다.

"또, 또 태평한 소리! 당신은 대사관 모임 가 보고도 그런 소리가 나와요?"

"교민들 모임이 뭐 어쨌다고? 비교 좀 그만해. 피곤하지도 않아?"

"인생이라는 게 다 경쟁인데, 나는 준서를 패배자로 만들고 싶지 않아."

"그건 다 당신 욕심이야. 당신이 이기고 싶은 기준들이지. 준서도 준서 인생이 있는 거야."

준서는 부모님의 격한 논쟁을 바라봤다. 자신을 이해해 주고 대변해 주는 것 같은 아버지 덕분에 엄마에게 품었던 분노가 사그러드는 것을 느꼈다. 하지만 아버지와 엄마의 논쟁이 자신과 엄마의 좁히지 못한 논쟁과 다름없다는 것을 느끼곤 숨이 막혔다. 그는 천천히 마당으로 발걸음을 옮겼다.

그는 나무 그늘에 기대 앉았다. 어느새 마당에는 황금빛 노을이 내려 앉아 있었다. 준서는 멍하니 하늘을 바라보며 아주 천천히 깊은 호흡을 했다.

"갑자기 한국이라니, 무슨 계획이라도 있는 거니?"

준서는 소리가 들리는 쪽으로 고개를 돌렸다. 아버지였다. 그는 아들 곁에 슬쩍 앉으며 물었다.

"…제가 찾는 건 한국에 있어요."

준서는 한참을 머뭇거리더니 잔디 사이로 자라난 민들레 하나를 꺾어 손에 쥐곤 말했다.

"그게 뭔데?"

그는 아들의 눈치를 살피며 조심스레 물었다.

준서는 생각했다. 그게 뭘까. 어떻게 말해야 할까. 사실 엄마에게 말했던 '한국 역사'는 그럴싸하게 꾸며 낸 명분에 지나지 않았다. 역사에는 관심조차 없었다. 그렇다고 한국이 그리운 것도 아니었다. 다섯 살까지 살았던 한국의 기억은 없는 거나 마찬가지였다. 그의 기억은 오히려 모로코의 뜨거운 햇살에 짙게 물들어 있을 뿐이었다. 그는 문득 자신이 반드시 한국으로 가야만 하는 이유, 갈망하는 그 무언가를 쉽사리 설명할 수 없다는 사실을 깨달았다. 하지만 이제는 그 미지의 땅이 자신을 매혹하고 있음을 더 이상 숨길 수 없었다.

"파리에서는 하루도 마음 편한 날이 없었어요. 마치 유목민처럼 자고 일어나면 어딘가로 떠나야만 할 것 같았어요. 언제든지 떠날 마음의 준비가 되어 있었어요. 그래요, 저는 아직 정착하지 못했어요. 파리에서도, 이곳 라바트에서도…."

아들의 깊은 속마음을 처음으로 들은 아버지는 잠시 아무 대답도 하지 못하고 눈을 천천히 끔뻑였다. 그것은 일종의 괴리감이었다. 아들이 더 이상 어린아이가 아니라 이제는 자신이 좀처럼 헤아릴 수 없는 한 인격체로 자랐음을 깨닫게 된 것이었다.

준서는 손에 쥔 민들레에 후, 하고 입바람을 불었다. 그러자 민들레 씨가 그의 숨결을 타고 허공으로 퍼져 나갔다.

"어떤 날에는 그런 생각까지 들었어요."

준서가 입을 열었다. 그는 잠시 뜸을 들이더니 정처없이 허공에서 부유하는 민들레 씨 하나에 시선을 고정한 채 다시 말을 이었다.

"저는 그저 부유물에 불과하다고 말이죠. 어느 곳에도 속하지 못한 채 공허하게 떠다니는 거죠. 저는요… 살면서 어느 한 곳도 마음 편히 속했던 세계가 없었어요. 그건 마치 마음의 고향이 없는 기분이에요. 제 고향은 도대체 어디인 거죠?"

"너는 인천이라는 곳에서 태어나 네 살까지 그곳에서 자랐단다."

"그곳은 제 고향이 아니라고 생각해요."

"아니 그러면 아빠가 거짓말이라도 한다는 거니?"

"그런 말이 아니에요. 저는 고향이라는 단어를 그런 식으로 정의할 수 없다고 생각해요. 제겐 기억도 없는걸요."

"어디보자… 그럼 그 시절 사진을 함께 보자꾸나. 앨범에 잘 간직해 둔 게 몇 장 있지."

그는 몸을 일으키며 말했다.

"제가 생각하는 고향은 그런 게 아니에요."

준서가 고개를 가로젓자 아버지는 다시 앉았다.

"그럼 네가 생각하는 고향은 뭐니?"

"마음의 뿌리를 내릴 수 있는 곳이요. 또 언제든 돌아가고 싶고, 떠나고 싶지 않은 곳이요."

"그동안 착각을 했구나."

그는 잠시 준서를 바라보다가 말을 이었다.

"아빠는 네가 어디든 뿌리를 내리고 그곳을 터전 삼아 멋지게 살아갈 거라고만 여겼단다."

"파리도 라바트도 제가 살 수 없는 대지예요. 이제는 뿌리내릴 곳을 찾아보고 싶어요."

"그래, 정 그렇다면 보내 주마."

그는 아들을 미안한 눈으로 바라보며 말했다. 그의 눈빛 속에는 아들을 따스하게 붙잡아 주고 싶은 마음이 가득했다. 아들이 민들레 씨처럼 부유하지 않기를 바라면서 말이다. 하지만 담담하게 말을 이어 나갔다.

"다만 걱정이 되는구나. 한국은 처음일 텐데 괜찮겠니?"

"제겐 무엇보다 절실한 문제예요. 어떻게든 해 볼 거예요. 걱정마세요."

"그래, 알겠다. 내가 엄마한테 잘 말해 보마."

그는 구름 한 점 없는 먼 하늘에 시선을 고정한 채 아들의 어깨를 살며시 다독여 주었다.

3
가야 할 이유

 며칠 뒤 노을이 질 무렵이었다. 준서는 집 앞에서 누군가를 기다렸다. 이윽고 옆집 차고가 열리며 2005년 식 랜드로버 디스커버리3가 머리를 내밀었다. 운전석에서 백발의 사내가 손을 흔들었다. 생테스였다. 준서는 세월의 흔적이 역력한 랜드로버와 귀밑머리가 희끗한 생테스를 보자 기분이 좋았다. 그가 웃자 생테스도 활짝 미소 지으며 창문을 열었다.

"얼른 타!"

"오랜만이에요."

 준서는 차에 올라타자 반가운 마음에 생테스와 볼 인사를 나누었다.

"한국행 축하한다. 내가 오늘 저녁 예약했으니 우다야*

로 가자꾸나."

랜드로버는 거친 배기음과 함께 그들을 해안가로 이끌었다.

생테스는 그의 옆집에 사는 사내였다. 라바트의 하이 리야드로 그가 이사를 온 것은 준서가 아홉 살 무렵이었다. 어린 그에게 생테스는 무척이나 신기한 존재였다. 더운 여름에도 결코 반바지를 입지 않는 아랍 사내들 사이에서 그는 당당하게 반바지를 입고 다녔다. 무엇보다 어린 준서의 이목을 끈 것은 어딘가 길들여지지 않은 것 같은 그의 야수성이었다. 옷으로도 감출 수 없는 다부진 체격에, 얼굴의 절반을 덮은 덥수룩한 수염, 정갈하게 포마드로 빗어 넘긴 백발, 그리고 그가 몰고 다니는 커다란 랜드로버까지. 어린 준서는 모로코에서 여태껏 보지 못했던 신비한 분위기를 풍기는 생테스에게 깊은 호감을 갖게 되었다.

어느 뜨거운 여름날이었다. 그는 자신의 방에서 창밖을 내다보고 있었다. 옆집 마당에 놓인 하얀 비치 의자에는 생테스가 나체로 일광욕을 즐기고 있었다. 태닝 오일로 범벅

* 라바트의 해안가에 위치한 유적지이다. 정식 명칭은 우다야의 카스바 Kasbah of the Udayas이며 세계문화유산으로 등록되어 있다. 근처에는 식당들이 즐비하다.

이 된 그의 몸은 뜨거운 태양 아래 번쩍이고 있었다. 준서는 어딘가 부끄러웠다. 하지만 눈을 뗄 수가 없었다. 보수적인 문화를 가진 모로코에서는 생경한 장면이기 때문이었다. 준서는 생테스와 눈이 마주쳤다. 생테스가 넉살을 피우며 그에게 손을 흔들었다. 머뭇거리던 준서도 손을 흔들었다. 그리고 커튼 뒤로 몸을 숨겼다. 그렇게 그들은 친구가 되었다.

"옆집 아저씨 가까이하지 말렴. 파리에서 왔다고 해서 신사인 줄 알았더니 순 놈팡이 같은 놈이더라."

어느날 준서는 엄마에게 경고를 들었다. 생테스가 매일 다른 여자들과 집으로 드나드는 걸 봤다는 것이었다. 하지만 그녀의 태도는 금세 바뀌고 말았다. 준서의 프랑스어 선생님이 새로운 사실을 알려 주었던 것이다. 사실 생테스는 젊은 시절 유명한 테니스 선수였다. 비록 우승은 하지 못했지만, 무려 세계 4대 테니스 대회인 프랑스 오픈에서 8강까지 진출한 이력이 있을 만큼 실력이 뛰어난 선수였다. 테니스를 막연하게 귀족, 신사의 스포츠라 여기던 그녀는 그를 달리 보기 시작했다.

"준서야 어디가니?"

"생테스 아저씨네 놀러가요."

"그래? 이것 좀 가져가 아저씨께 전해 주렴. 아마 좋아하실 거다."

그녀는 어린 준서에게 예쁘게 포장한 와인 한 병을 주며 말했다. 혐오와 경계의 대상이었던 생테스는 이제 아들과 어울릴 법한 '프랑스적'인 존재가 된 것이었다. 엄마의 의도와 상관없이 준서는 생테스와 친해지는 게 좋았고, 그렇게 둘도 없는 친구가 되었다.

"아저씨 어디가요?"

어느 저녁, 랜드로버에 짐을 싣는 그를 보곤 아홉 살의 준서가 말했다.

"여행을 떠난단다."

"어디로 가나요?"

"알제리를 지나서 이집트까지 갈 거야."

그는 지도를 펼쳐 손가락으로 경로를 짚어 주며 말했다.

"거기에는 뭐가 있는데요?"

준서는 지도와 생테스를 번갈아 보더니 물었다.

"나도 몰라."

그가 덥수룩한 수염을 만지며 곰곰이 생각하더니 입을

열었다.

"모르는데 왜 가요?"

"모르니까 가는 거지."

생테스는 준서를 향해 오른쪽 눈을 찡긋하며 말했다. 준서는 똘망똘망한 눈으로 그를 바라보며 고개를 끄덕였다.

"너는 어디 가 보고 싶은 곳 없니?"

"사하라 사막이요. 그런데 부모님은 멀고 위험한 곳이라고 안 된대요."

"사막은 왜 가고 싶은데?"

"저도 잘 모르겠어요."

그는 어깨를 들썩하며 말했다.

"하하. 그러면 꼭 가야겠구나. 다음에 이거 타고 같이 가자꾸나."

정말로 그해 겨울, 생테스는 준서와 함께 랜드로버를 타고 여행을 떠났다. 모로코 상인들의 활기로 가득 찬 마라케쉬 광장을 구경하고, 아틀라스 산맥을 넘고, 사하라 사막에서 베르베르인들과 함께 여러 날을 지냈다. 그리고 시간이 날 때마다 모로코 전역을 함께 여행했다.

"이 랜드로버 타고 아저씨랑 여기저기 정말 많이 다녔었는데."

준서는 대시보드를 따스한 손길로 어루만지며 말했다.

"한국에서 돌아오면 다시 한번 여행 가자꾸나. 오랜만에 아가디르* 나 갈까."

"좋죠 아가디르!"

그들은 와인을 곁들인 농어구이를 먹으면서 함께했던 모로코 여행의 일화들을 하나씩 곱씹으며 웃음꽃을 피웠다. 식사를 마친 그들은 부드러운 모로칸티 한잔을 손에 들고 짙은 어둠이 자욱하게 내려앉은 해안가의 바위에 나란히 자리를 잡았다. 그리고 파도 소리를 들으며 아무 말 없이 담배에 불을 붙였다.

"그래, 결국 원하는 곳으로 가는구나."

생테스가 연기를 내뿜으며 나지막이 말했다.

"많이 떨려요. 난생 처음으로 혼자 내린 결정이라."

준서는 어둠 속에서 밀려와 해안에서 부서지는 파도에 시선을 고정한 채 말했다. 그리고 담배 연기를 깊이 들이마셨다.

* 모로코 남서부의 휴양도시이다. 아가디르 만에 뻗은 오 킬로미터의 모래사장은 아프리카에서 가장 아름다운 해변으로 손꼽힌다.

"걱정 말거라. 항해하지 않고는 보물섬을 찾을 수 없으니 말이다."

어둠 속에서 그를 따스하게 바라보는 생테스의 안광이 별처럼 빛났다.

"참, 근데 아저씨는 어쩌다가 라바트로 온 거예요? 원래 프랑스에 살았잖아요."

한참동안 파도를 바라보던 준서가 입을 열었다.

"뭐라고 하면 좋을까, 언제나 내 마음속에서는 모로코에 대한 강한 이끌림 같은 게 있었단다. 너도 알다시피 나는 아버지가 프랑스인이지만 어머니가 모로코인이잖니. 프랑스에서 나고 자랐지만, 이상하게도 모로코에 대한 갈증은 사그라들지가 않더구나. 아니 어쩌면 일찍 돌아가신 어머니가 그리워서였는지도 몰라. 모로코를 막연하게 어머니의 품이라 여겼던 거지."

"프랑스가 그립지는 않으세요?"

"그리울 때도 있지. 하지만 지금 이곳에 있는 게 마음이 더 편해. 마음의 고향에 있는 기분이랄까. 그리고 나는 이곳에서 죽을 거야."

"죽다니요?"

그가 눈을 동그랗게 뜨며 물었다.

"그런 예감이 있어. 어떤 인도인들은 자신들의 영혼을 반납하기 위해 성지 바라나시로 간다고 한단다. 나도 가끔씩 그들과 같은 이유로 여기 와 있다는 확신이 들어. 태어난 곳은 정하지 못했지만, 생을 마칠 곳은 선택한 셈이지."

"슬픈 이야기 하지 마세요."

"슬프게 듣지 말렴. 내가 말하고 싶은 것은 이끌림에 대한 확신이란다. 우리가 정하지 못하는 건 태어나는 곳뿐이야. 어디서 살지, 어디서 젊음을 꽃 피울지, 어디서 꿈과 열정을 불태울지는 선택할 수 있어. 이끌림이 있다면 계속 나아가 봐. 너의 대지는 너만이 찾을 수 있어."

"저도 확신을 가졌으면 좋겠어요. 근데 아직은…."

그가 한숨을 내쉬며 말했다.

"한국은 도대체 어떤 나라길래 그렇게 힘들게 가려고 하는 거니?"

"솔직히 잘 모르겠어요. 그래서 확신이 없어요."

"그럼 충분하구나."

생테스는 밝은 목소리로 말했다.

"뭐가요?"

그는 고개를 갸우뚱하며 물었다.

"가야 할 이유. 모르니까 가 보는 거지."

생테스가 활짝 웃자 준서의 얼굴에도 미소가 번졌다. 그들은 아무 말 없이 일렁이는 바다를 바라보았다. 어느새 높이 떠오른 보름달은 수평선에서 해안까지 부드럽게 반짝이는 윤슬을 흩뿌리고 있었다.

"고마워요. 그래도 용기가 생겼어요."

"이제 집으로 가자꾸나."

그는 미소와 함께 몸을 일으키며 말했다. 그리고 준서의 손을 잡아 일으켜 주었다.

4
코리안 드림

출국을 일주일 남기고 친구들을 만났다. 준서는 모로코에 사는 한국 친구들과 이렇다 할 유대관계가 없었다. 어린 시절부터 대사관의 어학당에서 함께 한국어를 공부하며 또래 한국인 친구들은 늘 곁에 있었지만, 그들과 어울리지 못했다. 그것은 유년시절 어머니의 유난스러운 교육열 때문이기도 했다.

"우리 준서는 벌써 4개 국어나 하더라고요. 대사님이 어찌나 귀여워하시던지. 대사님도 관저까지 초대해 주셨다니까요."

그녀는 어학당에 모인 학부모들 앞에서 아들 자랑을 늘어놓았다.

"어려서부터 과외를 그렇게나 많이 하는데 잘 하는 게

당연하겠죠."

옆에 있던 아주머니가 비아냥거리는 어조로 말했다.

"준서는 과외 같은 거 시킨 적 없어요. 누굴 닮아 그런지 머리가 유난히 좋을 뿐이에요."

그녀는 손사래를 치며 미소와 함께 말했다.

"애들이 놀자고 하면 준서는 항상 집에 선생님 오신다고 안 된다고 했다던데요?"

"선생님이 아니라 이웃들이에요. 티타임도 가질 겸 종종 놀러오거든요. 외국어로 이야기할 때마다 이것저것 가르쳐 주니까 제 딴에는 선생님이라고 불렀던 거겠죠."

학부모들이 준서의 어머니를 심정적으로 배척하는 것만큼 이상으로 아이들도 준서를 싫어했다.

"수업시간에 아는 척 좀 그만해. 너는 과외도 하니까 잘하는 거 아냐."

"아니야. 나 과외 안 해."

준서는 엄마의 말을 기억했다.

"과외한다고 말하지 마. 그러면 다들 과외 같이 하자고 그럴 거야. 그런 집안들이랑 엮여서 좋을 거 하나 없어."

그리고 엄마의 당부대로 거짓말을 했다.

"너는 왜 과외하면서 안 한다고 거짓말하냐?

"엄마도 거짓말하고 아들도 거짓말하고. 너네 집은 거짓말만 하지? 전부 거짓말쟁이들이네."

"우리 가족은 거짓말쟁이가 아니야! 너네가 뭘 알아! 아니라고!"

준서는 유일하게 한국 친구들을 사귈 수 있는 어학당에서 늘 혼자였다. 대사관 마당에서 축구를 할 때도, 술래잡기를 할 때도, 물총놀이를 할 때도 마찬가지였다. 놀이에 끼지를 못했으며, 이따금씩 낀다 하더라도 친구들은 모두 준서를 골리기 일쑤였다. 패스를 주지 않는다거나, 계속해서 술래를 시키고, 물총으로 집중사격을 퍼부었다. 잘못 끼워진 단추는 계속 어긋났다. 친해지고 싶었지만 친해질 수 없었다. 게다가 일반 학교를 다녔던 그들과 달리 준서는 사립 외국인 학교를 다녔기에 더더욱 그럴 기회조차 없었다.

외로워하는 준서에게 엄마는 격려 아닌 격려를 해 주었다.

"좋은 친구는 나중에 대학가서 사귀면 돼."

"네가 잘되면 좋은 친구는 저절로 생기게 마련이야."

"영원한 우정이라는 건 없어."

준서는 엄마의 주입식 격언을 늘 부정했지만, 은연중에 그것을 받아들이고 있었다. 한국인 친구들과 사귀고 싶었지만 좀처럼 친해질 수 없었던 것도, 다가오는 모로코 친구들과 딱히 친해지고 싶지 않았던 것도 이 격언이 무의식적으로 작용하고 있기 때문이었다. 준서는 외로울 때마다 엄마의 격언을 떠올렸다. 정말 마음을 터놓을 수 있는 친구는 나중에, 언젠가, 먼 훗날에 생길 것이라고. 그리고 그 모든 일은 한국에 가면 생길 거라 막연한 희망을 품고 있었다.

그 때문에 그는 비밀이 많았다. 진정한 의미의 친구가 없었기에 그 누구에게도 자신의 내밀한 이야기를 하지 않았다. 말을 아끼는 대신 경청했다. 누구보다도 이야기를 잘 들어 주었다. 그래서 모로코 친구들은 그를 좋아했다. 하프사와 유스라. 그녀들은 준서를 가장 아껴 주고 챙겨 주는 친구들이었다. 준서는 출국을 일주일 남기고 그녀들과 만났다. 장소는 무함마드 5세 미술관 앞 작은 공원이었다.

"준서, 너랑 같이 먹으려고 우리가 준비했어!"

하프사는 가방에서 도시락통을 꺼내며 말했다.

"놀라지 말라고!"

유스라가 덧붙였다.

하프사가 연 도시락 통에는 김밥 세 줄이 들어 있었다.

"어떻게 만든 거야?

준서는 놀라며 물었다.

"몰랐어? 우리 한국인이잖아!"

그녀들은 꺄르르 웃음을 터뜨리며 대답했다.

"자, 얼른 먹어 봐! 알지? 우리가 한국 적응 도와주고 있는 거."

유스라는 어설픈 젓가락질로 김밥을 하나 집어 준서의 입에 넣어 주었다.

"어때? 한국 김밥 같아?"

그녀들의 질문에 준서는 곰곰이 생각을 해 봤다. 물론 한국 김밥을 먹어 본 적이 있었다. 대사관에서 한인회 모임을 할 때면 아주머니들이 종종 만들어 주곤 했었다. 그때의 김밥을 떠올려 봤다. 고슬고슬한 흰 쌀밥에 불고기도 들어 있었고, 참치도 들어 있었고, 시금치와 당근, 계란말이도 들어 있었다. 어떤 건 물기를 짜낸 김치도 들어 있었다. 항상 고소한 참기름 냄새도 났다. 김밥을 떠올리면 늘 집에서 먹던 한국 밥상의 향기가 떠올랐다. 하지만 그녀들이 만든 김밥은 자신이 알고 있던 김밥과는 확연하게 달랐다. 밥의

찰기도 달랐고, 속재료의 깊은 맛도 달랐으며, 참기름 냄새도 나지 않았다. 같은 형태였지만 어딘가 모르게 모로코의 향기가 느껴졌다. 이윽고 준서가 물을 한 모금 마신 뒤 입을 열었다.

"내가 먹었던 한국 김밥이랑 비슷한 것 같아."

준서는 밝게 미소 지었다.

"우리 너랑 한국 가도 되겠지?"

"우리도 너처럼 반은 한국인이라니까!"

하프사와 유스라는 준서의 말에 손뼉을 치며 좋아했다.

준서는 친구들과 함께 모로코의 따스한 햇살 아래 웃음꽃을 피우며 맛있게 김밥을 먹었다. 잠시 후 자리를 정리하고 미술관 내 카페로 발걸음을 옮겼다. 그들은 카페의 야외 테이블에 앉아 차를 주문하고 담배에 불을 붙였다.

차가 나오자 다시 대화가 이어졌다. 준서는 그녀들이 한국에 대해 정말 많은 것들을 알고 있다는 사실에 다시금 놀랐다. 그녀들은 지드래곤의 본명도 알았고, 인스타그램을 통해 박서준을 팔로우하며 그의 근황들을 훤히 꿰고 있었다. 한국 역사상 최초의 여성 대통령이 탄생했다는 것도 알고 있었다. 준서는 그녀들과 대화를 하며 자문했다. 내가 한국에 대해 알고 있는 건 무엇이지? 계속해서 생각했지만 이렇다 할 답이 떠오르지 않았다.

"그래서 한국에 가는 소감이 어때?"

하프사가 담배를 새로 꺼내 불을 붙이며 물었다.

"글쎄. 설레면서도 두려워."

"두렵다니?"

유스라가 모로칸티를 한 모금 들이켜곤 말했다.

"다섯 살 때 이후로 가 본 적 없는 곳이니까. 처음이나 마찬가지인 곳이잖아."

"하긴 나도 어린 시절 기억은 가물가물하니까."

"너는 이렇게 보면 영락없는 한국인인데, 또 가만 생각해 보면 한국인 같지 않다니까."

하프사가 웃으며 장난스레 말했다.

"내가 언제나 말하지만, 나보다 더 한국인다운 건 너희들이라니까."

준서는 너스레를 떨며 말했다.

"참, 준서야 우리 영상 찍었는데 어떤지 봐 줘."

유스라가 자신의 스마트폰을 꺼내 영상을 재생하며 말했다. 하프사는 작은 비명과 함께 기쁜 얼굴로 손뼉을 치며 스마트폰에 시선을 고정했다.

"이게 뭔데?"

준서는 의아한 표정으로 물었다.

"댄스 커버 영상이야!"

준서는 그녀들과 나란히 앉아 스마트폰의 영상을 바라봤다. 화면 속에는 유스라와 하프사가 공터에서 노래에 맞춰 춤을 추고 있었다. 도심의 소음과 섞여 들려오는 노래는 블랙핑크의 〈마지막처럼〉이었다. 얼마나 연습했는지 두 친구의 춤선은 거의 동일하게 움직였다. 열정을 쏟아 내는 그녀들의 미소는 행복에 가득 차 있었다. 준서도 덩달아 기분이 좋아졌다. 그런데 준서는 영상을 보다 갑자기 혼란스러움을 느꼈다.

히잡을 쓰고 케이팝 문화를 향유하는 친구들의 모습 속에서 좀처럼 융화될 수 없는 두 문화의 간극을 발견한 것이다. 영상을 바라보며 대비되는 심상들이 계속해서 떠올랐다. 히잡과 케이팝, 모로코와 한국, 베르베르인과 한국인, 모로칸티와 커피, 아랍어와 한국어, 북아프리카와 동아시아… 준서는 이 두 세계의 간극을 극복하고 완전한 융화가 가능한 것인지 가늠해 보았다. 도대체 그녀들이 만들어 내는 행보는 어디를 지향하고 있는 것일까. 모로코일까, 한국일까, 아니면 간극 그 자체일까.

그녀들은 한참이나 블랙핑크와 YG 엔터테인먼트, 그리고 케이팝에 대한 찬양을 이어 갔다. 잠시 후 유스라가 말했다.

"나는 언젠가 한국에서 살 거야."

"한국에서? 왜?"

"한국이 모로코보다 좋거든."

"뭐가 좋은데?"

"글쎄… 눈도 내리고, 집도 아기자기하고, 거리도 예쁘고, 지하철도 있고, 버스도 현대적이고, 사람들이 옷도 잘 입고, 화장도 예쁘게 하고, 질서도 잘 지키고, 친절하고, 드라마도 재밌고, 노래도 좋고…."

그리고 마지막으로 덧붙였다.

"무엇보다 지드래곤 콘서트도 갈 수 있잖아."

"하하. 정말 그게 다야? 만약 한국에서 살면 뭐 하면서 살고 싶은데?"

"글쎄… 뭐 할지는 모르겠어. 그냥 한국에서 살고 싶어. 꼭. 내 꿈이야."

"나도 한국에서 살 거야. 한국 남자랑 결혼도 하고."

하프사도 고갤 끄덕이며 동조했다.

"준서, 너는 왜 한국에 가려는 거야?"

유스라가 묻자 하프사도 덧붙였다.

"이참에 아이돌을 도전해 보는 건 어때?"

"음, 어디 보자. 머리도 자르고, 패션 스타일도 바꾸면 괜찮겠는데?"

그녀들은 생각에 잠긴 준서를 면밀히 관찰하며 말했다.

"한국은 내게 마음의 고향 같은 곳이거든."

준서는 이렇게 대답하곤 문득 확신이 들었다. 친구들보다 더 나아갈 자신이 있었다. 그녀들이 아무리 노력한다 한들 융화시킬 수 없었던 두 세계의 간극을, 자신은 완벽하게 해결할 수 있을 것만 같았다. 자신은 영락없는 한국인이기에.

"한국에서의 여정 우리가 진심으로 응원할게!"

"한국 가면 꼭 소식 전해 줘!"

준서는 친구들에게 느끼는 묘한 우월감을 애써 감추며 작별 인사를 했다.

5

어색한 내국인

 난생 처음 장거리 비행이었다. 모로코에서 한국까지는 직항 노선이 없어 파리를 경유해 인천행 비행기로 갈아 타야만 했다. 수십 번도 넘게 이용했던 라바트 공항이었고, 샤를 드골 공항이었다. 준서는 기내에 앉아 작아져 가는 라바트에 이어 파리의 모습을 차례대로 지켜보았다. 그동안 자신을 옭아맸던 두 세계가 손끝으로 가려질 만큼 작아져 버렸다. 그는 그제야 자신이 그토록 꿈꾸던 낯선 세상으로 간다는 것을 체감했다.

 기내에 모든 조명이 꺼졌다. 승객들은 모두 깊은 잠에 빠져들었다. 간혹가다 승무원을 부르는 표시등에 노란 불이 켜지며 버저음이 울릴 뿐이었다. 꿈의 숨결과 잔잔한 비행 소음만이 들려오는 고요한 기내에서 준서는 잠들지 못했다. 그저 멍하니 어둠 속에 묻힌 적운층을 바라볼 뿐이었다.

일부러 눈을 감아도 보았지만 한참 동안 잠을 청하지 못한 준서는 좌석마다 비치된 조그마한 스크린을 만지작거렸다. 영화를 볼까 하며 목록을 뒤적거렸다. 최신 인기 영화들이 즐비했지만 그는 어떤 것에도 흥미를 갖지 못했다. 음악 채널로 이동했다. 한국에는 어떤 노래가 인기 있을까, 그는 발라드 리스트를 살펴보다 자동 재생을 눌렀다. 그리고 이어폰을 낀 채 눈을 감았다.

꿈을 꾸었다. 라바트의 해변이었다. 어둠이 짙게 내려 출렁이는 파도는 마치 짙은 콜타르처럼 보였다. 하지만 준서는 무섭지 않았다. 보름달이 수면 위에 반짝이는 빛의 길을 흩뿌리고 있었다. 그는 언젠가 생테스와 함께 탔던 것과 비슷한 작은 요트에 올라탔다. 돛을 펼치고 시동을 걸었다. 해변에는 생테스와 친구들과 부모님이 서 있었다. 그는 모두에게 걱정 말라며, 희망찬 어조로 소리쳤다. 사랑하는 사람들의 배웅을 받으며 그는 달빛을 향해 나아갔다. 용기 가득했기에 뒤돌아보지도 않았다. 하지만 얼마 지나지 않아 먹구름이 밀려왔다. 달은 칠흑같은 어둠에 잠식되고 말았다. 그는 덜컥 겁이 났다. 방향을 잡지 못했다. 뒤돌아봤지만 해안선은 사라진 지 오래였다. 갑자기 요트의 시동도 꺼지고 말았다. 그는 일렁이는 파도 속에서 깨달았다. 자신이 망망대해에서 길을 잃었다는 사실을. 두려움과 절망 속에서 안절부절못할 때 어디선가 희망의 신호가 들려왔다.

    길을 잃고 헤맬 때 이정표가 될 수 있는
    그대의 나무가 될게요
    기나긴 방황 끝에 언제든 돌아올 수 있는
    그대의 고향이 될게요

그는 잠에서 깨어났다. 이어폰에서는 여전히 희망의 신호가 맴돌고 있었다. 창밖을 응시하는 그의 얼굴에는 옅은 미소가 번져 있었다. 누군가 본다면 행복한 기억을 떠올리는 것처럼 보일 터였다. 그는 듣던 노래가 끝나자 화면을 터치해 반복 재생했다. 이 노래는 준서가 가장 좋아했던 한국 드라마 〈비밀의 정원〉의 주제곡인 〈나무〉였다. 그는 비행기가 인천 공항에 착륙할 때까지 계속 같은 노래를 들었다.

준서는 입국 수속을 기다리면서도 꿈속에서 들었던 희

망의 신호를 흥얼거리고 있었다. 그때였다. 한 공항 직원이 그에게 다가와 말을 걸었다. 다른 데 정신을 팔고 있던 그는 놀라며 되물었다.

"네?"

"한국인 아니신가요? 여기는 외국인 전용이에요."

공항 직원은 준서의 여권을 가리키며 말했다.

"내국인은 저쪽 창구로 가시면 돼요."

"아, 그런가요?"

그는 그제서야 주위를 둘러보곤 자신이 외국인들과 함께 외국인 전용 심사 창구에 줄을 서 있다는 사실을 깨달았다. 머리를 긁적이며 자리를 옮기는 그의 얼굴에 미세한 미소가 번지고 있었다. 모로코와 파리에 있을 때면 늘 중국인이냐는 질문에 시달렸다. 아니라고 하면 이어지는 질문은 하나뿐이었다. 일본인이세요? 하지만 이번에는 달랐다. 그는 '내가 정말 한국인처럼 보이나 보다'라고 생각하며 헤죽거렸다.

그는 난생처음으로 공항에서 '내국인 전용' 입국 심사 창구를 통해 입국 수속을 밟았다. 법무부 직원은 여권과 그의 얼굴을 대조한 뒤 별 의심도 없이 도장을 찍어 주었다. 출국장을 나서기 전, 그는 주머니에 넣었던 여권을 다시 펼쳐 보았다. 내국인으로서 받은 입국 도장이 찍힌 여권. 그는 이것이 마치 초대장처럼 느껴졌다. 그는 부푼 가슴을 안고 입국장으로 힘차게 나아갔다. 서서히 열리는 자동문 틈새로 꿈의 세계가 보이기 시작했다.

"준서야! 준서 맞지?"

입국장의 환영 인파 사이에서 한 사내가 손을 흔들고 있었다. 그의 손에는 작은 피켓도 들려 있었다. 〈Welcome to Korea, 준서〉

준서는 단번에 그가 누구인지 알아챘다.

"잘 봐 둬. 이 사람이 아빠 친구 용선 아저씨야. 한국에서 네가 정착할 수 있도록 잘 도와줄 거야."

모로코를 떠나기 며칠 전 아버지는 사진을 보여 주며 말했다.

"용선 아저씨 맞죠?"

준서는 사내에게 다가가 조심스레 말했다.

"그래, 준서야 반갑다!"

그는 피켓을 내려놓곤 그에게 악수를 건네며 말을 이었다.

"자, 한국에 온 걸 환영한다."

준서는 아저씨가 건네준 커다란 꽃다발을 가슴에 품었다. 그리고 자신의 캐리어를 끌고 가는 아저씨를 따라 발걸음을 옮겼다. 그들이 올라 탄 차는 서울을 향해 달렸다.

"그래, 준서야. 한국에 온 소감이 어떠니?"

아저씨의 질문에 멍하니 창밖을 응시하던 준서는 정신을 차리고 입을 열었다.

"그게 뭐라고 해야 할까… 이상해요."

"뭐가 이상한데?"

그는 고개를 갸우뚱하며 물었다.

"상상했던 것과는 조금 달랐어요."

"어떻게 생각했길래?"

"제가 한국의 향기를 막연하게 생각해 보곤 했거든요."

"한국의 향기?"

"네. 김치 냄새가 날까, 밥 짓는 냄새가 날까, 마늘 냄새가 날까, 아니면 된장 냄새가 날까. 뭐 그런 한국 특유의 향기를 생각했었어요. 하지만 아니더라고요. 입국장에 들어서자마자 조금 놀랐어요."

"잠깐, 이건 진짜 궁금하다. 그래, 한국에 처음 온 한국인이 느꼈던 첫 향기는 뭐였어?"

그는 흥미롭다는 듯 한 손으로 턱을 매만지며 물었다.

"커피 향기였어요."

"커피 향기?"

그는 고개를 갸우뚱하며 준서를 바라보았다.

"네, 커피 향기요."

준서는 진지한 얼굴로 말했다.

"하하, 하긴… 생각해 보니 그렇기도 하겠다. 입국장에 카페가 워낙 많아야지."

그는 크게 웃음을 터뜨리더니 말을 이었다.

"그래서 실망했니?"

"실망보다는 뭐랄까…."

그는 적절한 단어를 곰곰이 생각했다.

"충격이었어요."

"고작 향기에 충격까지 받았다고?"

"그게… 저는 머릿속으로, 또 마음속으로 몇 번이나 한국에 대해서 그려 봤었거든요. 향기도 그중 하나였는데, 제가 생각했던 것과는 달라서 조금 충격이었어요. 사실 겁도 났어요."

"뭐가 겁이냐?"

"저는 향기뿐만 아니라 한국에 대해 많은 상상을 했거든요. 그런데 그것들이 모두 상상과 다르면 어쩌지 하는 생각이 들었어요."

"그런데 무서울 게 뭐 있어. 원래 상상과 현실은 다른 법이지. 너도 네가 상상한 한국보다는 진짜 한국이 더 궁금해서 이렇게 온 거 아니야?"

"그렇긴 하죠."

준서는 고개를 끄덕이며 말했다.

"원래 무언가를 진짜 알려면 눈으로 직접 보고, 손으로 만져 보고, 귀를 기울이고, 코로 호흡하고, 입으로 맛을 봐야 하는 거야."

"아무래도 그렇겠죠."

"혹시 또 아니, 한국이 상상했던 것보다 더 멋진 곳일지."

그는 준서의 왼쪽 어깨를 가볍게 툭 치며 말했다.

"그건 그렇고 네가 상상했던 것도 한국에 있어."

"제가 상상한 거요?"

준서가 의아한 눈으로 바라보자 그가 다시 말을 이었다.

"그래. 네가 상상했던 향기 맡으러 가자."

그는 익살스럽게 씨익 웃으며 말했다.

"네?"

"아저씨네 집에 가서 맛있는 밥 먹자고."

준서는 그의 대답에 미소 지으며 고개를 끄덕였다.

6
불협화음

　준서는 다시 자신의 짐을 꾸리기 시작했다. 용선 아저씨네 집에서 머문 지 보름 만의 일이었다. 짐을 꾸리는데 채 십 분도 걸리지 않았다. 단출한 짐이 든 캐리어 두 개를 방 한구석에 놓고 침대에 누워 귀에 이어폰을 꽂았다. 그리고 〈나무〉를 재생하고 들려오는 노래 가사를 음미하며 창밖에 시선을 던졌다. 겨울밤을 수놓은 여의도의 스카이라인과 한강을 따스하게 물들이고 있는 양화대교 불빛을 바라봤다. 그는 문득 유리창에 반사된 자신을 발견했다. 서울의 낭만적인 빛깔 위에서 옅은 미소를 짓고 있었다. 그의 행복한 사색은 거실에서 저녁을 먹자는 음성이 들려올 때까지 계속되었다.

　"여기서 더 지내라니까, 참 성격도 급하다."

용선 아저씨가 함께 저녁을 먹으며 물었다.

"맞아. 개강도 많이 남았고 여기서 천천히 집 구하면서 지내도 된다니까."

그의 아내인 영선 아주머니도 덧붙였다.

"지내봐서 알겠지만 우리는 여행도 자주 다녀서 집 비울 때도 많고, 함께 지내는 거 전혀 불편하지 않아. 아예 일 년 정도 더 지내도 노 프로블럼이야."

"그래. 아줌마도 준서랑 함께 지내면 미국에서 혼자 유학하고 있는 딸 생각도 나서 오히려 좋거든."

그녀는 거실에 걸린 가족 사진을 잠시 바라보곤 말했다.

"너무 감사한 제안이지만, 저는 한국에서 가장 먼저 하고 싶던 게 저만의 집을 구하는 거였어요."

준서는 유리잔에 담긴 물을 한 모금 마시고 대답했다.

"그치만 혼자 지내면 외롭지 않겠어?"

"늘 외로웠던 걸요. 저는 익숙해요 외로움에. 파리에서도 늘 혼자 지냈던 걸요."

그는 명랑하게 웃음 지었다.

"그래 맞는 말이야. 사람은 늘 외롭지."

용선 아저씨는 와인잔을 기울이며 말했다.

"그래도 두 분은 같이 사시잖아요."

"같이 살아도 외로운 건 마찬가지야."

영선 아주머니는 입가에 익살스러운 미소를 띠며 답했다.

"그래서 아저씨는 낚시랑 연애하고 있어!"

그는 갑자기 신나는 말투로 말했다.

"아줌마는 이런 사람이랑 말고 준서처럼 혼자 살아 보고 싶다. 시간을 되돌릴 수 있다면…."

그녀는 자신의 남편을 바라보곤 긴 한숨을 내쉬며 말했다.

"정말 당신도? 나도 그런데."

그는 해맑은 얼굴로 말했다.

"낚싯대 다 부러뜨린다?"

그녀는 차가운 얼굴로 대답했다.

"하하, 당신도 참, 농담이야 농담! 이 아줌마 웃기지? 참 사람 웃기는 재주가 있다니까."

그는 다급하게 준서를 바라보며 큰소리로 웃음을 터뜨렸다.

"난 농담 아닌데?"

준서는 이렇게 재미있는 가족과 함께 있는 집에서 나가게 되는 게 내심 서운하게 느껴졌다. 심지어 이곳은 한강과 양화대교, 그리고 합정 사거리를 한눈에 내려다볼 수 있는 멋진 집이었다. 휘트니스와 사우나도 이용할 수 있고, 합정역도 코앞이라 너무 좋았다. 하지만 이곳에 머무르는 것보다 혼자 지내보고 싶었다. 이곳에 비하면 자신이 구한 집은 형편없었다. 전망이라고는 골목길과 맞은편 건물들과 그 사이로 보이는 하늘이 전부였다. 편의시설도 전무하고 침묵만이 맴돌고 있었다. 그럼에도 서교동에서 혼자 살고 싶었다.

이유는 간단했다. 드라마 〈비밀의 정원〉 속 주인공 우준이 서교동의 어느 작은 집에서 살았기 때문이었다. 그처럼 자신만의 공간에서 잠을 자고, 밥을 해 먹고, 책상에 앉아 홀로 밤새 무언가에 몰두하고, 함께하는 친구들과 사랑하는 사람을 초대해 멋진 시간을 보내고 싶었다. 서울이라는 곳에서 그렇게 꿈을 찾아보고 싶었다. 그래서 한국에서 처음으로 애정을 붙인 사람들과, 그들의 집에서 벗어나는 게 아쉬우면서도 아쉽지가 않았다.

입주를 앞둔 어느 날이었다. 준서는 집주인에게 전화를

했다.

"벽에 페인트칠을 해도 되나요?"

"페인트요? 벽지에 페인트칠을 한다고요?"

집주인이 놀란 말투로 물었다.

"벽지가 더럽고 마음에 안 들어서요. 아니면 벽지를 뜯고 칠하면 안 될까요?"

그는 파리에서의 일을 떠올렸다. 준서가 테라스의 작은 의자에 앉아 창밖을 보고 있을 때였다. 맞은 편 창가에서 바삐 움직이는 한 사내를 발견했다. 그는 새로 이사를 왔는지 벽에 페인트 칠을 하고 있었다. 흰 티와 청바지만 입은 채 자기 삶의 터전을 다져 가는 그 모습이 매력적으로만 보였다. 준서는 다짐했다. 언젠가 저 사내처럼 살아 보겠다고.

"학생. 당연히 그건 안 되죠. 멀쩡한 집에 페인트 칠을 하는 사람이 어딨어요. 어차피 목요일에 도배도 해 주기로 했잖아요. 그런 짓은 절대 하지 마세요."

그는 단호하게 말했다.

"알겠습니다. 근데 벽지는 어떤 걸로 해 주시나요?"

"기본적인 걸로 알아서 해 줄게요."

그는 귀찮다는 듯 대답했다.

"제가 직접 고르면 안 될까요?"

"이게 그냥 업자한테 맡기는 거라 고르고 그럴 시간이 없어요."

"그래도 제가 살 집인데, 직접 골랐으면 해요."

"거 참… 젊은 친구가 힘들게 사네."

그는 헛기침을 하더니 말을 이었다.

"정 원하면 번호 알려 줄 테니 전화해 봐요. 가격대가 동일해야 하니 선택의 폭은 딱히 없을 것 같지만."

"감사합니다."

다음 날 준서는 도배 업자를 만나 카달로그를 한참이나 들여다보았다. 그리고 마침내 추가금을 내면서까지 자신이 원하는 체크 텍스처가 들어간 화이트 벽지를 선택했다.

"우리야 상관없지만, 학생이 벽지에 돈을 뭐 그렇게 많이 써요?"

업자는 카달로그를 덮으며 이해가 되지 않는다는 듯 물었다.

"앞으로 제가 살 소중한 곳이니까요."

준서가 미소 지으며 답했다.

"뭐 그렇게 원한다면야…."

그는 준서의 대답에 만족하지 못한 얼굴로 카달로그를 덮었다.

입주하고 첫 일주일은 집을 꾸미고 세간을 마련하는 데 시간을 모두 소비했다. 벽지를 선택했던 만큼 깐깐하게 집을 꾸미는 데 열을 올렸다. 파리의 스튜디오는 엄마의 취향과 손길과 입김이 여기저기 묻어 있는 곳이었다. 그리고 파리에 올 때마다 그녀는 변덕스럽게 준서의 책상이나 옷장, 심지어 침대 위치를 마음대로 바꾸어 놓곤 했다. 준서가 '왜'냐고 물으면 그녀는 언제나 미학부터 공간 심리학을 들먹이며 '다 널 위해서'라고 했다. 하지만 그러한 공간의 변화는 준서에게 스트레스였다. 자신의 삶 내밀한 부분까지 엄마가 컨트롤하는 것처럼 느껴졌던 것이다. 홀로 지냈던 파리에서의 삶도 그에게는 그리 자유롭지 않았던 나날이었다.

그래서 준서는 무척이나 열심이었다. 자신의 조그마한 공간에 하나부터 열까지 오직 자신의 취향과 의지만이 묻어 있어야 했다. 그는 몇 번이나 무거운 장바구니를 짊어지고 집과 마트를 왕복했다. 용선 아저씨의 커다란 케딜락 에스컬레이드를 타고 이케아도 다녀왔다. 드디어 신발장부터 욕실, 옷장, 침실, 그리고 베란다에 이르기까지 모두 그의 취향대로 꾸며지고 정돈되었다.

"완벽해 완벽!"

준서는 자신의 아늑한 공간을 둘러보며 혼잣말을 했다. 이제 한국인으로서 살아갈 모든 '준비'가 되었다고 생각했다. 커튼을 마지막으로 인테리어가 최종적으로 마무리된 어느 저녁, 그는 용선 아저씨에게서 선물 받은 스탠드를 켜고, 노래 〈나무〉를 틀었다. 책상에 앉아 편지를 쓰기 시작했다.

생테스 아저씨께

라바트의 날씨는 어떤가요? 서울의 겨울은 무척이나 춥답니다. 라바트의 겨울보다 더 적막하고, 파리의 겨울보다 더 혹독하죠. 아마 아저씨도 서울의 겨울을 마주한다면 깜짝 놀라실 거예요. 며칠 전에는 영하 16도까지 떨어진 적도 있었는데 모스코바보다도 추운 날씨였대요. 서울은 굉장하죠? 그래도 저는 라바트의 따뜻한 햇살보다는 서울의 혹독한 추위가 더 좋아요. 왜인지는 모르겠어요. 서울의 추위 속에 제가 찾는 무언가가 감춰져 있는 것만 같거든요. 그게 무엇인지는 잘 모르겠어요. 아저씨께 그게 무엇인지 이야기할 날이 찾아오겠죠?

또 안부 전할게요.

서울에서 준서가

　창문을 열고 창가에 기대 찬바람을 맞으며 여유롭게 담배에 불을 붙였다. 연기를 내뿜으며 이게 바로 행복이지, 라고 생각했다. 겨울 하늘을 바라보며 담배를 반쯤 태웠을 때였다.

"띵동, 띵동."

벨이 울리고 이어서 문을 쿵쿵 두드리는 소리가 들려왔다. 그는 담배를 털고 공중으로 던진 뒤 현관으로 향했다.

"누구세요?"

"윗집이에요."

문을 살짝 열자 한 여인이 눈살을 잔뜩 찌푸린 채 그를 노려보았다.

"무슨 일로…?"

"담배 냄새 때문에 못 살겠어요."

"그게 무슨 소리죠?"

"담배 피우시죠?"

"네."

"어디서 피우세요?"

"베란다에서요."

그는 뒤편의 베란다를 가리키며 말했다.

"자꾸 담배 냄새가 들어와서 죽을 지경이에요. 저 담배 냄새에 예민하단 말이에요."

"제가 사는 곳에서 제가 담배 피우는데 문제 되나요?"

그녀의 날카로운 말투에 준서도 다소 목소리가 높아졌다.

"벌써 일주일째예요. 이 건물은 혼자 사시는 곳이 아니에요. 정 피우고 싶으면 나가서 피우세요."

"이해가 안 되네요. 흡연은 제 자유예요. 이래라저래라 하지 마세요."

"네, 자유죠. 근데 그쪽의 자유가 타인에게 피해가 된다면, 그것도 진정한 자유라고 할 수 있나요?"

"그쪽 논리대로라면 앞으로 밥도 먹어서는 안 되겠네요?"

"그건 또 무슨 말이에요?"

"창문을 통해서 커피 내리는 냄새도, 밥 짓는 냄새도, 고기 굽는 냄새도, 치킨 냄새도 올라갈 텐데 냄새 나는 것들은 앞으로 하면 안 되겠어요. 피해가 가잖아요."

"뭐라고요? 그걸 말이라고 하세요? 음식 냄새랑 담배 냄새랑은 다르죠."

"뭐가 다르죠? 담배도 그저 하나의 기호일 뿐이에요."

"뭐 이런 사람이 다 있어!"

그녀는 짜증 나 못 참겠다는 듯 소리를 질렀다. 그러자 옆집 아저씨가 문을 열고 나왔다.

"듣자 하니 젊은 친구가 잘못했네요. 함께 사는 공간에서 남에게 피해가 되는 일을 하면 안 되죠. 그리고 이제 법도 바뀌어서 실내에서 흡연하는 건 불법이에요."

"아저씨, 이 사람 대화가 안 통해요."

그녀는 허리에 손을 얹고 씩씩대며 말했다.

"학생. 나도 흡연자예요. 하지만 담배는 늘 나가서 피워요. 나 좋자고 하는 일이 누군가에게 피해가 되면 안 되는 일이죠. 그리고 일 층에 흡연구역이라고 봤죠? 거기가 여기 입주민들을 위한 흡연 구역이에요. 그건 하나의 규칙이고요. 알다시피 법도 바뀌었잖아요."

"그런가요? 한국은 처음이라 잘 몰랐어요."

아저씨의 나긋한 목소리에 준서도 화를 가라앉히며 말했다.

"한국이 처음이라니, 무슨 말이에요?"

"외국에서 살다 왔거든요. 한국은 십오 년 만에 들어온 거라서…."

준서는 얼굴이 빨개진 채로 말했다.

"그래요? 처음이면 알아 가면 되는 거죠."

그는 그녀에게 준서가 몰라서 그랬던 거라며 이해를 하자고 했다. 준서도 앞으로는 흡연구역에 가서 흡연을 하겠다고 그들에게 약속했다. 그리고 잠시 후 집주인에게 전화가 왔다. 흡연은 되도록 입주민들에게 피해가 가지 않도록 지정구역에서 해 달라는 것이었다. 준서는 그러겠노라고 했다. 그는 멍하니 침대맡에 앉아 생각에 잠겼다.

모로코에서는 언제 어디서든 자신이 담배를 피우고 싶으면 피울 수 있었다. 파리에서도 마찬가지였다. 그에게 자신의 집 테라스에서 담배를 피우는 것은 하나의 온전한 휴식이었다. 그 누구도 흡연에 대해 왈가왈부하지 않았다. 테라스에서 이웃과 눈이 마주칠 때는 함께 담배를 피우거나 반가운 안부 인사를 주고받기도 했다. 그래, 여기는 파리도 모로코도 아니다. 그는 테이블에 올려진 자신의 여권을 한참 동안 바라보았다.

그는 같은 실수를 반복하지 않기 위해 흡연을 할 때면

밖으로 나갔다. 이렇게 한국인이 되어 가나 보다, 그는 그렇게 생각하며 자조적인 미소를 지었다. 하지만 적응은 쉽지 않은 일이었다. 햇살 좋았던 어느 오후, 한 카페의 야외 테라스에서였다.

"손님, 여기서 흡연하시면 안 돼요."

직원이 다가와 준서에게 말했다.

"아, 그런가요?"

"네. 과태료까지 내셔야 하니까 앞으로는 주의해 주세요."

"죄송해요. 제가 한국이 처음이라…."

그는 황급히 담배를 끄며 주위를 둘러보았다. 주위 사람들이 눈살을 찌푸리며 자신을 바라보고 있음을 알아챘다. 그는 얼굴이 뜨거워지는 것을 느꼈다. 모로코에서도, 파리에서도 카페의 야외 테라스에서 흡연하는 건 전혀 문제가 되지 않는 일이었다. 바보 멍청이 같은 놈! 너는 한국인이라고! 왜 자꾸 한국인처럼 행동하지 못하는 거야! 한국이 처음이란 이야기도 그만 좀 해! 그는 어금니까지 꽉 깨물며 자책했다.

며칠 뒤 준서는 용선 아저씨와 함께 저녁을 먹다가 자신이 겪은 일을 이야기했다.

"하하. 준서는 아직 진짜 한국인이 되려면 먼 것 같구나."

그때부터였다. 그는 주위 사람들을 유심히 관찰하기 시작했다. 흡연뿐만이 아니었다. 버스 정류장에서도, 지하철에서도, 식당에서도, 마트에서도 면밀한 눈길로 그네들의 관습과 법칙들을 파악했다. 버스와 지하철에서는 전화 통화를 해서는 안 된다는 것과, 식당에서 물은 셀프라는 것, 카페에서는 서빙 대신 진동벨이 울리면 직접 픽업을 해야 한다는 것, 웨이터에게 팁은 줄 필요 없다는 것까지. 그는 한국인들이 어떻게 행동하고, 무엇을 준수하고, 무엇을 중요시하는지. 그리고 그들의 주파수에 자신을 면밀하게 조율해 나갔다. 서울에 어울리는 사람이 되고 싶었기에.

7

비밀의 정원

 준서는 조금씩 행동반경을 넓혀 갔다. 개강 전까지 시간은 많았다. 정처없이 홀로 서울을 여행했다. 아침 일찍 텅 빈 경복궁을 산책하기도 했고, 안내 지도를 손에 들고 북악산의 한양 성곽길을 완주하기도 했다. 창경궁의 식물원 대온실에서 한참 후에야 올 봄을 그려 보는가 하면, 명동의 인파에 몸을 맡겨 보기도, 한껏 달아오른 홍대 밤거리의 활기에 템포를 맞춰 보기도 했다. 그리고 신촌으로 향해 곧 입학할 캠퍼스를 거닐어 보기도 했다. 그는 비록 혼자였지만 미지의 책장처럼 계속해서 펼쳐지는 이 여정에 가슴 벅찬 행복을 느꼈다. 마주하는 서울의 모든 장소들이 무대처럼 다가왔던 것이다. 비록 아직은 상연 전 텅 빈 무대지만, 머지않아 이곳에서 자신의 이야기가 펼쳐질 것이라 믿었다.

서울의 많은 곳을 돌아다녔지만, 사실 가장 가 보고 싶었던 곳은 가지 않았다. 그곳이 어디인지 모르는 것도, 또 그곳이 너무 멀리 있어 가기 어려운 것도 아니었다. 마치 제일 맛있는 것을 가장 늦게 먹는 것처럼 그렇게 남겨 둔 것이었다. 한편으로는 아직 마음의 준비가 되지 않아서 머뭇거리는 마음도 있었다. 막상 그곳으로 가기 두려웠다. 그곳에서 누군가 불쑥 나타나 '고작 이것 때문에 한국에 온 거야?' 라고 물을까 덜컥 겁이 났다. 하지만 서울에는 준서를 아는 사람이 없었다. 여긴 한국이었다.

드디어 그는 마음을 다잡고 연남동으로 향했다. 지도를 따라 찾아간 곳은 주택을 개조한 이 층짜리 카페였다. 이곳이 바로 준서가 가고 싶으면서도 머뭇거리던 곳이었다. 그는 카페를 마주하곤 침을 꿀꺽 삼켰다. 감시자도 없겠다, 그는 서둘러 카페의 문을 열었다.

"따뜻한 라떼 한잔 주세요."

준서는 커피를 시키곤 카페를 둘러보기 시작했다.

이곳이 바로 극중 우준이 운영하는 카페였다. 카페의 이름도 드라마 제목처럼 비밀의 정원이었다. 준서는 카페를 천천히 거닐며 드라마의 장면들을 상상했다. 우준은 꿈을 좇아 무작정 상경한 스물아홉 살의 청년이었다. 그는 자신의 모든 걸 걸고 연남동에 자리를 잡았다. 모두가 안 될 거라고 했지만 허름한 주택을 개조해 자신만의 색깔을 담아 카페를 오픈한다. 그리고 함께할 직원들을 구해 이 카페를 멋지게 꾸려 나가게 된다. 연남동의 명물로 자리 잡아 갈 무렵 대기업이 근처에 카페를 열게 되면서 위기를 맞닥뜨린다. 그는 사업 자체가 망할 수 있는 이 위기를 멋지게 타개하고 자신의 카페를 시대의 트렌드를 이끄는 브랜드로 성장시킨다.

준서는 이곳에 담긴 주인공의 꿈과 성공을 좇아가는 열정도 좋았지만, 서울이라는 세계에서 하나하나 쌓아 가는 우정과 사랑의 스토리가 더 좋았다. 그에게 새로운 꿈을 꾸게 해 준 것도 바로 이 드라마였다. 자신도 서울에서 모종의 꿈을 좇아 열심히 달리면 그 속에서 멋지고 아름다운 우정과 사랑을 찾을 수 있을 거라 여겼던 것이다. 그는 기쁨을 감추지 못하고 스마트폰을 꺼내 기억 속에 각인된 공간을 사진으로 담았다. 배우들의 실사 크기 판넬도 여러 장 찍었다. 커피 한 잔과 함께 테이블에 앉고서도 넋이 나간 것처럼 흥분에 도취된 채 두리번거렸다.

이어폰을 귀에 꽂고 〈나무〉를 재생했다. 그리고 한 모금, 두 모금 커피를 홀짝였다. 얼마나 갈망해 온 세계였던가. 드라마처럼 예쁘고 아름다운 세계에서 살아 보기를 얼마나 열망했던가. 낯설기만 한 모로코와 좀처럼 적응할 수 없었던 프랑스에서 부유하며 그를 지탱해 준 것은 〈비밀의 정원〉뿐이었다. 그에게 비밀의 정원은 이상향 그 자체와도 마찬가지였다. 그래서 서울이어야만 했다. 언젠가 서울에서 반드시 살 것이라 여기며 방황의 시간들을 견뎌 냈다. 비로소 꿈의 무대에 도착했음에 감격했다.

그때 갑자기 누군가 준서에게 말을 걸었다.

"실례합니다."

그가 고개를 들어 보니 한 외국 여자가 수줍은 얼굴로 서 있었다. 그녀의 풍성한 곱슬머리에 잠시 준서의 시선이 머물렀다.

"저어… 사진 한 장만 찍어 주실 수 있나요?"

그녀가 조심스럽게 물었다.

"물론이죠."

준서는 미소 지으며 고개를 끄덕였다.

"이 포스터랑 찍어 주세요."

그녀는 수줍게 벽에 붙여진 포스터 옆에 서며 말했다.

"하나, 둘, 셋."

그는 그녀가 아쉬워할지도 모른다는 생각에 여러 장을 더 찍어 주었다.

"어때요, 마음에 들어요?"

"네, 정말 고마워요."

그녀는 화면 속 사진을 보곤 밝게 미소 지었다. 준서는 그녀의 말들이 신기하게만 들려왔다. 한국어는 무척이나 유창했지만, 발음 사이사이에는 중국어의 성조가 섞여 묘하게 울리는 듯한 소리가 나고 있었다.

"잠시 앉을래요?"

준서는 테이블 맞은편 빈 의자를 가리키며 말했다.

"고마워요. 안 그래도 자리가 없어서 테이크 아웃으로 받아서 나가려던 참이었거든요."

그녀는 목도리를 벗으면서 기쁨을 감추지 못했다.

"어디서 왔어요?"

"대만이요. 그쪽은요?"

"저는, 여기 살아요. 한국 사람이에요."

그는 '한국 사람'이라는 걸 강조하며 말했다.

"그래요? 외국 사람인 줄 알았어요."

그녀는 놀란 눈으로 준서를 바라봤다.

"네? 제가요?"

그는 당황해하며 물었다.

"아까 보니까 여기저기 사진 찍길래 그쪽도 드라마 보고 온 줄 알았어요. 그래서 당연히 외국인이라고 생각했어요. 사실 비밀의 정원은 팔 년 전 드라마니까 이제 우리 같은 외국인들만 보잖아요."

"우리라뇨?"

준서는 자신의 비밀이 쉽게 파헤쳐졌다는 것에 당황했다. 그리고 우리라는 단어에 발끈하며 말했다.

"내 정신 좀 봐. 한국인이라고 했죠. 미안해요."

그녀가 머쓱한 웃음을 짓더니 말을 이었다.

"그쪽은 옷차림도 그렇고 헤어스타일도 그렇고 뭔가 한국 사람들이랑은 달라 보였어요."

"어느 나라 사람 같았는데요?"

"글쎄요. 분명히 일본과 중국은 아니라고 생각했어요. 동남아도 물론 아니구요. 뭐라고 해야 할까, 한국과 유럽 사이의 어딘가에 사는 사람 같았어요."

"어딘가의 사람 같다니, 그런 이야기는 처음 듣네요."

준서는 불쾌한 얼굴로 자세를 고쳐 앉으며 말했다.

"기분 나빴다면 미안해요. 좋은 의미였거든요."

"그게 어떻게 좋은 의미죠?"

"저는 대만에 있을 때 늘 외국인 같다는 소리를 들었어요. 사실 그럴 때면 기분이 좋았어요."

"어째서요?"

"평범한 사람들과는 어딘가 다르고 특별하다는 의미기도 하잖아요. 저는 특히 한국인 같다고 할 때가 가장 좋았어요."

"한국인이 왜요?"

준서는 고개를 갸우뚱했다.

"저는 한국인이 되고 싶거든요. 물론 겉으로는 될 수 없겠지만, 제 영혼은 이미 한국인이에요. 이제는 마음뿐만 아니라… 언젠가 저도…."

그녀는 자신의 왼쪽 가슴에 손을 얹으며 말꼬리를 흐렸다. 준서는 문득 그녀에게서 하프사와 유스라를 떠올렸다.

"이미 한국인처럼 보이는 걸요."

"그래요? 고마워요."

그녀가 활짝 웃으며 말했다.

"참 이름이 뭐예요?"

"준서예요. 그쪽은요?"

"은혜예요."

"한국 이름이네요."

"맞아요. 제가 지었어요.

"대만 이름은 뭐예요?"

"저는 한국 이름이 좋아요. 그냥 은혜라고 불러 줘요."

준서는 그녀와 자연스레 테이블에 앉아 이야기를 나누었다. 그가 왜 한국에 왔는지 묻자 그녀는 자신을 한국으로 이끈 건 오직 〈비밀의 정원〉뿐이었다고 했다. 비밀의 정원은 여지껏 보았던 어느 영화, 어느 드라마보다도 아름다운 명작이라고 덧붙였다.

"저는 비밀의 정원만큼 한국 문화의 정수를 보여 주는 작품은 없다고 생각해요."

"어떤 점에서요?"

"한국의 치열한 성공 지상주의 속에서 진정한 삶의 의미를 찾는 게 무엇인지 잘 보여 주고 있다고 생각해요. 시대의 흐름을 잃지도 않고, 그 속에서 자기 삶의 의미를 향해 나아가잖아요."

"시대의 흐름과, 삶의 의미라… 생각해 보니 그렇긴 하네요."

준서는 고개를 끄덕이며 답했다.

"우준은 경제적 성공을 너머 시대의 트렌드를 만들어 냈잖아요. 저는 모든 K-문화가 이런 방식으로 성장했다고 봐요. 이와 동시에 한 개인이 어떻게 꿈꾸고 그것을 쟁취하고, 또 어떻게 진실한 사랑을 찾아내는가도 그려 내고 있죠. 무엇보다 중요한 것은 매력적인 캐릭터와 흥미로운 이야기 속에 이 모든 것을 녹여 냈다는 거예요."

그녀는 사뭇 진지한 태도로 말을 이었다.

"제게 비밀의 정원은 꿈의 왕국이나 마찬가지예요. 그래서 저는 한국에 올 수밖에 없었어요."

그들이 이야기를 나누는 동안 어느새 커피가 차갑게 식어 있었다.

"어머, 벌써 시간이 이렇게 됐네. 제 이야기만 해서 미안해요."

"아니에요. 재밌었어요. 일어날까요?"

"제가 다음에 꼭 맛있는 거 살게요. 연락해도 되죠?"

"그래요. 근데 여행객 아니었어요?"

"아니에요. 지금은 서울에 살고 있거든요."

"살고 있다고요?"

"네. 저도 서울 사람이라고요."

그녀가 옷 매무새를 고치며 자랑스러운 태도로 말했다.

"그러면 다음에 시간 맞춰서 꼭 봐요."

준서도 화답하며 말했다.

"참, 다음에 만나면 우리 반말해요."

그녀가 몸을 일으키며 말했다.

"반말이요?"

준서가 그녀에게 되물었다.

"한국에서는 친한 사이에서만 반말 한다잖아요? 그쪽이랑 친해지고 싶거든요."

"그래요. 다음에는 반말하기로 해요."

준서는 그녀와 함께 카페를 나섰다. 그녀는 골목 끝으로 사라졌지만, 그는 자리를 떠나지 않았다. 한참 동안 멍하니 서서 카페를 바라보았다. 그토록 꿈꾸던 환상의 목적지. 이곳에 오기 위해 부모님을 설득하고, 생테스와 작별을 하고, 친구들에게 학문에서 뜻을 찾겠다며 거짓 호언장담을 했다. 실은 그 모든 것이 고작 이곳에 오기 위한 구실에 지나지 않았다. 그는 자문했다. 그렇다면 이 카페가 내게 주는 의미가 무엇이지? 연남동의 겨울 바람은 차가웠고, 준서는 알 수 없는 서글픔이 몰려오는 것을 느끼며 옷깃을 여몄다.

8
한국인 연습

  한국에 온 뒤 준서에게 처음으로 행동 패턴이 생겼다. 그것은 매일 비밀의 정원으로 출근하는 것이었다. 홀로 테이블에 앉아 커피를 마시고, 드라마를 회상하며, 앞으로 펼쳐질 서울에서의 삶을 머릿속으로 그려 나갔다. 그러면 준서는 무한한 행복에 빠져들었다. 머지않아 드라마처럼 멋진 삶이 펼쳐지리라. 자신이 일주일 동안 누군가와 제대로 된 대화조차 하지 않았다는 사실도 잊은 채, 부드러운 미소 속에 흠뻑 젖어 있었다.

  카페에 출근한 지 일주일째 되는 날이었다. 어느새 해가 뉘엿뉘엿 저물고 있었다. 허기를 느낀 준서는 카페에서 나와 발길이 닿는 대로 가다가 처음 눈에 띈 식당으로 들어갔다. 감자탕 전문점이었다. 감자탕이 어떤 요리인지 궁금해서 들어왔지만, 시킬 수 없었다. 2인 이상 주문 가능이라고 써 있었던 것이다.

"혼자 먹을 수는 없나요?"

준서는 서빙을 하는 아주머니께 물었다.

"그럼 뼈해장국을 먹으면 되죠."

그녀는 메뉴판 하단을 가리키며 말했다.

하얀 김이 모락모락 피어나는 뚝배기에는 커다란 뼈 두 덩이가 들어 있었다. 준서는 옆 테이블에 앉은 아저씨들이 먹는 것을 가만히 지켜보다가 그들을 따라 먹기 시작했다. 뼈를 하나씩 꺼내 발라먹었다. 가만 보니 아저씨들은 작은 그릇에 담긴 갈색 소스에 고기를 찍어 먹고 있었다. 그도 따라서 고기를 소스에 찍어 입에 넣었다.

"켁켁."

그는 겨자 소스 특유의 톡 쏘는 향이 목구멍에 닿자 기침을 하기 시작했다. 기침을 하다가 그만 사레가 들렸다. 얼굴까지 벌게져 계속해서 기침을 했다. 그는 물 한 컵을 급하게 들이켜고서야 기침을 멈췄다.

"으이구. 뼈해장국 먹다가 죽겠네. 아니 겨자 소스 처음 먹어봐?"

아주머니는 그에게 물티슈를 가져다주며 말했다.

"네, 처음이에요."

한바탕 기침을 한 그의 눈에는 눈물까지 고여 있었다.

"농담도. 누가 들으면 한국인 아닌 줄 알겠어."

그녀는 크게 깔깔 웃곤 주방으로 향했다.

준서는 기침이 멎고 호흡이 돌아오자 다시 뼈해장국을 먹기 시작했다. 겨자 소스도 계속 먹다 보니 익숙해졌다. 그는 옆 테이블 아저씨들이 그랬던 것처럼 마지막 국물까지 들이켰다. 그는 앞으로는 겨자도 잘 먹을 수 있겠다고 뿌듯해하며 식당을 나섰다.

집을 향해 무작정 걷던 그는 피시방 간판과 마주했다. 비밀의 정원 속 한 장면이 떠올랐다. 이야기의 시작은 우준이 피시방에서 폐인처럼 지내는 장면부터 시작한다. 그는 어머니의 죽음과 여자친구와의 이별, 동업자들에게 배신을 당한 뒤 마음의 상처를 입고 하릴없이 피시방에서 지냈다. 그에게 피시방은 피난처나 다름없었다. 우준을 다시 바깥 세상으로 이끈 것은 어느 화창한 봄날의 눈부신 햇살이었다. 준서는 우준이 고치처럼 웅크리고 있던 피시방이라는 곳이 궁금했다. 당연히 들어가야 할 운명의 장소처럼 여겨졌다. 그는 한 치의 망설임도 없이 피시방으로 향했다.

"저, 여기 어떻게 이용하는 건가요?"

준서는 카운터 직원에게 물었다. 카운터 의자 옆에는 커다란 기타 가방 하나가 세워져 있었다.

"피시방 처음 와 보세요?"

그는 준서를 빠르게 훑어보더니 물었다.

"네, 처음이에요."

"가입하려면 자리에 앉아서 본인 인증부터 하면 돼요."

"혹시 본인 인증은 어떤 서류가 필요한 건가요?"

준서의 물음에 그는 잠시 눈을 꿈뻑이며 입을 떼지 못했다.

"혹시 간첩 아니죠?"

"간첩이 뭐예요?"

잠시 그들은 서로의 눈을 바라본 채 아무 말이 없었다.

직원은 고개를 갸우뚱하더니 무언가를 결심한 듯 준서에게 다가갔다. 그는 스마트폰으로 본인 인증하는 법부터 회원가입하는 법, 로그인하는 법, 그리고 키오스크를 통해 이용 요금 충전하는 법을 가르쳐 주었다.

"사람들은 여기 오면 보통 어떤 게임을 하나요?"

이용 요금 충전을 마친 준서가 물었다.

"뭐, 요새는 배그나 롤 많이 하죠."

그는 약간의 호기심과 의구심을 품고 준서에게 말했다.

"배그랑 롤은 어떤 게임인가요?"

"엥? 모른다고요?"

그는 준서를 의아한 눈초리로 바라보며 말했다.

"모르는데요."

"배그는 배틀 그라운드고, 롤은 리그 오브 레전드의 줄임말인데⋯ 저거예요."

그는 입구 쪽에 앉은 이용자들의 게임 화면을 가리키며 말을 이었다..

"국민 게임을 모른다니 말이 안 되는데⋯."

"어떻게 하는지 알려 주실 수 있나요?"

준서는 헤드셋을 쓰고 게임에 몰두하고 있는 사람들의 화면을 바라보며 말했다.

"어떤 거를요?"

"게임이요. 배그든 롤이든 아무거나 괜찮아요."

"그쪽 진짜 간첩 맞죠?"

"근데 간첩이 뭐예요?"

준서는 아무것도 이해할 수 없다는 눈으로 물었다.

"보통 말이죠. 한국에서는 북한에서 몰래 넘어 온 공작원을 간첩이라고 하죠."

그는 또박또박 뜻을 설명해 주며 준서의 눈을 의심스럽게 바라보았다.

"아! 그러면 저는 간첩은 아니에요."

"그럼 뭐죠? 탈북했어요?"

"탈북은 뭐죠?"

"북한에서 탈출한 사람을 탈북이라고 하죠."

"저는 그러면 모탈이에요."

"모탈? 모발 탈모?"

그는 준서의 머리를 살펴보며 고개를 갸우뚱했다.

"아니요. 모로코에서 탈출했거든요."

"방금… 그거 개그 친 건가요?"

준서는 미소지었지만 직원은 표정이 굳은 채 눈을 꿈뻑이며 한참이나 가만히 서 있었다.

"그럼… 배그 해 볼래요?"

직원은 경계하는 눈으로 준서를 응시하며 다시 자리로 안내했다. 그리고 준서에게 배틀 그라운드의 회원가입하는 법부터 로그인하는 법은 물론 기본적인 게임의 룰과 조작법을 알려 주었다.

"원래 게임은 하면서 배우는 거예요."

준서는 직원이 카운터로 돌아가자 본격적으로 전장에 뛰어들 준비를 했다. 헤드셋을 쓰고 비행기에 올라탔다. 준서의 캐릭터는 비행기에서 뛰어내려 낙하산을 펼쳤다. 게임의 최종 목적은 모든 플레이어를 죽이고 끝까지 살아남는 것이었다. 지상에 도착한 준서는 아무 무기도 없이 맨몸이었다. 부지런히 움직여 무기를 찾아다녔다. 하지만 멀리서 총소리가 들렸고 이내 죽음을 맞이했다. 다시 게임에 참가했다. 이번에는 지상에 도착하자마자 총을 구해 눈에 보이는 적을 가격했다. 상대도 놀라 준서에게 난사했다. 먼저 쐈음에도 죽은 건 준서였다. 분했다.

다시 게임에 참가했다. 이번에는 먼저 적을 죽이는 데 성공했다. 하지만 전투에서 치명상을 입어 바닥을 기어다녔다. 곧이어 온 다른 적에게 죽임을 당했다. 다시 게임이 시작되었다. 이번에는 두 명의 적을 죽이고 차량을 획득해 적들을 찾아 나섰다. 누군가가 멀리서 그를 저격했다. 순간 준서는 놀라 발작했다. 게임은 몇 번이고 다시 시작되었다.

그는 몇 번이나 죽음을 맞이했고, 전판의 교훈을 얻어 계속해서 게임에 참가했다. 준서의 생존 시간은 점점 늘어 갔다. 어느새 피시방에서 시간을 보낸 지 네 시간이 넘었다. 준서는 시간이 얼마나 지났는지도 모른 채 게임에 몰두하고 있었다. 그때 갑자기 누군가 준서의 어깨를 톡톡 쳤다.

"신분증 좀 보여 주세요."

피시방 직원이었다.

"왜요?"

준서는 헤드셋을 벗으면서 물었다.

"열 시가 넘어서 미성년자인지 신분증 확인을 해야 하거든요."

"열 시가 넘으면 성인만 있어야 하나 봐요."

"맞아요."

"잠시만요."

준서는 의자에 걸어 놓은 점퍼에서 지갑을 꺼내 주민등록증을 건넸다.

직원이 신분증을 살펴보던 바로 그때, 준서는 참을 수 없는 어지럼증과 함께 메스꺼움을 느꼈다. 그는 주먹을 쥐고 가슴을 톡톡 두드렸다. 신물이 올라오는 것 같아 침을 삼켰다. 답답함을 느끼고 자리에서 일어나자 머리가 핑 돌았다. 어지럼증과 함께 속이 울렁거리기 시작했다. 다시 참을 수 없는 메스꺼움이 밀려와 침을 삼켰지만 금방이라도 구토할 것만 같았다.

"으읍, 잠시만요."

준서는 양손으로 입을 틀어막고 서둘러 화장실로 달려갔다. 변기에 얼굴을 박고 구토를 했다. 몇 번이나 게워 내고 또 게워 냈다. 그때 갑자기 누군가 등을 두드려 주었다.

"어디 안 좋아요?"

뒤돌아 올려다보니 직원이 걱정 어린 얼굴로 바라보고 있었다.

"어지러워서요."

준서는 속이 참을 수 없이 울렁거려 변기 옆에 주저앉았다.

"저녁으로 뭘 잘못 먹은 거 아녜요? 상한 걸 먹었다든가."
"그런 건 아닌 것 같아요. 멀미하는 것 같아요."
"멀미요?"
"예전에 요트를 타고 멀미를 심하게 한 적이 있는데 그 증상이랑 똑같거든요."

준서가 몸을 힘겹게 일으키며 말했다. 그는 준서를 세면대까지 부축해 주었다. 준서는 차가운 물을 틀고 입을 헹군 다음 물 세수를 했다. 크게 숨을 몰아쉬고 기운을 차렸다. 티슈를 뽑아 얼굴에 묻은 물을 닦아 냈다. 멀리 떨어져서 준서를 바라보던 직원이 입을 열었다.

"담배 피워요?"

"네."

준서는 뒤를 돌아보며 답했다.

"같이 한 대 피우죠."

그들은 함께 건물 외부에 있는 흡연장으로 향했다. 그들은 나란히 서서 각자의 담배에 불을 붙였다.

"와, 근데 진짜 있네."

직원은 담배를 깊게 빨며 말했다.

"뭐가요?"

준서는 연기를 내뿜으며 물었다.

"FPS하면 어지럼증 느끼면서 구토하는 사람 있다고 들었거든요"

"근데 FPS가 뭐예요?"

"배틀 그라운드 같은 1인칭 슈팅 게임이 FPS예요."

"게임을 하는데 머리가 멍해지는 기분이긴 했어요."

"가상 현실 게임이다 보니 멀미를 하는 거죠."

"이런 사람들이 많나요?"

"여기에서 일한 지 9개월 정도 됐는데 처음 봐요. 게임 하다가 멀미하는 사람."

그는 가볍게 웃음을 터뜨렸다.

"제 체질이 아닌가 봐요. 배틀 그라운드는."

준서는 고개를 가로저으며 미소 지었다.

"참, 그건 그렇고 이거."

그는 주머니에서 준서의 주민등록증을 꺼내 건넸다.

"아 맞다. 감사합니다."

준서는 주민등록증을 받으며 말했다.

"내가 6살 위인데 말 편하게 할까."

그는 담배 연기를 멀리 내뿜으며 말했다.

"네. 그럼요. 저도 그럼 형이라고 부르면 될까요."

준서는 괜히 기쁜 마음이 들었다.

"그래. 그렇게 해."

"형은 이름이 뭐예요?"

"나는 성현이야. 김성현."

"저는 준서예요."

그들은 자연스럽게 담배를 하나씩 더 피우기 시작했다.

"근데 재외국민은 뭐야? 민증에 재외국민이라고 써 있는 건 처음 보네."

그는 담배를 한 손에 들고 턱으로 준서의 손을 가리키며 말했다.

"아, 이거요? 사실 제가 한국인이긴 한데 아직은 진짜 한국인이 아니거든요."

준서는 담배 연기를 내뿜으며 자신의 주민등록증을 앞뒤로 살펴보며 말했다.

"와 씨, 그럼 농담이 아니었네."

"어떤 농담이요?"

"모탈이라는 거."

"네 맞아요."

"근데 피시방은 왜 온거야? 게임도 모르고 할 줄도 모르면서."

"뭐랄까… 진짜 한국인이 되고 싶거든요."

준서는 담배를 한 모금하려다 말고 곰곰이 생각하다가 말했다.

"진짜 한국인이 되고 싶어 피시방에 왔다니. 흥미로운데."

성현은 준서의 말을 곱씹으며 담배를 천천히 피웠다. 그리고 덧붙였다.

"근데 나는 모르겠다."

"뭐가요?"

"뭐가 진짜 한국인인지. 진짜 한국인이 뭘까?"

"네?"

"네가 목표로 하는 진짜 한국인 말야."

준서는 문득 자신이 아무 대답도 할 수 없다는 사실을 깨달았다. 그는 다시 미세한 멀미 증세를 느꼈다. 눈앞에서 일렁이는 서울의 밤이 어지럽게만 느껴졌다. 그의 손 끝에서는 입에 대지 못한 담배가 조용히 타들어 가고 있었다.

9
외로운 소환사의 협곡

준서는 비밀의 정원을 더 이상 가지 않기 시작했다. 그동안 비밀의 정원은 준서에게 하루의 의미를 선사해 주는 곳이었다. 매일 아침 일찍 일어나 출근하는 사람처럼 바삐 움직였다. 서교동에서 연남동은 도보로 이동하기에 충분했지만 언제나 홍대입구역을 한 바퀴 돌고 갔다. 가방을 메고 출근길 인파 사이에서 걷고 있노라면 자신도 무언가 중요한 일을 하러 가는 것처럼 느껴지기 때문이었다. 카페에는 늘 오픈 시간에 맞춰 입장했고, 커피 머신의 첫 번째 커피는 그의 것이었다. 여느 날처럼 창가 테이블에 앉아 커피 한잔과 함께 달콤한 서울의 망상에 젖어 있을 때였다. 한 직원이 준서에게 다가왔다.

"저기 정말 죄송한데 손님, 매일 이렇게 카페에 너무 오래 앉아 계시면 저희가 곤란해서요."

그녀는 무척이나 정중하게 말했지만 표정은 불편한 기색이 역력했다.

"네?"

준서는 무슨 영문인지 놀라 물었다.

"보시다시피 여기는 자리가 없어서 그냥 가시는 손님들도 많아요."

"아… 네, 죄송합니다."

준서는 문득 자신의 찻잔이 차갑게 식어 있다는 사실을 깨달았다. 시계를 보니 어느새 점심시간이었다.

"양해 좀 부탁드립니다."

"네, 알겠습니다. 여기가 좋아서 저도 모르게 너무 오래 있었네요."

"다들 여기를 좋아하세요."

그녀는 억지 미소를 지으며 말했다.

준서는 서둘러 카페를 나섰다. 잠시 발걸음을 멈추고 먼 발치에서 비밀의 정원을 바라봤다. 직원의 마지막 말이 귓가에 맴돌았다. "다들 여기를 좋아하세요." 정말이었다. 많은 외국인 관광객들이 쉴 새 없이 몰려들고 있었다. 자신처럼 드라마에 매료되어 오는 이들임이 분명했다. 자신이 그들과 별반 다르지 않은 그저 평범한 관광객이라는 사실이 눈앞에 드러나는 것만 같아 마음이 불편했다. 준서는 비밀의 정원이 자신의 것만이 아니었음을 그제서야 깨달았다. 문득 모로코의 얼굴들이 떠올랐다. 그들이 묻는 것만 같았다.

"넌 대체 무얼하는 거니?"

준서는 무작정 피시방으로 향했다. 카운터에는 성현이 아닌 다른 직원이 앉아 있었다. 반갑게 인사를 하고 싶었지만 조용히 자리에 앉아 컴퓨터를 켰다. 뭘 할까 고민하다가 배틀 그라운드를 켰다. 하지만 배틀 그라운드를 하려다가 멀미가 떠올라 서둘러 종료했다. 화면에 있는 게임들을 하나씩 도전했다. 오버워치는 삼십 분 만에 현기증을 느끼며 손을 뗐고, 로스트 아크는 도저히 적응할 수가 없어 십 분 만에 빠져 나왔다. 스타크래프트도 해 봤지만 너무 어려워 포기했다.

그가 최종적으로 정착한 게임은 리그 오브 레전드였다. 다른 어떤 게임보다 재미를 느꼈다. 팀원들과 힘을 합쳐 상대 팀과 맞서 싸우는 게임 방식이 마음에 들었다. 캐릭터 수도 148개나 있었고, 각 캐릭터 특색과 스킬이 달라 이것저것 선택해서 성장시키는 맛도 있었다. 하지만 본인이 느끼는 재미와는 다르게 그를 흥분케 하는 또 다른 요소가 있었다.

그건 바로 욕설이었다. 준서는 롤을 통해 평생 듣도 보도 못했던 욕을 접했다. 욕을 먹으면 기분이 나빴지만 더 잘하고 싶은 마음에 게임을 그만할 수가 없었다. 상황을 만회하고 욕을 한 사람의 콧대를 눌러 주고 싶어 더 열심히 했다. 그런데 대개 욕을 퍼붓는 건 상대편이 아닌 같은 편이었다.

〈맵 안 봄? 눈깔 한쪽 없음?〉

〈점화 왜 안 써! 개 짜증나네〉

〈아니 진짜 애1미없는 새1끼야 이딴식으로 할 거면 하지마라〉

〈야! 넌 여기 오지 말라고!〉

〈궁쓰라고 궁! 병1신아〉

〈어따 써 병1신아!〉

욕설은 금지되어 있었지만 모두들 교묘하게 맞춤법을 틀려 가며 차지게 욕을 했다.

오히려 상대편은 준서를 좋아했다. 아니 안쓰럽게 여기

기까지 했다.

〈아이고 감사합니다〉

〈자꾸 죽여서 미안한데 고마워요〉

〈어디 가서 좀 배우고 다시 오는 게 어때요?〉

준서는 부모님 욕까지 먹으며 온갖 무시를 당했지만 오기가 생겼다. 한 판 두 판 계속 게임을 하며 방법을 익혀 나갔다. 팀원 다섯 명이 각각 정글, 탑, 서폿, 미드, 원딜이라는 포지션을 도맡는다는 것도, 게임의 궁극적인 목적은 개인 캐릭터의 경험치를 올려 성장시키는 게 아닌 팀워크로 넥서스라 불리는 상대방의 본진 건물을 부수는 거라는 것도 알게 되었다. 조금씩 알아갔지만 실력은 여전했다. 알아도 욕을 먹었고, 팀원들에게 오히려 짐만 될 뿐이었다. 계속 욕을 먹자 준서도 화가 났다.

〈처음부터 어떻게 잘하냐 나쁜 새1끼야. 너네 엄마가 그렇게 가르쳤냐?〉

〈너나 잘해 개새끼야〉

〈애미 없는 건 너겠지 병1신아〉

준서는 손을 부들부들 떨면서 화를 참지 못했다. 갑자기 화면에는 〈20분 후에 채팅이 가능합니다〉라는 문구와 함게 게임 25회 채팅금지 조치를 받았다.

"아니, 다들 욕했는데 나만 금지 당한다고? 아! 열받아!"

그는 분함을 참지 못하고 헤드셋을 거칠게 벗어 던졌다. 마우스에서 손을 떼곤 얼굴을 감싸 쥔 채 잠시 눈을 감았다.

"병신 같은 새끼 존나 못하네!"

잠시 후 옆 자리에서 욕설이 들려 고개를 돌려 보았다. 딱 봐도 초등학생으로 보이는 꼬마가 욕을 하며 롤을 하고 있었다. 플레이 실력이 수준급이라는 사실에 놀랐다. 꼬마 아이는 못하는 플레이어에게 음성으로 연신 온갖 욕을 퍼부으며 게임을 했다. 준서는 자신에게 욕을 했던 사람이 바로 이런 꼬마가 아니었을까 하는 생각에 실소를 터뜨렸다.

"너는 롤이 그렇게 재미있니?"

게임이 끝나자 준서가 물었다.

"재미있으니까 하죠."

꼬마는 모니터에 시선을 고정한 채 무심하게 말했다.

"왜 형은 이게 아무리 해도 재미가 없을까."

그는 꼬마가 당돌하게 대답하자 귀엽게 바라보며 말했다.

"그거야 혼자 하니까 그렇죠."

꼬마는 고갤 돌리더니 준서의 모니터 화면을 가리키며

말했다.

"저도 혼자 했다면 재미 없었을 거예요."

"너도 혼자잖아."

"아니예요. 저는 항상 친구들이랑 해요."

"친구? 여기 혼자 온 거 아니야?"

"디스코드로 친구들이랑 모여서 할 수 있거든요. 형도 친구들이랑 해 보세요."

"친구들이랑?"

준서는 관자놀이를 긁적이며 물었다.

"네. 게임은 함께해야 재미있죠. 혼자 하면 무슨 재미가 있어요?"

꼬마는 명랑하게 대답했다.

"그러게. 무슨 재미로 하는 걸까."

준서는 미소 지으며 대답했지만, 이내 낯빛이 어두워졌다.

그는 다시 게임 속으로 들어갔지만 말이 없었다. 대화를 별로 하고 싶지 않기도 했고, 채팅 금지를 당해 할 수도 없었다. 그가 택한 캐릭터인 탈론은 사람들이 말을 걸고 아무리 욕을 해도 묵묵부답이었다. 소통하지 못한 채 홀로 소환사의 협곡을 부유하는 탈론이 마치 자기 자신인 것만 같았다. 그래서 더 필사적으로 플레이를 했다. 이윽고 준서의 팀은 게임에서 승리했지만 탈론은 첫 승리의 기쁨조차 나누지 못한 채 팀원들과 헤어졌다. 피시방에 온 지도 어느새 여덟 시간이나 되었다. 누군가와 함께 저녁을 먹고 싶었지만 성현은 퇴근하고 없었다. 그는 찌뿌둥한 몸을 이끌고 피시방을 나섰다.

10
소수민족과 원더랜드

"이모님, 여기 뼈해장국 하나랑 소주 한 병이요."

준서는 옆 테이블에서 사람들이 하는 대로 주문을 따라 해 봤다. 한국에 와서 누군가를 이모라고 부르는 건 처음이었다. 타인을 이모라고 칭하는 게 어딘가 어색하다고 생각했지만 막상 해 보니 별 거 아니었다. 확실히 '저기요'라고 부르는 것보다 친근함이 느껴졌다. 중요한 한국인의 특성을 배운 것 같아 기분도 좋았다.

"이모님, 여기 겨자 소스 좀 더 주세요."

그는 들뜬 목소리로 손을 들며 말했다.

"으이구, 허구한 날 아저씨들같이 해장국에 소주가 뭐야. 혼자서 궁상맞게! 술은 예쁜 여자친구랑 분위기 좋은 술집 가서 마셔야지."

그녀는 소스가 담긴 접시를 테이블에 놓으며 말했다.

"여자친구가 없거든요."

준서는 멋쩍게 웃으며 대답했다.

"맨날 칙칙하게 이런 곳이나 오니까 그렇지. 이런 데 말고 저기 어디야, 그래, 헌팅포차 같은 곳을 가야지!"

그녀는 빈 접시를 치우며 다소 음흉한 표정으로 말했다.

"헌팅포차요?"

"왜 있잖아. 나이트 클럽처럼 술도 마시고 부킹도 하는 곳."

"부킹이요? 클럽에서 뭘 예약하는 건가요?"

준서는 고개를 갸우뚱하며 물었다.

"어머머머. 부킹이 뭐긴 뭐야. 남녀 짝지어서 술마시고 노는 게 부킹이지. 마음 맞으면 이차도 가고."

"이차는 어디예요?"

그녀는 빈 접시를 가만히 손에 쥔 채 눈을 끔뻑이는 준서를 가만히 바라보았다.

"참나. 어째 총각은 이모보다 이런 걸 더 몰라?

"아! 이차도 줄임말인 거죠!"

"으이구. 농담도 어째 그리 재미없어!"

그녀는 손가락을 하나씩 펼치며 말을 이었다.

"일차는 가볍게 술 마시는 곳이고, 이차는 장소를 바꿔서 뭔가 다른 걸 하는 곳이지!"

"다른 거라면?"

"으이구!"

그녀는 준서의 팔뚝을 꼬집으며 짓궂은 표정을 지었다.

"가만 보면 총각은 어디 다른 나라에서 온 사람 같다니까."

그녀는 준서를 재미있다는 듯 바라보더니 주방으로 돌아갔다.

준서는 남은 해장국과 함께 소주를 천천히 마시며 주위를 둘러보았다. 이모님의 말처럼 이곳에 자신의 또래는 단 한 명도 없었다. 다들 아저씨들밖에 없었고, 그나마 어려 보이는 사람들도 삼십 대 초반쯤으로 보였다. 그는 무언가를 결심한 듯, 남아 있던 소주잔을 비워 내곤 자리에서 일어났다.

"잘 먹었습니다. 이모님."

거리로 나와 시간을 확인했다. 이미 자정이 가까워진 시간이었지만 텅 빈집에 들어가기 싫었다. 그는 이참에 홍대

번화가를 한번 가 보기로 했다. 가벼운 걸음으로 걸으며 주머니에서 이어폰을 꺼내 귀에 꽂았다. 언제나 그랬던 것처럼 〈나무〉를 재생했다. 하지만 채 한 소절도 듣지 않고 이어폰을 빼서 주머니에 도로 넣었다. 그저 행인들의 웃음소리와, 술집의 음악 소리, 그리고 자동차 소리에 몸을 맡긴 채 걸어갔다.

십 분 정도 걸었을까, 준서는 자신이 점점 홍대에 가까워지고 있다는 사실을 체감했다. 현란한 네온사인과 어디서부터 흘러 어디로 가는지 짐작할 수 없는 인파들이 금요일의 홍대 거리를 물들이고 있었다. 멋진 남자들도 많았고, 예쁜 여자들도 많았다. 그는 인파 속에서 묘한 흥분감을 느꼈다. 모두 드라마 속에서 보았던 것 같은 젊고 아름다운 이들이었다. 언젠가 그들처럼 누군가와 무리 지어 거리를 거닐고 있을 자신을 그려 보았다. 그리고 이 모든 게 대학교만 가면 이루어질 것이라고 생각했다. 그는 곧 다가올 달콤한 미래를 상상하며 흥분된 템포로 거리를 돌아다녔다.

팬스레 홍대의 분위기와 뒤섞이고 싶었던 준서는 술집으로 향했다. 가볍게 한잔하며 이 밤을 즐기고 싶었지만 애석하게도 그를 받아 주는 곳은 없었다.

"죄송합니다. 오늘 자리가 만석이어서요."

"지금 열 팀 정도 웨이팅 하고 계세요. 여기에 인원 수 적어 주시고 기다려 주시면 돼요."

"혼자예요? 혼자는 앉을 자리가 없어요. 죄송합니다."

"죄송해요. 저희는 헌팅 포차라서 개인 손님은 안 받아요."

파리에서 바에 가고 싶으면 늘 혼자 갔었다. 하지만 이곳은 달랐다. 자신들의 차례를 기다리는 사람들은 모두 삼삼오오 짝을 짓고 있었다. 왜 한국은 혼자 술집에 가지 않는 것일까. 왜 또 혼자는 받아 주지 않는 것일까. 그는 의아해하며 편의점으로 향했다. 이대로 돌아가기 아쉬워 편의점에서라도 가볍게 맥주 한잔을 하려고 했다. 하지만 편의점에는 덕지덕지 경고문이 붙어 있었다.

〈편의점 내 음주 절대 금지!〉

준서는 아쉬워하며 발길을 돌리려던 찰나, 선반에 진열된 200밀리리터짜리 위스키를 발견했다. 몰래 마셔도 괜찮을 사이즈였다. 그중 그립감이 가장 좋은 발렌타인 파이니스트와 핫바를 골라 계산대로 향했다.

"술은 여기서 드시면 안 돼요."

직원이 바코드를 찍으며 무심한 태도로 그에게 말했다.

"네, 그럼요. 이미 한잔해서. 이건 집에 가서 마실 거예요."

준서는 핫바를 전자레인지에 데워서 구석 테이블에 앉았다. 핫바 포장지를 벗겨 한 입 베어 먹고, 품속에 넣은 위스키를 몰래 꺼내 조금씩 홀짝였다. 그리고 멍하니 창밖을 바라봤다.

이렇게 인파를 보는 것도 즐거웠다. 술에 취해 비틀거리며 걷더니 이내 바닥에 주저앉은 남자를 바라보는 것도, 정말 예쁜 여인들에게 추파를 보내는 남자들을 바라보는 것도, 취기를 가누지 못하고 고래고래 소리를 지르는 사내를 바라보는 것도 모두 이채롭고 즐거운 광경이었다. 유리창 너머의 사람들을 바라보다가 문득 창에 비친 자신의 모습을 발견했다. 금요일 밤을 주인공처럼 보내고 있는 사람들을 바라보며 즐거워하는 자신의 모습이었다. 조금 슬퍼 보이기도 했지만, 아직 때가 되지 않았을 뿐이라고 스스로를 위로했다.

그때 짜증 섞인 목소리가 들려왔다.

"아, 도대체 문은 왜 안 닫고 다니는 거야. 짜증 나게."

직원이 짜증을 내며 활짝 열린 출입문을 닫으러 갔다.

문 틈새로 노랫소리가 아득하게 들려왔다. 기타의 선율에 꾸밈없는 목소리가 섞여 있었다. 술집에서 흘러나오는 대중가요가 아니라 분명 라이브 공연에서 들려오는 노래였다. 준서는 노랫소리에 홀리기라도 한 듯, 핫바 막대기를 쓰레기통에 집어넣고 편의점을 나섰다. 그리고 노랫소리를 따라 걷기 시작했다. 50미터 쯤 걸었을까, 거리 한편의 벤치에서 사내 두 명이 기타와 함께 노래를 부르고 있었다. 그들의 노래를 경청하는 건 한 쌍의 커플뿐이었다. 준서가 다가가자 그들의 노래는 끝이 났고, 커플은 작게 박수를 치고는 천천히 자리를 떠났다.

"어, 성현이 형!"

준서는 기타를 메고 앉아 있는 사내를 보곤 놀라 소리쳤다.

"어라, 준서야! 어쩐 일이야?"

연주를 마치고 핫팩에 손을 녹이던 성현도 놀라 몸을 일으켰다.

"아니, 형 음악도 하세요?"

"응, 나름 뮤지션이거든. 이게 진짜 내 모습이랄까."

그는 뒤돌아 자신이 앉아 있던 의자와 곁에 놓인 기타를 바라보며 말했다.

"누구셔?"

옆에 있던 장발의 사내가 성현에게 물었다.

"피시방에 자주 오는 친구인데 친해졌어. 모로코에서 온 동생이고, 이름은 준서야."

"안녕하세요. 처음 뵙겠습니다."

"반가워요. 저는 음악하는 송준우라고 해요."

그도 준서에게 악수를 청하며 인사를 건넸다.

"근데 모로코가 어디에 있어요?"

"유럽에 있지 멍청아."

준우의 물음에 성현이 답했다.

"모로코가?"

"응. 프랑스 밑에 붙어 있잖아."

"그건 모나코 아냐?"

성현이 고개를 갸우뚱하며 말했다.

"어휴, 그게 모로코지 내기할까? 맞지 준서야?"

성현이 한숨을 내쉬며 준서를 바라봤다.

"프랑스에 붙어 있는 건 모나코예요. 모로코는 북아프리카에 있어요. 스페인 아래. 스페인에서 지브롤터 해협을 건

너면 바로 모로코예요."

준서가 부드럽게 웃으며 대답했다.

"내가 말을 말아야지."

준우는 혀를 끌끌 차며 자리에 앉았다.

"그건 그렇고. 이제 우리 또 공연 이어 가야 해서."

성현은 기타 스트랩을 어깨에 걸치며 자리에 앉았다.

"저도 들어 볼래요."

준서는 한 걸음 뒤로 물러서며 말했다. 성현은 미소와 함께 고갤 끄덕였다.

"그럼요. 우리 유일한 관객인데."

준우는 준서에게 엄지를 치켜세우며 말했다.

"오케이, 원더랜드, 렛츠 고!"

성현은 준우와 함께 눈빛을 주고 받고 힘찬 목소리로 노래의 시작을 알렸다. 두 대의 통기타는 부드러운 아르페지오의 선율을 만들어 냈고, 성현은 감미로운 노래를 부르기 시작했다.

넌 대체 어딜 가는 거니

부끄러워 감추고 말았네

넌 대체 어딜 가는 거니
발끝만 보며 머뭇거렸네

오 나의 원더랜드
길은 어둡고 이정표 하나 없는

오 나의 원더랜드
널 그곳에 초대할 거야

넌 대체 무얼 찾는 거니
깨어질까 감추고 말았네

넌 대체 무얼 찾는 거니
먼 곳만 보며 머뭇거렸네

오 나의 원더랜드
길은 어둡고 이정표 하나 없는

오 나의 원더랜드

꼭 그곳에 널 초대할 거야

오 나의 원더랜드

어린 시절 그렸던 보물 지도

오 나의 원더랜드

꼭 그곳에 널 초대- 초대할 거야

"우와, 노래 진짜 너무 좋아요!"

노래가 끝나자 준서는 뜨거운 박수를 치며 말했다.

"준서가 우리의 첫 팬인 것 같은데?"

성현은 멋쩍게 웃으며 준우를 바라봤다.

"소수민족의 노래도 통하는 날이 오네."

준우는 뿌듯한 얼굴로 손바닥을 비비며 웃음 지었다.

"소수민족이요? 그게 팀명인가요?"

준서가 물었다.

"아니. 팀명은 곡 제목처럼 원더랜드야."

"그러면 소수민족은 무슨 말인가요?"

"아, 소수민족은 우리가 스스로를 지칭할 때 쓰는 말이에요."

준우가 기타를 내려놓으며 대답했다.

"왜 소수민족이에요?"

"원더랜드 같은 노래는 이 시대의 주류가 아니잖아요. 오히려 비주류죠. 공감을 얻고 세상을 들썩이게 하는 음악은 저런 것들이니까요."

준우는 맞은편 술집을 가리켰다. 그곳의 외부 스피커에서는 빅뱅의 〈뱅뱅뱅〉이 흘러나왔다.

"우리는 사람들이 관심 두지 않더라도, 우리가 좋아하는 음악을 계속 지켜 나가기로 했어. 소수민족들이 자기네들만의 고유한 문화를 지키며 살아가는 것처럼 말이야."

성현이 덧붙였다.

"언젠가 세상 사람들이 사랑하게 될 거라고 믿거든요. 우리의 음악을."

"그리고 우리 소수민족을."

"소수민족, 정말 멋져요."

준서가 감탄하며 말했다.

"우리의 첫 팬이 생긴 건가?"

성현은 웃음을 터뜨리며 말했다.

"참, 준서 동생은 왜 한국에 온 거예요?"

준우가 화제를 돌리며 물었다.

"서울에서 원더랜드를 찾고 싶거든요. 그리고 제가 속할 수 있는 소수민족을 찾아보고 싶어졌어요."

11
구조신호

준서는 하릴없이 피시방에 앉아 롤을 하고 있었다. 개강은 아직 두 달이나 더 남아 있었고, 그때까지 이렇다 할 계획은 없었다. 용선 아저씨가 스키장을 다녀오자고 했지만 서울을 벗어나는 일정이 어딘가 내키지 않아 거절했다. 피시방에 있는 게 마음이 편했다. 게임을 못해도 상관 없었다. 자리에 앉아 게임을 하면 곁에 있는 현지인들과 동화되는 기분이 들었고, 자신 역시 서울의 일부가 되어 가는 것만 같아 마음이 편했다. 또 카운터로 가면 성현과 이야기를 나눌 수도 있어 좋았다. 어김없이 게임에 빠져 있던 그때, 준서의 스마트폰이 울렸다.

"저기… 나 은혜야. 혹시 기억나?"

스마트폰 너머에서 익숙한 목소리가 들려왔다.

"은혜? 어, 알지! 비밀의 정원에서 만났었잖아!"

준서는 롤을 하던 마우스를 내려놓고 말했다. 그 사이 준서의 탈론은 공격을 받아 죽었지만 그는 별로 개의치 않았다. 그는 욕으로 도배되는 모니터를 멍하니 바라보며 은혜의 목소리에 귀 기울였다.

"저… 미안한데 나 좀 도와줄 수 있어?"

그녀는 갑자기 울먹이는 목소리로 말했다.

"무슨 일 있어?"

준서는 그녀의 목소리에 놀라 자세를 고쳐 앉았다.

"집에 도둑이 들었어."

"도둑? 경찰에 신고는 했어?"

"아니. 아직 무서워서 어떻게 해야 할지 하나도 모르겠어…"

그녀는 떨리는 목소리로 울음을 터뜨렸다.

"거기가 어디야? 내가 갈게."

채팅창에 팀원들의 욕이 쏟아졌지만 준서는 아랑곳하지 않은 채 게임을 종료했다. 화면 속 자신을 향해 가득 쌓여 있는 텍스트보다 자신을 찾고 있는 음성에 더 끌렸다. 피시방을 나와 택시를 타고 그녀가 알려 준 주소로 향했다. 택시가 정차한 곳은 노량진에 위치한 어느 골목길이었다.

"와 줘서 고마워."

은혜는 한참을 울었는지 눈이 퉁퉁 부은 채 그를 맞이했다.

"괜찮아? 다친 곳은 없어?"

준서는 한없이 약해 보이는 그녀의 모습에 놀라 물었다.

"응. 다행, 아니 다행이라고도 할 수 없는 일이지만, 내가 없을 때 도둑이 들었어."

"그런데 나도 이런 일이 처음이라, 내가 도움이 될 수 있을지 모르겠다."

준서는 그녀를 안쓰러운 눈으로 바라보며 말했다.

"이렇게 달려와 준 것만 해도 내겐 큰 힘인 걸."

그녀는 애써 미소로 화답하며 말을 이었다.

"그럼 들어가 볼까?"

고갤 끄덕이며 그녀가 들어간 곳은 허름한 고시원이었다. 준서는 그녀를 따라 반지하로 내려갔다. 문을 열자 어두운 복도가 나왔다. 어두운 복도 끝에는 거의 천장에 맞닿은 작은 창문이 하나 있었다. 그곳에서는 행인들의 발이 왔다 갔다 하는 모습이 보였다. 그녀는 복도 양쪽으로 자리잡은 문을 네 개나 지나더니 멈춰 섰다. 그리고 앞에 있는 문을 열며 말했다.

"여기가 내가 사는 곳이야."

준서는 잠시 멈칫했다. 그녀가 안내한 공간이 너무나 작기 때문이었다. 세 평 남짓한 공간은 침대와 책상, 그리고 천장에 매달린 행거가 고작이었다. 공간 효율을 높이기 위해 침대의 삼분의 일은 책상과 연결된 선반 밑으로 들어가 있었다. 침대에 누우면 다리는 선반 밑으로 들어가는 셈이었다. 그나마 침대 옆으로 빈 공간이 있었지만 그녀의 커다란 캐리어가 두 개나 놓여 있어 발디딜 틈도 없었다. 그는 천장에 빼곡하게 걸린 그녀의 옷가지들을 바라보며 여기가 옷장인지, 공부방인지, 침실인지 혼란스러웠다.

"복도에 사람들 지나다니니까 얼른 들어가자."

준서는 그녀와 침대에 나란히 앉았다. 그리고 천천히 방을 둘러보며 무의식적으로 물었다.

"왜 이런 곳에서 지내?"

"여기가 가장 저렴하거든. 한 달에 삼십만 원이니까 호텔이나 게스트하우스에 비하면 엄청 저렴하지. 게다가 여기는 공동 주방도 있어서 요리도 할 수 있고 세탁기도 쓸 수 있거든."

그녀는 눈물이 묻어 있는 눈으로 활짝 웃더니 말을 이었다.

"그리고 여기는 식빵이랑 계란이랑 우유는 공짜야."

준서는 자신이 상처가 되는 질문을 한 건 아닌가 하며 급하게 화제를 바꿨다.

"참, 도둑은 뭘 훔쳐 간 거야?"

"현금 여섯 달 치 월세며 생활비를 몽땅 도둑맞았어."

그녀는 갑자기 엉엉 울기 시작했다.

"그러지 말고 경찰에 신고부터 하자!"

준서는 잠시 그녀를 다독이고는 경찰에 전화를 했다.

곧이어 경찰차가 도착했다. 두 명의 경찰관은 사정을 듣곤 그들과 함께 고시원 사무실로 갔다. 경찰은 CCTV 녹화 화면을 요청했다. 사무실 총무는 귀찮다는 듯 미간을 찌푸리며 말했다.

"근데 지하 복도에는 CCTV가 없어요. 딱 계단까지만 있거든요."

그나마 계단 CCTV에 지하로 향하는 여섯 명의 사람이 확인되었지만, 그것만으로는 누군가를 특정하기는 어려운 일이었다. 그들을 모두 불러 모아 취조하지 않는 이상 단서가 하나도 없는 것이나 마찬가지였다.

"이거 아무래도 어렵겠는데. 김순경 잘 설명해 줘."

중년의 경찰관은 담배를 꺼내더니 사무실을 나가며 말했다.

"이 아가씨 사정은 딱한 거 알겠지만 이렇게 해서는 사실 범인을 잡기가 거의 불가능에 가까워요."

젊은 경찰관은 수첩을 덮으며 말했다.

"그래도 그 시간에 지하로 왔다 갔다 한 사람들을 조사하면 되잖아요."

준서가 반박하며 말했다.

"결과는 뻔하죠. 누가 훔쳐 갔다고 시인하겠어요. CCTV도 없는 거 뻔히 알 텐데."

"그러면 지하에 사는 사람들 방을 다 뒤지면 되잖아요."

"경찰이라고 해서 그 사람들을 막무가내로 조사할 어떤 권한도 없어요. 또 나온다고 해도 그 돈이 이분 돈이라는 걸 어떻게 입증할 방법도 없고요."

"그래도 이런 문제를 해결해 주는 게 경찰 아닌가요."

준서가 단호하게 대답했다.

"이봐요, 학생. 이 사건에서 무엇보다 중요한 건 증거가 없다는 거예요. 만약 방으로 들어가거나 하는 장면이 있었다면 확실하겠죠."

그는 CCTV 화면을 가리키며 말했다.

"아무리 그래도… 도둑이 들었잖아요…."

준서는 단서도 없는 화면을 바라본 채 말꼬리를 흐렸다.

"그럼 못 찾는다는 이야기지?"

이 모든 상황을 이해한 은혜가 서럽게 눈물을 흘리며 물었다.

"그러면 이제 나는 어떡하라고…."

그녀는 그 자리에 주저앉아 울음을 터뜨렸다.

"친구 위로 좀 해 주세요. 잠시 후에 돌아올게요. 일단 조서는 쓸 테니 걱정 마시고요."

젊은 경찰관은 머리를 긁적이며 자리를 비켜 주었다. 그를 따라 총무도 몸을 일으켰다. 그녀는 주저앉은 채로 한참을 흐느꼈다. 준서는 들썩이는 그녀의 어깨를 잠시 다독여 주었다.

"이제 어떡하지. 당장 내일이 월세 내야 하는 날이거든."

그녀는 눈물 범벅이 된 채로 준서를 올려다봤다.

"돈이 하나도 없어?"

"응. 매번 인출할 때마다 내는 수수료가 아까워서 한 번에 뽑아 놨거든."

"하필 그 돈을 훔쳐 가냐 진짜."

준서는 고개를 가로저으며 이마를 짚었다.

"이대로 한국을 떠날 수 없어. 이렇게 돌아가고 싶지 않아…."

그녀는 다시 울음을 터뜨렸다.

준서는 갑자기 이상한 기분을 느꼈다. 그녀가 언젠가 지하철 승강장에 있는 전신거울을 통해 마주했던 자신처럼 느껴졌던 것이다. 수수한 옷차림, 창백한 얼굴, 깊게 배어 있는 외로움, 그리고 한국의 환상에 잔뜩 젖어 어딘가 꿈꾸는 듯한 눈빛. 참을 수 없는 연민이 가슴 깊은 곳에서 솟구쳤다. 왜 돌아갈 수 없는지는 물어보지 않았지만 너무나도 잘 알 것만 같았다. 다시 보금자리를 찾을 수 있게 도와주고 싶었다.

"당분간 우리 집에서 지낼래?"

준서는 망설임 없이 말했다.

"너네 집에서?"

은혜가 놀라 물었다.

"응. 내 집에 빈 방이 하나 있거든. 드레스룸이기도 하고 창고이기도 한데, 거기라도 괜찮다면 당분간은 지내도 돼."

"정말?"

준서는 웃으며 고개를 끄덕였다.

12
다문화주의자

 이른 아침, 준서는 딸그락거리는 소리에 잠에서 깼다. 시계를 보니 여섯 시 오십 분이었다. 무슨 소리인가 궁금해하며 몸을 일으켜 방문을 열었다. 은혜가 주방에서 무언가를 열심히 하고 있었다. 고소한 밥 냄새와 맛있는 기름 냄새가 풍겨 왔다. 가스레인지 위의 냄비는 하얀 김을 내며 끓고 있었다. 준서는 자신의 집에서 생각지도 못한 정취를 만들어 내고 있는 은혜의 뒷모습을 잠시 바라봤다. 히피펌 같은 곱슬머리를 포니테일로 질끈 동여맨 모습이 예쁘다는 생각이 들었다.

 "어, 일어났어?"

 은혜는 반갑게 뒤돌아보며 말했다.

 "뭐 하는 거야?"

준서는 눈을 비비며 물었다.

"아침 만들고 있었어. 배고프지? 얼른 앉아."

그녀는 멍하니 서 있는 준서를 식탁에 앉히며 말했다. 식탁에는 김이 모락모락 나는 흰 밥과 계란말이, 그리고 된장국이 가지런히 놓여 있었다.

"언제 이런 걸 다 했어? 재료도 없었을 텐데."

준서는 놀란 눈으로 식탁을 둘러보며 말했다.

"일찍 일어나서 집 앞에 편의점 다녀왔지."

"돈도 도둑맞았다면서 뭘 이런 걸 했어."

"그 정도 돈은 있어. 걱정 마. 얼른 먹어 봐."

그녀는 냄비에 담긴 찌개를 식탁에 옮기곤 자리에 앉았다.

"계란말이 진짜 맛있다. 한국 요리는 언제 배웠어?"

준서는 입에 음식을 가득 문 채 감탄하며 말했다.

"한국 식당에서 일한 적이 있거든. 이 정도야 너무 쉽지. 고시원에서도 자주 해 먹었고."

"한국에 혼자 살면서 아침 처음으로 먹어 본다."

"아침이 처음이라고?"

그녀는 젓가락으로 밥을 떠 입에 넣으며 물었다.

"응. 집에서 아침은 안 챙겨먹었거든."

준서는 예쁘게 잘린 계란말이를 한 입에 넣으며 말했다.

"왜 굶었어?"

"뭐 귀찮아서지. 늘 점심이랑 저녁만 챙겨 먹었어."

"그러면 내가 매일 아침 해 줄게!"

그녀는 다정한 표정을 지으며 말했다.

"매일 해 준다고?"

준서는 매일 아침이라는 말이 이상하게 들려와 눈을 동그랗게 떴다. 나랑 함께하고 싶다는 말인가. 그러자 그녀가 다급하게 덧붙였다.

"함께 지내는 동안. 나도 신세만 지는 건 싫거든."

"괜히 미안한걸. 그냥 지내도 괜찮은데."

"아니야. 나는 요리해 주는 거 좋아하거든. 아침도 꼭 챙겨 먹는 편이고."

그녀는 밝게 미소 짓더니 말을 이었다.

"그래야 내 마음도 편해질 것 같아서…."

"좋아. 그럼 나는 맛있게 먹을게!"

준서가 명랑한 목소리로 대답했다.

"참, 그리고… 여기서 이 주 정도 지내도 돼?"

그녀가 화제를 바꾸며 조심스럽게 물었다.

"응, 괜찮아."

"집에서 곧 돈을 보내 준다고 했거든."

준서는 아무렇지 않다는 듯 대답했지만 내심 당황스러웠다. 사실 흔쾌히 그녀를 초대한 건 자신이었지만, 이곳에서의 체류 기간이 길어 봤자 일주일 정도일 것이라고만 생각했었다. 이 주일이라니 조금 불편할 것 같았다. 하지만 도움의 손길을 내민 건 자신이었으니 어쩔 수 없는 일이었다. 준서는 불편한 마음을 헤아려 보다가 한편으로는 기대감이 차오르는 것을 느꼈다. 어쩌면 그녀와 설레는 일이 생길지도 모른다고.

"오늘은 어디 가?"

준서는 밥을 다 믹고 수지를 내려놓으며 말했다.

"알바 자리도 알아보고, 다문화가족 지원센터 가려고."

그녀는 빈 그릇을 하나씩 정리하며 대답했다.

"다문화가족 지원센터?"

그도 자연스럽게 그릇을 정리하며 물었다.

"응. 구청에 있어."

"거기가 뭐 하는 곳인데?"

"우리 같은 사람들이 모이는 곳이야."

"우리?"

준서는 고개를 갸우뚱했다.

"한국에 살고 있는 이방인들을 위한 커뮤니티야."

"이방인들? 이방인이 무슨 뜻이야?"

"본질적으로 그 세계에 속하지 못하는 사람들을 뜻하는 말이야."

준서는 뜻을 음미하며 스마트폰으로 이방인을 검색했다. 그리고 화면을 바라보며 중얼거렸다.

"에텅제 étranger…."

"뭐라고 한 거야?"

그녀는 호기심 가득한 눈으로 물었다.

"사전을 찾아봤어."

"방금 말한 건 어느 나라 말이야?"

"프랑스."

"프랑스어를 할 줄 알아?"

"모로코는 프랑스어가 공용어거든."

"정말? 몰랐어! 그러면 방금 프랑스어 사전을 본 거야?"

"응. 한국어-프랑스어 사전. 한국어를 정확하게 이해하려면 나한테는 이게 편하거든."

"나도 파파고 중국어 사전 쓰고 있어!"

그녀는 자신의 스마트폰을 보여 주며 말했다.

"대만에서는 이방인을 뭐라고 해?"

"외궈런外国人."

"외궈런"

"이방인, 외궈런, 에텅제 어떤 말로 해도 우리를 부르는 말이지."

그녀가 준서의 프랑스어 발음을 어색하게 따라 하며 말했다.

"이방인…."

준서는 입술을 지그시 깨물며 이방인이라는 단어를 되뇌었다.

"아무튼 다문화가족 지원센터에는 이방인들이 있어. 나처럼 외국인도 있고, 너처럼 한국인이지만 외국에서 태어나고 자란 사람도 있고, 한국에서 태어나고 국적도 한국인인데 피부색이 한국인과 다른 사람도 있고, 한국에서 태어났지만 한국인과 외국인의 피가 반반 섞인 사람도 있어."

"왜 이방인들은 함께하려고 하는 걸까."

준서는 어깨를 으쓱하며 말했다.

"그야 이 세상은 혼자서는 살아가기 힘드니까. 같은 부류의 사람들끼리 힘을 합쳐 살아가는 거지."

"하긴, 돌아보면 그런 것 같아. 파리에서도 마찬가지였어. 파리에서도 서로 닮은 이방인들끼리 어울리며 지내더라고."

"어떻게?"

"같은 프랑스인이어도 모로코와 알제리 출신이면 서로 어울려 지냈어. 이 두 나라는 북아프리카에 있거든. 그들은 파리에서도 모스크를 세우고, 아랍어를 쓰고, 하루에 다섯 번 기도하고, 따진을 만들어 먹고 살아. 참, 세네갈 사람도 많은데 그들도 북아프리카 사람들처럼 자기네들끼리 어울려서 지내."

"정말? 그들도 우리 중국인들이랑 같은데. 우리도 어딜 가든 차이나타운을 만들고 살거든!"

그녀가 미소와 함께 손뼉을 치며 말했다.

"우리 중국인? 너는 대만인이잖아."

"몰랐구나? 원래 대만이랑 중국은 같은 나라였어. 물론 대만 원주민들도 있어서 이야기하자면 길지만 크게 보자면 대한민국과 북한처럼 정치적인 이유로 분단된 나라야."

"정말? 그건 몰랐네."

준서는 그녀의 말을 곰곰이 곱씹으며 말을 이었다.

"그렇다면 다문화가족 지원센터는 어떤 집단인 걸까."

"센터 사람들?"

"응. 인종으로 엮이는 것도 아니고, 국적으로 엮이는 것도 아니잖아."

"무엇으로도 엮을 수 없는 사람들이 아닌가 싶어."

그녀는 엄지와 검지를 펼쳐 턱에 받치며 물었다.

"무엇으로도 엮을 수 없는 사람들?"

"응. 센터에 있는 사람들의 공통점은 근본적인 정체성을 공유할 사람들이 없다는 거야. 소속감이 없는 거지. 근본적인 정체성과 소속감이 없다는 공통점이 우리를 엮어 주는 거야. 한국에 우리를 위한 타운은 없어."

"우리를 위한 타운…."

준서는 잠시 말꼬리를 흐리다가 덧붙였다.

"서울이 우리를 위한 타운일 수도 있잖아."

"그러기엔 서울은 너무 아름답고 차갑기만 한걸. 이방인에게는 너무나 혹독하기만 하지. 이방인은 연대하지 않고 살아갈 수가 없어. 세계 어딜 가도 마찬가지야."

그녀는 입가에 쓴웃음을 지으며 말했다.

"연대…."

준서는 처음 듣는 단어를 작은 목소리로 되뇌었다. 물어보지 않았지만 함께한다는 뜻을 가졌다는 걸 단번에 느낄 수 있었다. 연대. 마음에 드는 단어였다.

"이따가 센터 같이 갈래?"

그녀가 자리에서 천천히 일어나며 말했다. 양 손에는 빈 그릇이 들려 있었다.

"음… 아니."

준서는 곰곰이 생각하더니 말했다.

"그래? 그럼 너는 뭐 할 건데?"

"나는 피시방에 가려고."

"피시방?"

"응. 나는 이방인이고 싶지 않거든."

준서는 해맑게 웃으며 말했다.

외출 준비를 마치고 함께 집을 나선 그들은 골목을 지나 각자의 길로 걸어갔다. 준서는 한참을 걸어 홀로 피시방의 문을 열었다. 이제 지정석이 되다시피한 36번 자리에 앉아 헤드셋을 썼다. 그는 익숙하게 마우스와 키보드를 작동해 롤에 로그인하려다 엔터키를 누르지 않았다. 창을 끄고 잠시 멍하니 모니터를 바라봤다. 문득 다문화가족 지원센터에서 사람들과 어울리고 있을 은혜의 모습이 머릿속에 그려졌다. 다문화 속에서 웃음과 함께 연대하는 그녀의 모습. 그는 무언가를 결심한 듯 마우스를 움직이기 시작했다. 모니터에 나오는 건 〈비밀의 정원〉 1화였다. 그토록 좋아했던 드라마였지만 그의 얼굴은 그다지 행복해 보이지 않았다. 피시방에서 드라마를 보고 있는 건 준서뿐이었다.

13
함께하고 싶은 것

생헤스 아저씨께

 서울은 절기상 봄이 시작되었어요. 그렇다고 완연한 봄은 아니에요. 여전히 추운 겨울이 이어지고 있고, 한낮의 햇살만 조금 따스해진 게 고작이죠. 그래도 그 조그마한 따스함이 선물처럼 여겨지곤 한답니다. 아직 제게 혹독한 겨울이지만, 이 따스한 햇살처럼 제게도 무언가 따스한 게 찾아올 것만 같은 예감이 들어요. 곧 신입생 환영회라는 대학교 행사에 참여할 예정이랍니다. 어떤 친구들을 만나게 될까요. 제가 찾는 건 캠퍼스에 있을 거란 확신이 들어요. 곧 서울의 봄을 닮은 소식 전해 드릴게요.

서울에서 준서가

준서는 펜을 내려놓고 편지를 능숙하게 삼등분으로 접

었다. 편지지를 봉투에 넣고는 목 뒤로 깍지를 끼고 창밖을 바라봤다. 그리고 알 수 없는 미소를 지었다. 그때 노크 소리가 들렸다.

"응, 은혜야."

준서가 대답하자 문이 스르륵 열리더니 한 뼘 정도 틈새로 은혜의 얼굴이 살며시 나타났다.

"들어와도 돼."

그는 의자를 뒤로 젖히며 말했다. 그녀는 준서 곁으로 다가와 침대에 살포시 앉았다.

"근데… 혹시 내일 나도 함께 가도 돼?"

"어디를?"

준서는 의자를 그녀 쪽으로 돌리며 물었다.

"너네 대학교."

그녀는 수줍게 말했다.

"사학과 학생들만 모이는 곳이라 같이 가기는 좀 어려울 것 같은데."

준서는 곰곰이 생각하더니 대답했다.

"한국의 대학교는 어떤지 구경하고 싶었거든."

그녀는 아쉬운 얼굴로 말했다.

"다음에 나도 익숙해지면 구경시켜 줄게."

"혹시 캠퍼스까지만 같이 가면 안 될까? 나는 근처 카페에서 커피 마시면서 끝날 때까지 기다릴게!"

그녀는 미소와 함께 준서의 눈치를 보며 말했다.

"음. 그 정도라면 문제 없지. 그런데 언제 끝날지도 모르는데 괜찮겠어?"

준서는 곰곰이 생각을 하듯 턱을 매만지며 답했다.

"응! 기다리면서 한국어 공부하고 있으면 되니까!"

"그래. 그러자 그럼."

준서는 혼자 가고 싶었지만, 웃으며 함께 가자고 대답했다.

이튿날 준서의 집은 이른 아침부터 외출 준비를 하느라 소란스러웠다. 준서는 거울 앞에서 머리도 정성스레 손질하고, 몇 번이나 옷매무새를 고쳤다. 서둘러 은혜가 준비한 아침도 먹고, 그녀와 함께 집을 나섰다. 신촌역은 홍대입구역에서 한 정거장이기에 도보로 이동했다. 준서는 아침 햇살 속에서 빛나는 캠퍼스가 점점 가까워질수록 미지의 환상으로 가득한 세계에 다가가는 듯한 느낌을 받았다. 드라마에서나 보았던 한국 캠퍼스의 대학 생활, 과 활동, 동아리 활동, 가까운 사이가 될 동기와 선배들, 그리고 예쁜 여학생들의 이미지가 계속해서 떠올랐다.

준서는 은혜와 함께 캠퍼스를 거닐었다. 그들은 관광객처럼 주위를 두리번거리며 캠퍼스가 예쁘다는 말을 몇 번이나 반복했다.

"참, 준서야. 너 대안학교라고 알아?"

은혜가 함께 걸음을 맞추며 물었다.

"아니, 그게 뭔데?"

"어제 흥미로운 이야기를 들었어. 다문화가정 아이들은 한국 사회에 잘 적응하지 못해서, 대안학교라는 곳을 다닌대. 보통 학교를 다니다가 전학을 가는 친구들도 많다고 하고. 결국 다문화가정 아이들은 대안학교로 모이는 거지."

"나약한 집단 같아."

준서가 짜증스러운 말투로 말했다.

"뭐가?"

"다문화라는 거."

그는 고딕 양식으로 지어진 본관 건물에 시선을 고정한 채 말했다.

"그게 무슨 말이야?"

은혜는 당황한 얼굴로 물었다.

"다문화는 학교생활조차 자신들만의 바운더리를 벗어나지 못하는 거잖아. 아이는 엄마 품을 떠나기 전까지 나약한 존재일 수밖에 없어."

준서는 자신의 청사진을 투영해야 할 캠퍼스에 자신이 탈피하고 싶은 정취가 자꾸만 묻어나자 짜증이 치밀어 올랐다. 왜 여기까지 와서 다문화 이야기를 하는 거야? 라고 화를 내며 따지고 싶었지만 꾹꾹 참았다.

"그치만 우리는 한국 사회에서 약자인걸."

"스스로 그렇게 정의했을 뿐이지. 다들 세상 밖이 두려워서 나약한 소속감을 버리고 싶지 않은 것뿐이야."

그는 냉소적인 표정으로 고개를 가로저으며 말했다.

"우리 같은 사람들이 함께하는 사람 없이 잘 살아갈 수 있을까."

그녀는 다소 주눅이 든 태도로 말했다.

"응. 나는 약자가 되지 않을 거야. 한국인들과 친구가 되고, 함께 어울리며 살아갈 거야."

준서는 강한 의지가 담긴 어조로 말했다. 은혜는 그런 준서의 눈을 바라보며 아무 대답 없이 고개를 끄덕였다. 그들은 본관을 향해 함께 걸었지만 아무 말이 없었다. 구내 카페에 도착해서야 입을 열었다. 메뉴를 고르기 위해서였다. 그들은 따뜻한 아메리카노를 받아서 테이블에 마주 보고 앉았지만 아무 말이 없었다. 은혜는 머그잔을 조심스레 두 손으로 감싸 쥐었다. 준서는 테이크 아웃 잔을 들고 자리에서 몸을 일으켰다.

"그럼 나 다녀올게."

"응, 알겠어."

그녀는 억지 미소를 지으며 고개를 끄덕였다.

준서는 그녀를 뒤로하고 발걸음을 옮겼다. 그는 미안한 마음이 들어 뒤돌아봤다. 유리문 너머로 창가에 홀로 앉아 있는 은혜가 보였다. 풍성한 곱슬머리 덕에 유난히 얼굴이 작아 보였다. 멍하니 창밖을 바라보는 그녀가 외롭고 안쓰러워 보였다. 괜히 짜증을 냈나도 싶었다. 하지만 눈을 질끈 감고 발걸음을 돌려 강의실로 향했다.

"이름이 뭐야?"

준서가 강의실 문을 열자 과잠바를 입고 있는 여학생이 물었다. 명찰을 보니 선배였다. 그녀의 손에는 신입생 명단이 적힌 차트가 들려 있었다.

"송준서요."

그녀는 차트에서 이름을 찾아보더니 체크를 하곤 준서를 바라보며 물었다.

"너구나. 전화번호가 없어서 단체 카톡방에 초대를 못 했거든. 번호가 왜 등록이 안 되어 있었지?"

"제가 전화를 만든 지 얼마 안 됐거든요."

"전화를?"

그녀는 고개를 갸우뚱하며 물었다.

"한국에 온 지 얼마 안 됐거든요."

준서는 자신이 모로코 출신이라는 걸 이야기를 할까 하다가 말을 아꼈다.

"음, 그래? 아무튼 전화번호가 어떻게 되지?"

그녀는 궁금한 얼굴이었지만, 더 이상 묻지 않은 채 준서가 불러 주는 번호를 차트에 천천히 적어 넣었다.

"어디 보자. 저기 세 번째 줄 창가 자리에 앉으면 되겠다."

준서는 자리에 앉아 주위를 둘러봤다. 칠판에는 〈사학과 신입생 환영회 OT〉라고 큰 글씨로 적혀 있었다. 자리에는 벌써 삼십 명 남짓한 친구들이 앉아 있었고, 빈자리는 계속해서 채워져 나갔다. 다들 언제 친해졌는지 삼삼오오 모여

이야기를 나누고 있었다. 반대편 복도쪽 자리에 앉은 친구들은 벌써부터 선배들과 시끌벅적 웃음 가득한 농담을 주고받고 있었다.

여학생들 목소리도 귓가에 들려왔다. 고개를 돌려 보니 대여섯 명이 함께 둘러앉아 수다를 떨고 있었다. 준서는 들뜬 마음과 함께 얼른 친해지고 싶다는 욕심이 들었다. 기분 좋은 생각들에 잠겨 있던 그때 준서의 시선이 한 남학생에게 멈췄다. 그는 선배들과 함께 앉아 있는 남학생이었다. 큰 키에 뚜렷한 이목구비와 깊은 안와상융기, 밝은 갈색빛 머릿결은 금발의 느낌도 물씬 났다. 그도 외국인이었다. 준서는 그가 북유럽 어딘가에서 오지 않았을까 생각했다. 하지만 그는 유창한 한국어로 무리의 중심이 되어있었다. 누군가가 그의 이름을 부르는 걸 들었다.

"빅토르 진짜 웃긴다니까!"

빅토르. 저 친구는 어떻게 한국 친구들과 저렇게 잘 어울릴 수 있을까. 준서는 그의 주변을 둘러싸고 있는 웃음소리를 들으며 강한 호기심을 느꼈다.

잠시 후, 오리엔테이션이 시작되었다. 다소 소란스러웠던 분위기가 가라앉고 덩치 큰 학생이 교탁 앞에 섰다. 학회장이었다.

"아, 덥다."

그는 자신이 입고 있는 과잠바를 벗으며 말했다. 겨울임에도 그는 반팔을 입고 있었다.

"반갑다, 나는 사학과 학회장 이강민이라고 해."

그는 호탕한 말투로 신입생들을 바라보며 말했다. 신입생들은 쑥스러운듯 서로 눈치를 봤다. 아무 대답이 없자 학회장이 다시 입을 열었다.

"뭐야, 안 반가워?"

그는 익살스러운 표정으로 후배들을 둘러보며 말했다.

"선배님, 잘 부탁드립니다!"

빅토르가 큰 목소리로 말했다.

"아, 저 자식은 아주 물건이라니까."

학회장은 가볍게 검지로 그를 가리키며 웃음지었다. 그러자 나머지 후배들도 그를 따라 인사했다. 준서도 덩달아 분위기에 편승했다.

"선배님, 잘 부탁드립니다!"

"뭘 잘 부탁해. 대학 생활 너네들이 알아서 하는 거지. 안 그래?"

그가 후배들을 둘러보며 장난스러운 표정으로 말하자 모두들 웃음을 터뜨렸다.

 이윽고 신입생들의 자기소개 시간이 다가왔다. 맨 앞쪽 출입구에 앉은 사람부터 차례대로 자기 소개를 하기 시작했다. 준서는 순서가 다가올수록 떨려 왔다. 나를 어떻게 소개해야 하지? 손에 식은땀이 나기 시작했다. 친구들의 소개를 유심히 듣고 따라 해야겠다고 생각했지만 좀처럼 귀에 들어오지 않았다. 그는 침을 꿀꺽 삼켰다. 이윽고 그의 차례가 왔다. 친구들이 했던 것처럼 자리에서 일어났다.

 "안녕하세요. 저는 송준서라고 합니다. 어렸을 적부터 모로코에서 쭉 살았고, 파리에서 잠깐 대학교를 다녔습니다. 하지만 오래전부터 한국에서 공부하는 게 꿈이어서 이렇게 이곳으로 오게 되었어요. 이곳에서 여러분들과 함께 배우고 공부한다고 생각하니 벌써부터 기분이 참 좋습니다. 앞으로 잘 부탁드립니다."

 준서가 가볍게 목례를 하자 형식적인 환영의 박수소리가 들려왔다. 잠시 여기저기에서 모로코와 파리를 키워드로 자신들끼리 이야기하는 소리가 들려왔다. 그러는 사이 자기소개의 차례가 넘어갔다. 이윽고 준서의 반대편 끝짜리, 복도를 마주한 창가쪽에 앉은 빅토르가 일어났다.

"저는 빅토르입니다. 토르라고 부르지 마세요. 망치도 없을뿐더러 성이 빅이 아니거든요. 빅토르는 이름. 성은 최입니다."

여기저기서 웃음소리가 새어 나왔다.

"그리고 앞으로 질문을 방지하고자 여러분께 미리 말씀드립니다. 저는 러시아 가 본 적도 없고요, 러시아어도 전혀 못 합니다. 원산지만 러시아인 토종 한국인입니다. 태정태세문단세 예성연중인명선…."

예상치 못한 그의 발언에 모두가 웃음을 터뜨렸다.

"아, 저 자식 진짜 골때린다니까."

학회장은 손짓으로 신입생들의 웃음을 정리하며 말했다.

"아무튼 대외적으로는 모델과 연기 공부도 하고 있어요. 여러분들과 즐거운 학교생활 기대하고 있겠습니다. 앞으로 잘 부탁드립니다."

그가 목례하고 자리에 앉자 환호 섞인 박수가 쏟아졌다.

준서는 다른 친구들의 자기 소개가 이어졌지만 그들의 말은 도무지 귀에 들리지 않았다. 빅토르가 자신이 추구하던 삶의 방향을 제대로 체현한 인물처럼 느껴졌다. 한국 문화 속에 제대로 융화되는 것, 그리고 그 메인 스트림 속에서 살아가는 것. 준서는 빅토르에게 질투와 동경을 느꼈다. 친구들에게 인기를 얻고 싶다는 욕심이 차 올랐다.

"자, 이제 신입생 환영회에서 조를 짤 거야. 같은 조원끼리는 다 같이 게임도 하고, 공연도 할 거니까. 마음을 잘 합쳐 보라고. 알겠지? 참, 자신이 장기 하나 갖고 있다 하는 사람은 단독무대를 준비해도 좋으니까 잘 준비들 해 봐. 1등에게는 상품도 있으니까 기대하라고."

이윽고 조편성이 시작되었다. 교탁 뒤 천장에서 스크린이 내려오더니 칠판을 가렸다. 빔프로젝터에서 스크린에 노트북 화면을 투사했다. 화면 속에는 신입생들의 이름표가 차례대로 나열되어 있었다. 학회장이 버튼 하나를 누르자 신입생들의 이름이 순식간에 조별로 나열되었다. 신입생들은 자신들의 이름이 어디에 속해 있는지 찾기 시작했고, 이름을 확인한 이들은 조원이 누구인지 찾아보기 위해 서로의 명찰을 확인했다.

"너희들 골고루 친해지라고 랜덤으로 했으니까 불만 갖지 말라고. 알겠지? 자 조별로 자리 바꿔 앉아 보자."

준서도 자신의 이름을 서둘러 확인했다. 그는 다섯 명의 남학생과 함께 5조가 되었다. 내심 여학생들과 함께 조가 되기를 바랐지만, 그건 준서의 바람일 뿐이었다. 더불어 또 하나의 아쉬움을 느꼈다. 그건 바로 빅토르와 같은 조가 되지 못했다는 것이었다. 그의 두 가지 아쉬움은 내심 조원들에 대한 불만족으로 이어졌다. 함께 둘러 앉은 조원들은 새롭게 통성명을 하고, 즉석에서 조장도 뽑았다.

"그럼 우리 한번 잘해 보자."

조장이 된 도준이가 조원들에게 말했다. 준서는 웃으며 고개를 끄덕였지만, 그의 시선은 조원들을 벗어나 자꾸만 다른 조에 속해 있는 여학생들과 빅토르에게 향했다.

선배들이 유인물을 나눠 주었고, 학회장은 신입생 환영회의 행사 절차와 각 조가 맡은 임무들을 알려 주었다. 그리고 십 분 정도 시간을 주며 조별로 장기자랑 계획을 짜 보라고 했다. 각 조에 선배들이 한 명씩 붙었다. 그들은 새내기들의 멘토가 되어 팁을 전수해 주기 시작했다. 준서의 조에는 강의실 앞문에서 신입생을 안내해 주던 선배가 함께 앉았다.

"너네들은 남자들만 있으니까 재미있는 걸 해야 인기가 있을 거야. 예를 들어 너네가 여장을 하고 걸그룹 노래나

야시시한 댄스를 커버하면 그게 최고지. 그래 네가 센터하면 딱 그림 나온다."

그녀는 어리둥절해하는 도준이를 가리켰고, 조원들은 웃음을 터뜨렸다.

조원들은 머리를 긁적이기도 하고 킥킥거리며 걸그룹의 노래를 찾기 시작했다. 하지만 준서는 다른 마음이 들기 시작했다. 자기 소개 하나로 친구들의 환호를 받았던 빅토르처럼, 모두에게 환호를 받을 수 있는 혼자만의 장기자랑을 준비해 봐야겠다고 생각한 것이다. 그는 문득 〈원더랜드〉가 떠올랐다. 이거면 과친구들과 여학생들에게도 인기를 얻을 수 있을 거라는 확신이 들었다. 그는 조원들의 이야기에 열심히 고개를 끄덕였지만, 머릿속에서는 혼자만의 무대를 그리고 있었다.

준서는 오리엔테이션이 끝나고 집으로 돌아갈 때도 혼자만의 멋진 무대를 상상하고 있었다. 귀에 꽂은 이어폰에서는 〈원더랜드〉가 들려오고 있었다. 이번 무대만 잘 준비하면 모든 것이 변할 것 같다는 확신이 들었다. 이제 한국 친구들도 많이 생기고, 여학생들도 내게 관심을 보여 주겠지. 그는 조원들에게는 적당히 둘러대고 홀로 무대를 준비해야겠다고 비장한 각오를 다졌다. 그는 집으로 향하는 내내 연신 웃고 있었다. 은혜가 구내 카페에서 자신을 기다리고 있다는 사실도 까맣게 잊은 채.

14
제임스 본드

준서는 신입생 환영회에 사활을 걸었다. 구글에서 〈신입생 환영회〉를 검색했다. 제목부터 준서의 눈길을 끌었다. 〈신입생 환영회에서 인싸되는 법〉이었다. 링크를 누르니 페이지는 디시 인사이드의 한 게시물로 이동했다. 준서는 게시물에 적힌 글을 상세하게 읽어 나갔다. 키보드 옆에 놓인 수첩에 하나하나씩 중요한 것들을 메모했다. 대학 생활을 훤히 꿰고 있는 듯 보이는 작성자는 두 가지를 강조하고 있었다.

〈신입생 환영회에는 꼭 슈트를 입고 가세요. 이제 고등학생의 티를 벗어 던지고 성숙한 어른으로 나아가는 시기입니다. 캐주얼보다는 슈트를 입고 자신의 성숙함을 보여주세요. 모두들 정장을 입고 올테니 혼자 캐주얼한 걸 입고 가서 망신을 당해서는 안 됩니다. 그동안 또래들의 앳된 모습에 익숙했던 여학생들도 남성미가 느껴지는 여러분의 슈트핏에 침을 꿀꺽 삼킬지도 모릅니다.

장기자랑에는 꼭 솔로곡을 준비하세요. 보통 선배들이 동기들과 함께 합동 장기자랑을 준비하라고 할 테지만, 여러분은 이를 거부하세요. 멋진 모습을 보여 주고, 여학생들에게 인기를 얻을 수 있는 좋은 기회를 바보같이 날리지 마세요. 무대도 경쟁입니다. 단독무대를 준비해서 친구들에게 자신이 얼마나 멋진 존재인지 보여 주는 겁니다. 노래를 부를 때도 정장을 입고 무대에 오르는 거 잊지 마세요.〉

준서는 자신의 예감이 맞았다는 사실에 기분이 좋았다. 벌써 솔로 무대를 준비하고 있었으니, 중요한 것 중 하나는 이미 해결한 것이나 마찬가지였다. 문제는 슈트였다. 다른 친구들은 이미 신입생 환영회를 맞이해 슈트 하나씩은 마련해 두었을 것이었다. 뒤처지면 안 될 일이었다. 그는 서둘러 슈트를 맞출 수 있는 곳을 검색했다. 여러 차례 검색 끝에 찾은 곳은 종로에 위치한 테일러숍이었다. 바로 집을 나섰다.

젊은 재단사는 테이블에 다양한 원단과 카달로그를 펼

쳐 보였다. 준서는 마음 같아서는 그린 계열의 타탄 체크로 슈트를 맞추고 싶었다. 하지만 첫 슈트는 그레이로 해야 실패하지 않는다는 재단사의 조언으로 마음을 바꿨다. 깔끔하게 포마드로 빗어 넘긴 머리에 멋진 브라운 더블 슈트를 빼입은 그에게 무한한 신뢰감을 느꼈던 것이다. 바로 재단에 들어갔다. 준서는 내친김에 셔츠와 구두까지 함께 맞추고 넥타이는 따로 구입했다.

준서가 요청한 끝에 재단사는 맞춤 슈트를 통상적인 일정보다 일찍 마무리해 주었다. 드디어 슈트를 입고 거울 앞에 섰다. 그는 놀랐다. 슈트가 불편할 줄만 알았는데 몸에 착 달라붙는 맛이 너무 매력적이었던 것이다. 팔을 이리저리 들고 무릎을 구부려도 봤지만 불편하기는커녕 한 몸처럼 느껴졌다. 그리고 무엇보다 거울 속 자신의 모습이 너무나 멋져 기분이 날아갈 것만 같았다. 옷매무새를 만져 주던 재단사는 잠시 팔짱을 낀 채로 한참이나 거울에 비친 준서를 바라보더니 입을 열었다.

"딱 하나가 아쉽네요."

그가 턱을 매만지며 말했다.

"어떤 게요?"

"클래식 슈트의 완성은 헤어스타일이죠."

준서는 재단사가 추천한 바버숍까지 들러 옆뒷머리를 짧게 올려친 포마드 컷 헤어스타일로 바꾸었다. 그리고 포마드를 이용한 스타일링 방법까지 배우고, 포마드를 하나 구입했다. 이발을 마치고 거울을 바라본 준서는 미소를 참지 못하고 이까지 보이게 활짝 미소 지었다. 거울 속 자신의 모습이 너무나 마음에 들었다.

"흠, 나는 반대야."

준서의 장기자랑 계획을 들은 성현이 심각한 얼굴로 말했다.

"반대라니요?"

준서는 놀라서 물었다.

"망할 것 같은 냄새가 나."

"왜요? 저는 형 노래 너무 좋은 곡이라고 생각하는걸요."

"그런 문제가 아니야. 신입생 환영회의 장기 자랑은 웃고 즐기자고 마련된 시간이야. 너무 각 잡고 진지하면 인기 없어. 오히려 망가져야 인기가 있지."

"음…."

준서는 그의 말을 곰곰이 생각하며 들었다. 망가져야 인기가 있다니 무슨 말인지 도무지 이해가 되질 않았다.

"게다가 문제는… 내 곡 부르는 건 너무 고마운 일이야. 물론 잘 부르면 호응이 좋을 수도 있겠지. 근데 이건 공감대의 문제에서도 완전 별로야."

"공감대의 문제라니요?"

"그런 곳에서는 누구나 다 알고 있는 노래를 불러야 해. 새로운 노래를 알려 주는 게 아니라, 알고 있는 노래를 재미있게 부르는 게 중요하지. 장기자랑 노래는 멜론 차트 상위권 노래들 중에서 고르는 거야."

"상관 없어요. 저는 이미 마음을 굳혔거든요. 연습도 많이 했고요."

준서는 비장한 태도로 고개를 끄덕이며 말했다.

"불안한데… 그럼 나 원망하기 없기다. 나는 이미 몇 번이나 말렸으니까."

그는 심각한 얼굴로 팔짱을 끼며 말했다.

"그럼요. 저는 자신 있어요."

"그래 그러면 내가 MR 파일 보내 줄게. 할 거면 제대로 해 봐."

그는 자신의 노트북을 꺼내며 말했다.

신입생 환영회를 앞두고 도준이에게서 연락이 왔다.

〈준서야, 너 장기자랑 어떻게 할 거야?〉

5조 멤버들이 모인 카톡방에서는 여러 차례 장기자랑 이야기가 오갔지만, 준서는 관심이 없어 답장을 하나도 하지 않았다. 그는 도준이에게 사정을 설명했다.

〈그래서 장기자랑에 솔로곡 하기로 했어. 이건 경쟁이기도 하니까. 그래도 같은 조니까 응원할게.〉

그는 매일 밤 슈트를 입고 거울 앞에서 홀로 열창했다. 디데이를 하루 앞둔 저녁, 그는 이제 모든 게 준비됐다고 확신했다. 하지만 신입생 환영회의 당일, 그는 무언가 잘못됐음을 조금씩 느끼기 시작했다.

"으하하. 너 꼴이 그게 뭐냐?"

"와, 진짜 너는 우리 학과 전설로 남겠다."

"님 제임스 본드세요?"

"존나 런던 스타일인데? 근데 어쩌냐, 우린 이제 신입생 환영회 가는데."

그를 본 선배들은 다들 한마디씩 하기 시작했고, 다른 학생들은 폭소했다. 준서는 당황하기 시작했다.

"야, 제임스 본드. 멀뚱히 서 있지 말고 이 짐들이나 버스에 실어."

 학회장이 말하자 모두들 웃음을 터뜨렸다.

 준서는 이마에 식은땀이 나는 걸 느꼈다. 주위를 둘러보니 다들 웃음이 터진 이유를 알 것만 같았다. 모두들 편한 차림이었다. 청바지 차림에 겨울용 재킷, 추리닝에 패딩잠바, 혹은 과잠바 차림이었다. 구두를 신은 사람도 자신밖에 없었다. 게시물은 분명 이게 베스트라고 했는데…. 그는 뭐가 잘못된 건지 계속 생각했지만 도무지 감을 잡을 수 없었다.

 준서는 선배들에 이어 조원들의 태도에도 놀라고 말았다. 그들이 준서를 대놓고 기피하기 시작한 것이다. 친한 척해 봤지만 도준이는 그를 무시하기까지 했다. 결국 그는 버스에 혼자 앉게 되었다. 내가 뭔가를 많이 잘못했구나, 준서는 차창 밖을 바라보며 그 뭔가가 도대체 무엇인지 생각하기 시작했다. 장기자랑을 혼자 준비하겠다고 했던 게 원인이었다는 확신이 들었다. 하지만 이건 경쟁이니 어쩔 수 없는 일이었다. 그는 창밖을 바라보며 장기자랑에서 반드시 망가진 자신의 이미지를 회복해야겠다고 다짐했다.

 "준서야. 잠깐 앉을게."

누군가 준서의 팔을 툭툭 치며 옆에 앉았다. 고개를 돌려 보니 빅토르였다. 잠시 준서가 놀란 얼굴로 바라보자 그가 능청스럽게 말했다.

"그냥 너 혼자 앉아 있길래 얘기해 보고 싶어서. 심심했거든."

"무슨 얘기?"

준서는 갸우뚱하며 물었다.

"넌 좀 보통 애들이랑 달라 보였거든."

"너도 내 슈트가 신기하구나."

그는 자신의 옷을 훑어보며 말했다.

"아니. 슈트 솔직히 멋있어. 맞춘 거 맞지?"

"응 맞아. 어떻게 알았어?"

"기성 브랜드에서는 이렇게 핏하게 나오지 않거든."

"패션 모델도 한다고 했었지?"

"응, 맞아. 슈트에도 관심 많거든. 돈이 없어서 못 맞춰 입을 뿐이지."

그는 입맛을 다시면서 어깨를 으쓱하더니 말을 이었다.

"참, 옷 불편하면 내가 빌려줄게."

"옷을?"

"응, 난 패피라서 몇 벌 더 챙겨 오긴 했거든. 이따 내려서 옷 한 벌 빌려줄게."

"고마워. 근데 패피가 뭐야?"

"패션 피플."

그가 능청스럽게 웃으며 답했다.

"옷이라도 편하게 입으면 마음이 좀 괜찮을 거야. 사실 나는 마음이 불편했거든."

"뭐가?

"선배들이 너 놀리는 거."

그는 비밀을 이야기하듯 조용한 목소리로 말했다.

"이런 일이 있을 줄은 몰랐지만…."

준서는 씁쓸한 표정을 지으며 말꼬리를 흐렸다.

"나는 내 어린 시절이 생각났거든."

"어린 시절?"

"날 봐. 겉모습이 보통 애들과 다르잖아. 그래서 다르다는 이유로 놀림을 많이 받았어. 어쩌면 내가 옷을 좋아하는 건 다름에 맞는 드레스 코드를 찾고 싶었던 것 같기도 해. 늘 특별하게 입어 보고 싶었던 거지. 타인들이 나를 신기하게 보는 시선이 옷 때문이라고 생각하면 마음이 편했거든."

그는 자조적인 미소를 지으며 어깨를 으쓱했다.

"그렇구나… 그런데 너는 어떻게 친구들이 많은 거야? 성격도 좋고. 내가 본 외국인들이랑은 달라서."

준서는 은혜와 그녀가 이야기해 준 다문화의 세계를 떠올리며 물었다.

"소프트웨어가 잘 맞으니까."

그는 준서가 고개를 갸우뚱하자 말을 이었다.

"나는 하드웨어는 러시아산이지만, 소프트웨어가 한국산이거든."

"그건 좀 재미있는 표현이다. 나는 반대인데. 소프트웨어가 모로코산이야."

준서는 작게 웃음을 터뜨리며 말했다.

"너는 어떻게 생각해? 하드웨어와 소프트웨어 중에 우리가 바꿀 수 있는 것이 있을까?"

빅토르가 물었다. 준서는 자신이 아무 대답도 할 수 없다는 사실을 깨닫곤 자조적인 미소로 답을 대신했다. 빅토르의 미소 역시 준서와 같은 성질을 띠고 있었다.

15
신고식

준서는 빅토르 덕분에 리조트에 도착하자마자 옷을 갈아입었다. 청바지와 맨투맨 티셔츠였다. 그는 준서를 위아래로 훑어보더니 코디를 해주듯 골라준 옷이었다. 준서도 마음에 들었다.

"고마워. 이거 편하고 좋다."

준서는 화장실 세면대 거울을 통해 자신의 옷차림을 이리저리 훑어보며 말했다.

"고맙긴. 근데 멋진 옷도 TPO에 맞게 입어야 진짜 멋있는 거야. 이런 자리는 편한 옷이 최고의 옷이지."

그는 거울을 통해 준서를 바라보며 말했다.

"근데 TPO가 뭐야?"

"Time Place Occation, 시간과 장소와 상황에 따라 옷

을 입는다는 말이지."

"좋은 말이네, TPO."

그는 곱게 개어 놓은 자신의 슈트를 품에 안으며 말했다.

준서는 자신을 바라보는 다름의 시선이 없어지자 아주 조금이나마 마음이 편해졌다. 그럼에도 슈트는 강한 인상을 남겼는지, 학회장을 비롯한 선배들은 준서를 여전히 제임스 본드라고 불렀다.

본격적으로 시작된 신입생 환영회의 시간은 준서에게 고역이었다. 제임스 본드라고 불려서만이 아니었다. 함께 방을 배정받고, 함께 교육을 받고, 함께 밥을 먹는 조원들이 자신을 대놓고 무시해서였다. 관계를 회복하려 말을 걸어보고, 말을 걸어 주길 기다렸지만 소용이 없었다. 교수님께 학교 소개와 더불어 학과의 비전을 듣고, 선배들에게 학교생활과 수강 신청, 그리고 학점과 동아리 활동 등에 대한 이야기를 들었지만 준서의 귀에는 들어오는 게 없었다. 준서는 마음은 좀 쓰렸지만, 어차피 이렇게 된 거 장기자랑에 모든 걸 쏟겠다고 다짐했다.

이윽고 저녁을 먹고 모두가 강당에 모였다. 어느새 모두가 어느 정도 친해져서였을까, 분위기는 한껏 달아올라 있었다. 바로 장기 자랑이 이어졌다. 그 포문을 연 건 1조였다. 그들이 선택한 노래는 빅뱅의 〈뱅뱅뱅〉이었다. 신나는 댄스곡은 강당을 축제의 분위기로 만들었다. 클라이막스 부분에서는 모두가 일어나서 무아지경인 것처럼 뛰어다니기까지 했다. 이어 2조는 씨스타의 〈SHAKE IT〉을, 3조는 EXID의 〈위아래〉를 선보였다. 모든 조원이 남자였던 이 두 조는 모두 여자 분장을 하고 매혹적인 춤선과 과감한 동작들로 관중들을 폭소와 경악 속에 집어넣었다. 4조는 박진영의 〈어머님이 누구니〉였다. 여학생이 박진영의 역할이 되어 노래를 불렀고, 빅토르와 그의 조원들은 엉덩이를 과감하게 흔들며 파격적인 트월킹을 선보였다. 관객들은 노래를 따라 부르고 코믹하게 바꾼 안무에는 포복절도했다.

이어 5조 차례였다. 준서만 빼고 조원들이 무대에 올랐다. 그들은 걸그룹 노래를 하려다가 논의 끝에 인크레더블, 타블로, 지누션이 함께 부른 〈오빠차〉를 택했다. 재미있게 하지 못할 거 최고로 신나게 하자는 취지였다. 그들은 유아용 자전거'까지 가져와서 무대에서 타는 퍼포먼스까지 선보였다. 여기저기서 환호와 웃음이 터져 나왔다. 신나는 힙합 선율에 모두 일어서서 '오빠차 뽑았다, 널 데리러 가' 가사를 합창하다시피 했다. 분위기는 최고조에 이르렀다.

준서는 조원들의 무대를 보지 못했다. 홀로 화장실에서 옷을 갈아입고 있는 중이었다. 그는 다시 슈트로 빠르게 갈아입고 강당으로 돌아왔다. 어느새 5조의 무대가 막바지에 이르러 있었다. 무대 위에서 뛰어다니는 조원들을 바라보며 나도 저 무대에 함께했다면 어땠을까, 하는 생각을 잠시 했다. 하지만 생각은 오래가지 못했다. 곧바로 그의 무대였다.

준서는 홀로 무대 위에 올랐다. 스탠드 마이크 앞에 섰다. 강당에는 신입생들과 선배, 그리고 교수님들이 모두 자신을 바라보고 있었다. 그래, 이건 내가 누구인지 보여 줄 수 있는 기회야. 그는 떨렸지만 마이크를 잡고 반주가 나오기를 기다렸다. 여기저기서 웅성거리는 소리가 들려왔다. 드디어 잔잔한 아르페지오의 선율이 강당에 부드럽게 울려 퍼지기 시작했다.

넌 대체 어딜 가는 거니
부끄러워 감추고 말았네

넌 대체 어딜 가는 거니

발끝만 보며 머뭇거렸네

잔뜩 끓어올랐던 객석의 분위기는 점점 식기 시작했다. 일어났던 관중들이 하나둘씩 자리에 앉았다. 한창 흥에 취해 있던 몇 관중들은 아쉬운 듯 입맛을 다셨다. "이게 누구 노래라고?"라는 목소리가 어딘가에서 들려오기까지 했다. 하지만 노래에 취한 준서는 눈을 감은 채 열창했다. 한국에 처음 왔던 순간, 용선 아저씨의 차를 타고 서울로 향하던 순간, 서울의 야경을 바라보며 잠들었던 순간, 홀로 비밀의 정원과 홍대 밤거리를 거닐었던 순간, 슈트를 맞추고 기뻐했던 순간, 아니 서울에서의 모든 순간들이 떠올랐다.

오 나의 원더랜드

길은 어둡고 이정표 하나 없는

오 나의 원더랜드

널 그곳에 초대할 거야

그의 무대는 다른 무대와 달리 형식적인 박수 소리와 함께 끝나고 말았다. 준서는 박수 소리는 전혀 신경 쓰지 못한 채 뿌듯함에 도취되어 있었다. 좋아하는 노래를 열심히 연습해서 이렇게 실수 없이 했다는 사실이 그를 기쁘게 했던 것이다. 모든 걸 보여 줬노라고 자부했다. 준서는 인사를 하고 내려와 다시 객석에 앉았다. 홀가분함을 느끼고 있던 그때, 어디선가 웅성거리는 소리가 들려왔다.

"제임스 본드 진짜 분위기 깬다 진짜."

"눈치도 존나 없네."

"재미도 감동도 없는 노랜데 뭘 믿고 혼자 한 거야?"

자신을 향한 목소리가 아주 또렷하게 들렸다. 그는 못 들은 척 무대에 시선을 고정하고 있었다. 무대는 바로 이어졌다. 정말 노래를 잘 부르는 친구들의 무대였다. 박효신의 〈눈의 꽃〉과 김범수의 〈끝사랑〉이었다. 두 친구의 무대는 준서의 노래를 금방 잊히게 만들었다. 장기 자랑에서 승리한 조는 4조였고, 개인전 1등은 박효신의 〈눈의 꽃〉을 부른 남학생이었다. 내심 기대했던 준서는 아쉬운 마음이 가득했다. 장기자랑의 열기는 뒤풀이 자리에서도 계속되었다.

술잔이 몇 번이나 돌고, 빈병들이 점점 쌓여 가기 시작했다. 옷을 갈아입을 시간이 없던 준서는 슈트를 입은 채 시끌벅적한 뒤풀이 자리에 앉아 있었다. 그는 함께 둘러앉아 있는 조원들이랑 제대로 섞이지도 못한 채 멀뚱멀뚱 주위 친구들만 바라보고 있었다. 오가는 이야기들에 귀 기울이며 함께 웃으려고 노력했지만, 집중이 잘 되지가 않았다. 이런 자리가 뭐가 재미있는 거지?

"담배 피우고 올 사람?"

학회장이 큰 목소리로 묻자 여기저기서 손을 들었다. 그는 손든 사람들을 둘러보더니 얼른 나갔다가 오자고 했다. 흡연자들이 우르르 일어나 발걸음을 옮기기 시작했다. 준서도 몸을 일으켜 자신의 가방 속 담배를 찾기 시작했다. 누군가 그의 어깨를 톡톡 치며 말했다.

"제임스 본드, 잠깐 나 좀 보자."

학회장이었다. 준서는 그를 따라 정원 한구석으로 갔다.

"너 같은 조 애들이랑 무슨 일 있었어?"

그는 담배에 불을 붙이며 말했다.

"네?"

준서는 놀라 되물었다.

"애들이랑 분위기가 안 좋아 보이던데."

"네, 그런 것 같아요."

"애들한테 얘기는 들었어. 장기 자랑 같이 준비하자고 했는데 혼자 한다고 했다며?"

"네, 맞아요."

준서는 천천히 고개를 끄덕였다.

"왜 혼자 준비한 거야? 친구들은 네가 자신들을 무시하고 어울리지 않으려 했다고 생각하더라."

"정말요? 결코 그런 마음은 아니었어요."

"그런데 중요한 건 당사자들은 그렇게 느꼈다는 거지."

"생각만큼 쉽지 않네요. 대학 생활이란 거."

"대학은 단체 생활이야. 이번 기회로 함께 어울리는 법을 배워 가면 되는 거지."

"오늘 하루는 정말 고되네요. 정말 잘해 보려고 했던 하루였는데…"

준서는 깊은 한숨을 내쉬며 말했다.

"그리고 사람은 너무 자기 자신에 몰두하게 되면 세상과의 접점이 점점 없어지게 돼. 형은 자신의 세계에 고립된 사람이 유머나 센스를 갖추고 있는 경우를 본 적이 없거든. 유려한 사람은 언제나 세상과 부드럽게 맞물려 있어. 앞으로는 혼자보다는 친구들과 잘 어울리는 법부터 찾아 봐."

"좋은 조언 감사합니다. 많은 생각을 하게 되네요."

"고맙긴, 들어가자."

학회장은 담뱃불을 재떨이에 털어 넣고 준서의 어깨를 토닥이며 말했다.

준서는 술자리로 돌아왔지만 정신이 없었다. 술 게임은 재미가 없었는데 계속해서 술을 마셔야 했다. 취기가 올라왔다. 내 무대가 그렇게 형편없었나. 다시 술을 마셨다. 슈트를 괜히 맞춘 건가. 그 게시물은 도대체 뭐였던 걸까. 왜 나는 아는 노래가 하나도 없었을까. 다시 술을 마셨지만 준서는 친구들의 대화 주제에 제대로 끼지 못했다. 함께 앉아 있었지만 부유하고 있는 것만 같았다. 반대편에서 빅토르는 완전히 주인공이 되어 있었다. 준서는 몰래 한숨을 내쉬며 술잔만 기울였다.

"야! 송준서, 내가 생각해 봤는데 넌 우리와 달라!"

술에 취한 도준이 갑자기 준서에게 삿대질을 하며 소리쳤다. 준서는 놀라 멍하니 그를 바라봤다.

"너 외국인 입학 전형으로 들어왔다며. 할당제로 학교에 완전 거저 들어온 거잖아. 우리는 육 년을 고생해서 여기에 입학했다고. 우리에겐 이곳에 입학한 것 자체가 영광이고 훈장이야. 여기 있는 모두들 말야! 근데 너는 아무 노력도 하지 않고 쉽게 들어온 주제에 뭘 잘났다고 우리를 무시해?"

"그렇게 말하지 마! 나도 여기에 오기 위해 갖은 고생을 했고, 노력도 했어! 알지도 못하면서 함부로 떠들지 마!"

"그만해라. 김도준, 송준서."

학회장은 화를 참듯 나지막한 목소리로 말했다.

"야야, 너 취했다. 그만해."

조원들이 눈치를 보며 도준이를 만류했지만 대부분이 동조하는 분위기였다.

"그거 노래 뭐였지? 맞아 원더랜드. 그래 씨팔 존나 병신 같은 노래였지. 딱 너는 원더랜드 같은 놈이야. 아무도 모르고, 아무도 좋아하지 않을 노래지. 내가 장담하는데 넌 여기 있는 우리들과 어울리지 않아."

"헛소리하지 마! 나는 여기서 친구도 사귈 거고, 학교 생활도 잘해 나갈 거야!"

준서는 벌떡 일어나서 그에게 달려갔다. 그때 갑자기 빅토르가 달려와 그를 안다시피 하며 막았다.

"준서야. 이래서 좋을 거 하나 없어. 술 취한 놈이랑 싸워서 뭐 하자는 거야. 네가 원했던 것도 이런 거 아니잖아."

그의 말에 준서는 서서히 주먹에 힘을 풀고 입술을 꽉 깨물었다.

"너네 뭐 하는 놈들이야! 뭐가 잘났다고 모두가 시간 내서 만든 이 소중한 자리를 망치고 지랄이야? 5조 너네들은 송준서, 김도준 책임지고 방에 데려가서 격리시키고 와. 둘이 방에서 치고받고 싸우든 너네끼리 해결해. 나오면 뒈질 줄 알아."

학회장은 화가 난 채로 말했다.

준서는 갑자기 서럽게 눈물을 흘리기 시작했다. 그를 안고 있던 빅토르는 어안이 벙벙한 채로 서서히 손을 풀며 한 발짝 물러났고, 그의 얼굴을 바라봤다. 신입생들은 어떻게 해야 하는 상황인지 서로 눈빛만을 교환하고 있었다.

"그래, 모든 노력이 엉망이 됐지만⋯ 난 그저 최선을 다해 너희들과 친해지려고 노력했던 것뿐이라고!"

준서는 도준이를 향해, 그리고 모두를 향해 소리를 질렀다. 이윽고 고요한 정적이 찾아왔다. 모두가 준서를 바라보며 멍하니 서 있었다.

16
민족주의자

 준서는 후드를 뒤집어 쓰고 그 위에 헤드폰을 쓴 채 멍하니 모니터를 바라보고 있었다. 마우스 옆에 있던 스마트폰이 울리기 시작했다. 그는 팔짱을 풀어 재생 중이었던 비밀의 정원을 정지시키고 스마트폰을 집어 들었다. 화면에는 〈집주인 아주머니〉라고 써 있었다. 그는 헤드폰을 한쪽만 벗고 전화를 받았다.

"준서 학생이죠?"

"네, 안녕하세요."

"이런 말 묻기는 좀 그렇지만 학생 동거하고 있어요?"

그녀는 조심스러운 말투로 말했다.

"동거요? 아니요. 저 지금 피시방에서 게임하고 있는데요. 근데 동거가 뭔가요?"

준서는 고개를 갸우뚱하며 물었다.

"아이고 아무리 교포라지만 좋은 대학 입학한다면서, 아직 동거라는 뜻도 모르면 어떡해요."

그녀는 한숨을 쉬더니 말을 이었다.

"동거는 누군가랑 같이 산다는 뜻이에요. 아니 내가 감시한 건 아니고, 건물 청소하는 아주머니가 외국인 여자랑 같이 지낸다고 하더라고요."

"아, 요즘 친구랑 함께 지내고 있긴 해요."

"준서 학생. 오해하지 말고 들어요. 이건 좀 경우가 달라서."

"무슨 문제라도 있나요?"

그는 반쯤 걸친 헤드폰을 아예 벗어 키보드 옆에 내려놓으며 말했다.

"이런 말 하긴 좀 그렇지만 건물주들은 외국인들이 세입자로 오는 걸 별로 좋아하지 않아요."

"제가 월세를 내는 집인데 그게 왜요?"

"물론 자기가 살고 있는 집에 누구랑 같이 사는 거에 대해서 뭐라고 하면 안 되지만… 그… 다문화가정이 세입자로 들어오면 월세도 그렇고 건물 값도 떨어지거든요. 내 철칙이 다문화가정은 세입자로 안 받는 건데. 준서 학생이 그렇게 만들어 버리니까 조금 신경이 쓰이네요."

그녀는 주저하더니 말을 이었다.

"같이 사는 사람이 백인이라면 모를까."

"아주머니, 그건 인종차별 아닌가요?"

준서는 화가 난 목소리로 말했다.

"아니, 준서 학생. 내가 손해를 볼 수도 있는데 무슨 인종차별이 중요해요. 내 건물 규칙은 내가 세워요."

그녀는 헛기침을 하더니 다시 말을 이었다.

"당장 내보내라는 건 아니고, 양해 좀 구하고자 하는 얘기예요. 나도 준서 학생 믿고 집 준 거니까."

"일단 친구도 오래 지낼 거 아니니까, 앞으로 이 문제로 전화 안 주시면 감사할 것 같아요."

그는 냉정하게 대답했다.

"그래요. 준서 학생. 이해해 줘서 고마워요."

그녀는 무안한 웃음과 함께 전화를 끊었다.

준서는 전화를 끊었지만 드라마에 집중할 수가 없었다. 어이가 없기도 했고, 한편으로는 분하기도 했다. 그는 잠시 집주인이 세입자의 권리를 침해한 것에 대해 화가 나는 건지, 자신을 다문화라는 시선으로 바라본 게 화가 나는 건지 헷갈렸다. 다만 후자의 감정을 무의식적으로 감추고 싶어 본능적으로 전자에 더 분노하기 시작했다. 바로 용선 아저씨에게 전화를 걸어 이 상황에 대해 토로했다. 그는 전화를 받자 같이 저녁을 먹으며 이야기하자고 제안했다. 준서는 저녁 시간에 맞춰 그의 집으로 향했다.

"세입자가 누구를 초대하든 상관없는 일 아닌가요?"

준서가 항변하듯 말했다.

"그 사람 나쁜 사람이네. 누구를 초대하든 뭐 어때."

용선 아주머니는 물컵을 살며시 잡으며 말했다.

"요즘 같은 세상에 그런 생각을 하는 사람이 있다니 참, 세상이 어떻게 되어 가는 건지."

"그쵸 아저씨, 제가 잘못한 거 아니죠?"

"잘못한 거 없지. 아니 근데, 언제 그렇게 여자친구를 사귄 거야? 같은 과? 아니면 같은 학교?"

그는 손가락을 튕기며 화제전환을 하듯 물었다.

"그러고 보니 아직 입학식도 안 했잖아."

그녀가 덧붙였다.

"학교 친구는 아니에요. 말하자면 긴데 여자친구도 아니고요."

"다 아니네? 그럼 어떻게 만난 건데 같이 지내는 거야, 젊은 남녀가!"

그는 손을 비비며 신나는 감정을 주체하지 못하고 말했다.

"당신이 왜 좋아해!"

그녀는 남편의 등을 때리며 말했다.

"원래 남의 연애가 제일 신나는 거야."

그는 웃으면서 준서에게 계속 물었다.

"카페에서 우연히 만났는데 한국에서 지내는 집에 도둑이 들었대요. 돈을 몽땅 도둑 맞아서 월세가 없다지 뭐예요. 경찰도 왔는데 찾을 길이 없다고 하더라고요. 그래서 울길래 당분간 제 집에서 지내라고 했죠."

준서는 어깨를 으쓱하며 말했다.

"아니 근데 얼마나 지내고 있길래 집주인은 동거라고 하는 거야?"

"지금 한 삼 주 넘은 것 같아요."

"그렇게 오래 지내?"

"저는 길어봤자 일주일 생각했는데, 이 주 지낸다고 하더라고요. 그래서 그러라고 했는데 아직도 지내고 있어요. 나가라는 말은 못 하겠더라고요."

그는 물이 담긴 유리컵을 양손에 감싸 쥐고 어깨를 으쓱하며 말했다.

"이거 이거 그 애가 너 좋아하나 보다. 맞지?"

"그런 것 같기도 한데, 아닌 것 같기도 하고…."

그는 머리를 긁적이며 쓴 웃음을 지었다.

"감정이 전혀 없는 건 아닌 것 같은데 준서도?"

용선 아저씨의 아내는 미소를 지으며 말했다.

그녀의 말에 준서는 은혜를 떠올렸다. 그녀와 뜨겁게 설레던 밤도 있었다. 그날은 함께 오붓하게 저녁을 먹고 소파에 앉아 테이블에 올려 놓은 노트북으로 비밀의 정원을 봤다. 드라마가 시작된 지 얼마나 됐을까, 그녀는 준서의 어깨에 머리를 살포시 기댔다. 이어 그녀는 팔짱을 꼈다. 준서는 그 순간의 모든 것들이 따뜻하고 소중하게만 느껴졌다. 나만의 공간, 좋아하는 드라마, 나를 챙겨 주는 누군가. 그때 그는 고개를 돌려 그녀를 바라봤고 당연히 해야 할 것처럼 키스를 했다. 준서는 그날 처음으로 은혜의 부드러운 살결과 아름다운 선과 향기로운 체취를 기쁨에 겨워 향유했다.

그건 사랑이었다. 하지만 준서는 사랑하는 감정이 집 밖을 나서면 변질되는 이상한 기분을 느꼈다. 집만 나서면 마법이 풀리는 것만 같았다. 함께 외출하면 이상하게도 그녀가 마음에 들지 않았다. 한국의 세상 속에서 그녀는 이질감이 두드러졌다. 한국 여자들과 옷차림이 달랐다. 헤어스타일도, 화장법도 달랐다. 능숙하지만 어딘가 어색한 한국어는 사람들이 그녀를 대하는 데 외국인의 잣대를 들이대게 했다. 영어로 응대를 한다든가, 외국인 메뉴판을 가져다준다든가, 어디서 왔냐고 묻는다든가. 그야말로 한국적이지 않은 정체성을 풍기고 다녔다.

 준서는 아버지에게 했던 말이 생각났다. 자신은 뿌리를 내릴 곳이 필요했다. 스스로를 한국적인 인간이기에 모로코에도 파리에도 뿌리내릴 수 없다고 여겼다. 그래서 한국에 온 것이었다. 한국에 뿌리내리려면 한국적인 자양분을 흡수해야 했다. 하지만 은혜는 모로코에서 뿌리내리지 못하고 부유하던 자신과 다름없었다. 그는 자신이 한국에 뿌리내리기 위해서는 그녀를 멀리해야만 한다는 걸 깨달았다. 자칫 잘못하다가는 뿌리내리지 못한 채 다문화의 바운더리 속에 한정되고 말 것이라는 걸 본능적으로 알고 있었다.

"글쎄요… 그런데 제 스타일이 아니거든요."

그는 쓴웃음을 지으며 대답했다.

"준서 스타일은 어떤 여잔데?"

"저는 한국 여자가 좋아요."

그는 대답하곤 유리잔에 담긴 시원한 물을 한 모금 마셨다.

"한국 여자가? 왜?"

용선 아저씨가 물었다.

"저를 한국적이게 만들어 줄 것 같거든요."

은혜 역시 준서의 감정을 충분히 느끼고 있었다. 준서는 언젠가부터 노골적으로 그녀를 한국 여자와 비교하기 시작했다. 너는 왜 한국 여자들처럼 옷을 안 입어? 너는 왜 한국 여자들처럼 화장을 안 해? 한국말 할 때는 억양 좀 한국인스럽게 하는 게 어때? 그녀는 준서의 노골적인 표현에 지적을 당한 것처럼 자신을 수정해 나가기 시작했다.

"어때, 나 달라진 거 없어?"

은혜는 함께 식탁에 마주 앉은 준서에게 물었다.

"달라진 거?"

준서는 무심하게 대답했다.

"응, 달라진 거."

그녀는 힌트라도 주듯 손톱이 보이게 손가락을 눈 앞에 펼치며 말했다. 그녀의 손톱에는 알록달록한 큐빅들이 파스텔 톤의 분홍색과 하얀색 매니큐어 위에 붙어 있었다.

"네일한 거야?"

그는 그녀의 손톱을 힐끗 보더니 말했다.

"응. 큰마음 먹고 했지."

그녀는 약간 턱을 치켜들고 뿌듯하게 미소를 지으며 말했다.

또 하루는 문을 열고 들어오는 준서를 높은 톤의 목소리로 맞이하며 말했다.

"어때, 나 한국 사람 같아?"

그녀는 사랑을 갈구하는 눈빛으로 미소와 함께 자신의 포즈를 이리저리 바꿨다.

준서는 놀랐다. 어느새 그녀의 곱슬머리는 직모가 되어 있었다. 얼굴은 한국인 화장법으로 칠해져 있었다. 눈썹의 형태도 한국 여자들이 선호하는 끝이 부드럽게 꺾인 형태로 바뀌어 있었다. 옷들도 하나둘 늘어나기 시작하더니 준서와 함께 외출할 때 스키니진과 베이지 코트, 그리고 가죽 부츠를 신었다. 그럼에도 준서는 그녀에게서 한계점을 발견했다. 그녀가 매일 아침 고데기로 머리를 펴고, 유튜브를 보고 화장을 하고, 네일숍을 가더라도 그녀는 한국인이 될 수가 없다는 것을. 준서는 그녀의 애쓰는 모습에 짜증이 났다.

"이번에 돈 너무 많이 쓴 거 아니야?"

그는 그녀의 헤어스타일과 네일, 그리고 옷들을 눈으로 가리키며 물었다.

"그럼, 비싼 돈 주고 했지."

그녀는 뿌듯한 듯이 당당하게 턱을 약간 들고 자세를 고쳐 앉으며 말했다.

"집에서 보내 주신 거 아니야?"

준서는 냉소적인 얼굴로 말했다.

"응. 맞아."

그녀의 표정이 조금 구겨졌다.

"그거 집 구하고 생활비에 보태라고 보내 주신 거 아니야?"

그는 젓가락을 손에 쥐고 가만히 밥그릇을 응시하며 답

했다.

"그야 난 지금 여기서 지내고 있으니까… 다른 곳에 쓰고 있는 거지…."

그녀는 떳떳하지 못한 듯 말꼬리를 흐렸다.

"난 솔직히 불편해."

"내가 불편하다고?"

"응. 너 여기서 지내기로 약속했던 게 이 주였잖아. 근데 벌써 한 달이 다 됐어."

준서는 한숨과 함께 머리를 쓸어 넘기며 말했다.

"나는… 네가 나랑 같이 사는 걸 좋아하는 줄 알았는데?"

그녀는 당황한 얼굴로 말했다. 그녀의 표정은 한껏 꾸민 외모와 강하게 대조되어 마치 붕 떠 있는 것처럼 보였다. 장난기 가득한 태도로 치켜세웠던 턱은 어느새 내려올 대로 내려와 있었다.

"나도 내 생활이 있어."

"그치만, 우리 함께 즐거웠잖아. 함께 보냈던 그 밤은 뭔데?"

그녀는 흔들리는 목소리로 물었다.

"그건 너나 나나 통제할 수 없는 상황이었어. 아무리 생각해 봐도 우리는 잘될 수 없어."

그는 고개를 가로저으며 말했다.

"잘될 수 없다니?"

그녀는 어느새 사색이 되어 있었다.

"넌 나랑 너무나 달라."

"어떤 게 다른데?"

그녀의 질문에 준서는 마땅한 한국 단어가 떠오르지 않았다. 그는 문득 지하철 기내 방송에서 들었던 종착역이 떠올랐다. 정확한 뜻은 다르지만 의미는 비슷해서 말하고자 하는 바를 충분히 설명할 수 있을 것 같았다.

"종착역이 달라."

"종착역이 다르다니?"

"나는… 한국인이 될 수 있고, 너는 한국인이 될 수 없어!"

"그게 무슨…."

그녀는 충격을 받은 듯 말을 잇지 못했다.

"나는 네가 자꾸 한국인이 되려고 하는 모습들이 억지 같아서 부담스러워. 내가 서울에서 지내는 모습이 너와 같은 억지로 보인단 말이야. 나는 서울에 진짜 한국인이 되고 싶어서 왔어. 그런데 너랑 만나고 자꾸만 외국인이 되어 가는 것만 같아. 나는 억지 부리지 않는 한국인이 되고 싶어."

그는 갑자기 엉망진창이었던 신입생 환영회의 아픈 기억이 떠올랐다. 자신도 모르게 눈물이 그렁그렁 맺혔지만 이내 말을 이었다.

"나는 이곳에서 방법을 찾아야만 해. 한국인이 되기 위해서 뭐든지 할 거야. 대학 생활도 열심히 할 거고, 군대에도 자원 입대할 거고, 여기서 직장도 찾을 거야. 서울을 고향처럼 느끼게 하는 사람들과 친구가 될 거야. 나는 서울에서 살아남기 위해 뭐든 할 거야!"

"그치만 나와 함께할 수도 있잖아."

그녀는 울음을 터뜨리며 말했다.

"너랑 어떻게? 다문화가정? 말했잖아! 나는 싫다고 그런 거!"

"나는 내가 한국에서 찾고 있던 삶이 바로 너와 함께하는 삶이라고 생각했어."

그녀는 충격을 받은 듯 놀란 눈으로 눈물을 흘렸다.

"아니야. 너는 게스트고 나는 호스트일 뿐이야."

준서는 짜증 섞인 말투로 말했다.

"그래서 내가 어떻게 하면 좋겠어?"

"이제… 그만 내 집에서 나가 줘."

"알겠어. 그러면 딱 이틀만 시간을 줘."

그녀는 눈물을 닦으며 말했다.

"이런 말까지 한 상황에서 이틀을 함께 보내는 건 너무 불편할 것 같아."

준서는 그녀의 눈을 피하며 말했다.

"좋아. 그러면 내일 아침에 나갈게."

그녀는 다시 두 손으로 눈물을 훔쳐 낸 뒤 애써 웃으며 말했다.

"그동안 고마웠어."

"나도 고마웠어."

준서는 식탁에서 일어나 자신의 방으로 돌아갔다.

불도 켜지 않고 침대에 곧바로 누웠다. 거실에서는 조용히 설거지하는 소리가 들렸다. 나가서 심한 말을 해서 미안하다고 할까, 이틀은 더 지내도 된다고 할까 잠시 고민했다. 그녀와의 좋았던 기억을 떠올려 보다가, 그녀와 함께하며 불편했던 점들을 떠올렸다. 신입생 환영회에서 모든 것이 엉망으로 되었던 이틀과, 앞으로 막막한 대학 생활을 머릿속에 그려 봤다. 모든 것이 답답했다. 혼자 있고 싶었다. 준서는 그대로 잠이 들었다. 이튿날 일어나 보니 은혜는 없었다. 거실과 주방은 깔끔하게 치워져 있었고, 그녀가 지내던 옷방도 아무일도 없었던 것처럼 정리되어 있었다. 준서의 집은 깨끗한 적막만이 남아 있었다.

17
신기루

준서는 은혜가 떠난 이후 무기력에 빠진 것처럼 몇 날 며칠을 침대 속에서 보냈다. 피시방에도 가지 않았다. 다신 없을 따뜻한 존재를 너무나 쉽게 떠나 보낸 건 아닌지 자책했다. 세상과 마주하고 싶지 않은 듯 이불 속에서 나오질 않았다. 나는 무얼 좇아 서울에 온 것일까. 그토록 고대했던 입학식과 개강이 두렵기만 했다. 내가 가장 행복했던 순간들은 언제였는지… 이불을 뒤집어 쓴 채 지금과 대비되는 아름다운 순간들을 억지로 끄집어냈다. 가장 먼저 떠오르는 것은 생테스의 얼굴이었고, 그와 함께 여행했던 순간들이었다.

준서는 사하라 사막에 있었다. 낙타 등에 올라타 뜨거운 더위와 적막으로 가득 찬 사구를 올랐다. 그의 앞에는 생테스가 올라탄 낙타가 앞장서고 있었다. 그들을 이끄는 건 사막에 살고 있는 베르베르인 노르딘이었다.

"아저씨. 저기에 마을이 있나 봐요. 보세요. 대추야자 나무도 엄청 많아요."

준서는 일렁거리는 아지랑이 저편에 있는 먼 곳을 가리키며 말했다. 생테스는 손으로 작은 차양을 만들어 준서가 가리키는 곳을 바라봤다.

"오아시스도 있는 것 같은 걸요."

준서가 덧붙였다.

"달콤한 오아시스! 사막은 사람들이 원하는 환상을 보여 주는 곳이에요."

노르딘은 잠시 그들의 시선이 닿는 곳을 응시한 채 무심하게 말했다.

"아무래도 저긴 신기루 같구나."

생테스는 낙타의 움직임에 몸을 자연스럽게 맡기고는 고개를 끄덕이며 말했다.

"신기루가 뭔데요?"

준서가 호기심에 가득 차 물었다.

"사람들을 매혹하는 환상 같은 거지. 막상 저곳까지 가 보면 아무것도 없을 수도 있단다."

"하지만 저기에 정말 오아시스가 있을 수도 있잖아요."

"그래, 혹시 모르지. 진짜로 멋진 오아시스가 기다리고 있을 수도 있는 일이지."

"우리 그럼 저기까지 가 봐요."

준서가 큰 목소리로 말했다.

"하하, 네게도 탐험가의 기질이 있구나."

생테스가 뒤를 돌아보곤 크게 웃었다.

"탐험가요?"

"그래. 위대한 탐험가들은 모두 사람들이 그저 신기루라고 여기는 것들을 향해 나아간 사람들이란다. 그들은 자신을 이끄는 강렬한 영감만을 믿고 나아갔지."

"그들은 무엇을 발견했나요?"

"마르코 폴로는 동방을 견문했고, 콜럼버스는 아메리카 대륙을 발견했지. 암스트롱은 달에 발자국을 남겼고."

준서는 탐험가라는 단어에 가슴이 두근거리는 것을 느끼며 침을 꼴깍 삼켰다.

"이제 오늘의 여정은 여기까지 해야 합니다. 곧 어둠이 찾아올 거거든요. 낙타들도 쉬어야 할 시간이죠."

노르딘이 곧 지평선에 가까워질 태양을 가리키며 말했다.

그들은 낙타에서 내려 노르딘이 선정한 사구를 등진 평평한 곳에 여정을 풀었다. 사구는 불어오는 바람을 적당히 막아 주었다. 노르딘은 묵묵히 하룻밤 묵을 텐트를 쳤다. 낙타 등에 달린 주머니에서 장작을 꺼내더니 텐트와 가까운 곳에 차곡차곡 쌓기 시작했다. 그리고 능숙하게 불을 붙였다. 장작이 서서히 타들어 갈 때쯤, 사하라는 붉은 노을에 고요하게 물들어 가고 있었다.

장작은 타닥타닥 소리를 내며 타오르기 시작했다. 노르딘은 삼각뿔 모양의 뚜껑을 가진 갈색빛 사기 항아리를 꺼냈다. 작은 의자에 앉아 챙겨온 음식 재료를 옆에 두고 손질하기 시작했다. 그는 감자와 토마토 등 준비해 온 채소를 투박하게 썰어 항아리에 차곡차곡 쌓았다. 채소 위에는 큼지막한 양고기 두 덩이를 얹었다. 그 위에 향신료를 솔솔 뿌렸다. 이어 뚜껑을 닫고 항아리를 모닥불 위에 올렸다.

얼마나 지났을까, 달그락거리는 뚜껑 사이로 수증기가 새어 나왔다. 노르딘은 뚜껑 위에 돌을 올려 수증기가 새어 나오지 않도록 압력을 가했다.

"모든 일에는 시간이 필요한 법이지요."

그는 준서와 생테스를 바라보며 미소 지었다. 그리고 항아리 옆 주전자에서 끓이던 모로칸티를 잔에 담아 그들에게 한 잔씩 건넸다. 그들은 모닥불의 온기를 느끼며 모로칸티의 달콤한 민트 향을 음미했다.

잠시 후 노르딘은 때가 되었다는 듯 항아리를 평평한 돌 위에 옮기고 뚜껑을 열었다. 이윽고 수증기와 함께 맛있는 냄새가 풍겼다. 그는 모닥불 한편에서 데우고 있던 홉즈를 꺼내 동행자들에게 건넸다. 그들은 한 손에 빵을 든 채 따진 앞에 둘러앉았다. 그리고 조금씩 뜯은 빵을 집게 삼아 부드럽게 으깨지는 따진을 그 사이에 끼워 맛있게 먹기 시작했다.

"노르딘 아저씨, 아까 멀리 있던 신기루 말이에요."

준서는 따진으로 어느 정도 배를 채우자 모로칸티를 마시며 입을 열었다.

"그곳에 가 본 적이 있어요?"

"신기루는 목적지가 아니에요."

노르딘은 진지한 얼굴로 검지를 치켜세워 천천히 흔들

* 모로코인들이 주식으로 먹는 둥근 형태의 빵이다. 바삭한 외부와 촉촉한 내부가 특징이다.

며 말했다.

"그럼요?"

"우리 베르베르인들은 두 가지 관점으로 신기루를 바라봅니다. 첫 번째는 삶의 희망과 가능성의 측면이죠. 우리는 먼 선조때부터 쭉 사막에서 살았어요. 문명의 교류와 교역을 이끈 장본인들이죠. 평생 사막을 횡단하는 베르베르인에게 신기루는 희망이었답니다. 꿈꾸는 걸 눈 앞에 보여주죠. 모든 게 죽어 있는 듯한 사막은 놀랍게도 우리에게 계속 꿈을 형상화해 주는 겁니다.. 우리는 신기루 덕분에 사막에서 희망을 잃지 않고 목적지를 향해 나아갈 수 있어요. 그리고 사막에서 살아갈 수 있죠. 이건 신의 축복이나 마찬가지예요."

그는 준서와 생테스에게 모로칸티를 따라 주며 말을 이었다.

"그럼 두 번째는요?"

준서는 흥미롭다는 듯 노르딘에게 물었다.

"두 번째는 위험 신호죠. 신기루는 우리를 잘못된 길로 인도할 수 있어요. 헛된 희망을 심어 줄 수도 있고요. 많은 이들이 이곳 사하라에서 신기루만을 쫓아 다니다가 목숨을 잃었답니다. 헛된 희망만을 쫓으며 허무 속에서 인생을 소진하는 것이죠. 그래서 우리는 헛된 희망으로 매혹하는 신기루를 악령인 진jinn이 만든 허상이라고 여기기도 한답니다."

"신의 선물일 수도, 악령의 덫일 수도 있는 것이군요."

생테스는 고개를 끄덕이며 모로칸티를 한 모금 마셨다.

"누구에게는 선물이고, 누구에게는 덫이기도 한 거죠. 그래서 우리는 악을 멀리하고 알라를 섬겨야 하는 겁니다."

노르딘은 아름다운 별들이 흩뿌려져 있는 하늘을 가리키며 말했다.

"이제 기도 시간이 되었군요. 저는 잠시 자리를 비우겠습니다."

그는 저벅저벅 걸음을 옮기기 시작하더니 모래언덕 위로 올라가 작은 담요를 펼치고 기도를 하기 시작했다. 준서와 생테스는 노르딘을 잠시 아무말 없이 바라보았다. 준서는 노르딘이 달빛을 등지고 기도하고 있기에 마치 그림자극을 하고 있는 것처럼 보였다. 검은 실루엣은 경건하게 메카를 향해 기도를 올리고 있었다.

"저도 현명한 베르베르인들처럼 신기루를 희망으로 여

기려면 저렇게 경건하게 기도해야 할까요?"

준서는 생테스에게 물었다.

"준서는 무슬림이 아니니 노르딘과는 다른 방법을 찾아야겠지?"

그는 얼굴에 비친 일렁이는 모닥불의 붉은 빛깔 속에서 미소지으며 답했다.

"다른 방법이요?"

"자신이 원하는 무언가를 발견한 모험가들은 모두 신기루를 선물로 맞이한 사람들이란다. 발견하지 못한 이들은 모두 신기루의 덫에 걸린 사람들이지. 신기루를 선물로 맞이하느냐, 덫으로 맞이하느냐… 그건 우리의 몫이겠지."

생테스는 모닥불의 장작을 불쏘시개로 뒤집으며 말했다. 그러자 타닥타닥 소리와 함께 불꽃이 하늘로 치솟았다.

"선물인지 덫인지 어떻게 알 수 있을까요."

"스스로를 믿고 직접 나아가 보는 수밖에 없단다."

"직접요?"

"마주한 신기루가 선물인데, 누군가 덫이라고 하면 나아가지 않을 거니? 혹은 마주한 신기루가 덫인데, 누군가 선물이라고 하면 달려갈 거니?"

"결국 직접 가 봐야 하겠네요."

준서는 모로칸티가 담긴 잔을 두 손으로 감싸 쥐며 말했다.

"그럼. 중요한 건 모험가들은 직접 나아갔다는 거야. 그곳을 직접 두 발로 딛고, 마주하고 있는 게 선물인지 덫인지 직접 확인해 본 거지."

"오직 나아가는 사람만이 자신이 원하는 것을 마주할 수 있는 거군요."

준서는 꿈을 꾸는 듯한 얼굴로 말했다.

"덫을 마주하는 것보다 더 슬픈 건 제자리에 있는 거야. 아무것도 추구하지 않고, 다른 이들이 나아가는 것만 지켜보는 삶이지."

"저도 그러면 모험가가 될래요!"

"그래, 준서야. 내가 사람 볼 줄 아는 눈을 가졌지. 너는 원하는 꿈을 찾을 수 있을 것 같구나."

그는 준서의 머리를 쓰다듬어 주며 말했다. 그리고 언덕 위의 노르딘을 바라보며 말을 이었다.

"사람은 꿈을 갈구하는 만큼 방황하게 되어 있단다. 혹시 길을 잃더라도 주저앉지 말거라."

생테스는 준서의 미소에 화답하더니 모닥불에 시선을 옮긴 채 말했다.

준서는 가만히 누워 기억과 꿈의 모호한 경계에서 회상하다가 이불을 걷고 자리에서 일어났다. 침대에 걸터앉아 잠시 멍하니 있었다. 자신이 잠에서 깬 건지 기억 속에서 나온 건지 헷갈렸다. 창가로 다가가 커튼을 걷으니 봄 햇살이 창으로 쏟아졌다. 창문을 열어 보니 햇살은 따사로웠지만 바람은 여전히 차가웠다. 그는 창가에 기대 신선한 아침 공기를 들이마시며 잠시 생각에 잠겼다. 잠시 후 그는 무언가를 결심이라도 한 듯 책상 앞에 앉아 펜을 들었다.

> 생테스 아저씨께.
>
> 저는 요즘 덫에 걸린 기분이었답니다. 제가 믿었던 신기루에 도착하니 오직 잿더미밖에 없었어요. 이곳에는 그 누구도, 어떤 온기도 없었지요. 잿더미 위에서 며칠을 허우적거렸답니다. 하지만 저는 여기서 포기하지 않기로 했어요. 오늘 문득 아저씨와 함께 떠났던 사하라 사막에서의 여행이 떠올랐거든요. 생각해 보니 저는 이제 서울에 온 지 채 석 달밖에 되지 않았어요. 저의 여정은 이제 시작이고, 잠시 길을 잃었던 거겠죠. 서울은 점점 봄이 찾아오고 있답니다. 봄 햇살은 제게

또 다른 신기루처럼 느껴졌어요. 다시 나아가 보겠습니다.

              서울에서 준서가

18
어떤 설렘

　준서는 테이블에 앉아 멍하니 탁상 달력을 바라봤다. 2월달 페이지에는 각 날짜에 큼지막하게 써진 세 개의 글씨가 눈에 띄었다. 신입생 환영회, 새터,* 그리고 입학식이었다. 신입생 환영회와 새터의 글씨 위에는 이미 빨간 글씨로 엑스자가 그어져 있었다. 그는 새터의 뜻을 구글에 검색하곤 신입생 환영회와 별반 다르지 않다는 사실을 깨달았다. 그리고 망설임 없이 새터에 엑스자를 그었다.

　이제 남은 건 입학식뿐이었다. 준서는 턱을 괴곤 입학식이 적힌 날을 가만히 응시했다. 그는 오른손으로 빨간펜을 빙빙 돌리며 입학식에 굳이 가야 할 이유를 계속해서 생각하고 있었다. 하지만 새터처럼 가지 않아도 될 이유만이 떠

* 새내기 배움터의 줄임말이며 대학가의 용어이다.

오를 뿐이었다. 엉망진창으로 끝나 버린 자신의 신입생 환영회가 자꾸만 입학식에 오버랩되는 것만 같았다.

입학식 글씨 위에 엑스자를 그으려던 찰나, 테이블에서 스마트폰의 진동이 울리기 시작했다. 전화를 받아 보니 반가운 목소리가 들려왔다.

"준서야! 다음 주에 입학식 몇 시라고 했지?"

용선 아저씨였다.

"아, 입학식이요? 열한 시예요."

준서는 달력에 적힌 시간을 바라보며 답했다.

"그러면, 어디 보자… 아저씨가 한 시간 전에 너네 집으로 갈게."

"저희 집이요?"

그는 그제서야 입학식에 용선 아저씨가 오기로 했던 약속을 떠올렸다.

"그래. 어차피 가는 길이니 같이 출발하자꾸나. 참, 끝나고 같이 맛있는 거 먹을 거니 약속 잡지 말고."

"네, 알겠어요. 아저씨."

그는 빨간펜을 내려놓고 달력을 제자리에 두었다. 내심 입학식에 가야 할 이유가 생겼다는 사실에 안도감을 느꼈다. 그래, 입학식이 나의 대학 생활의 진짜 첫 페이지가 될 거야. 아니, 나는 첫 페이지를 다시 열 거야. 그는 다시 입학식을 고대하기 시작했다.

입학식은 모처럼 햇살이 좋았다. 날씨도 제법 따뜻했다. 준서는 무얼 입을까 고민했는데, 그의 선택지에 슈트는 없었다. 그저 평소에 입는 옷 중에 가장 깨끗한 니트와 청바지, 그리고 패딩 잠바를 입고 있었다. 그의 헤어스타일도 조금 변해 있었다. 조금 강인해 보일 정도로 옆뒤를 짧게 올려쳤던 포마드 헤어스타일도 어느새 머리카락이 조금씩 자라 한층 부드러운 인상을 주고 있었다. 그는 용선 아저씨 내외와 함께 차를 타고 캠퍼스에 도착했다.

캠퍼스는 신입생들과 그들의 가족들로 들뜬 열기를 자아내고 있었다. 곳곳에 자리잡아 총천연색의 꽃을 파는 노점상들은 캠퍼스에 싱그러운 분위기를 더하고 있었다. 준서도 용선 아저씨에게 선물 받은 풍성한 꽃다발을 품에 안고 있었다. 그는 자신과 비슷해 보이는 신입생들을 계속해서 마주했다. 그들은 모두 꽃다발을 품에 안은 채 가족들과 함께 캠퍼스를 거닐고 있었다. 일종의 안도감이 밀려왔다. 슈트를 입고 신입생 환영회에 갔을 때 느꼈던 이질감과는 상반되는 감정이었다. 그는 자신도 캠퍼스에 허락된 존재라고 확신했다.

로마의 원형 극장을 닮은 노천 극장은 어느새 인파로 가득 차 있었다.

"준서야, 내가 다 신입생이 된 것 같구나. 우리 같이 입학할까?"

용선 아저씨는 인파를 주욱 둘러보며 들뜬 말투로 말했다.

"엥, 아저씨랑 같이요?"

준서는 머리를 긁적이며 물었다.

"그래, 그건 좀 무리겠지?"

그는 머쓱한 듯 주머니에 손을 넣으며 말했다.

"지나간 시간을 다시 잡으려 하지 마, 이 아저씨야."

영선 아주머니는 테이크 아웃으로 챙겨 온 따뜻한 아메리카노를 마시며 무심하게 말했다.

"참, 아저씨가 이 아줌마 캠퍼스에서 만났잖아."

그는 준서의 어깨를 툭 치며 말했다.

"정말요? 두 분 대학교에서 만났어요?"

준서가 놀라며 물었다.

"그래. 캠퍼스 커플이었어. 그 유명한 씨씨가 바로 우리였지."

그는 아득한 추억을 회상하듯 허공을 바라보며 말했다.

"그치, 그때는 턱선도 있고 훤칠하고 참 멋있었는데…."

그녀는 남편을 위아래로 훑어보며 말했다.

"아저씨도 그때의 그 여학생을 잃어버린 지 오래야."

그는 준서에게 어깨동무를 하며 말했다.

"그때는 모든 게 예쁘고 싱그러웠는데, 그때 그 아이는 아무래도 저 아줌마가 삼켜 먹은 것 같아. 아저씨는 그래서 무섭단다. 아저씨도 곧 삼켜지지 않을까. 혹시 아저씨 연락 없으면 신고해 줘. 알겠지?"

"확, 그냥 얼굴에 아메리카노를 부을까 보다."

그녀는 손에 든 커피를 그에게 뿌리는 제스처를 취하더니 준서를 향해 따뜻한 미소를 지었다.

로마의 원형 극장을 닮은 노천 극장은 어느새 인파로 가득 차 있었다. 곧이어 식이 시작되었다. 국민의례와 함께 애국가가 울려 퍼졌다. 준서도 애국가를 따라 불렀다. 하지만 어린시절 배웠던 애국가가 기억 속에 희미해져 있다는 사실을 깨달았다. 다음으로는 교내 음대 학생들로 구성된 합창단의 찬송가가 이어졌다. 그는 자신의 모교가 될 곳이 기독교 재단이라는 것을 그제서야 알게 되었다.

애국가와 찬송가로 신성해진 단상 위에 교목실장이 섰다. 준서는 그의 긴 축사가 하나도 귀에 들어오지 않았다. 귀에 들어온 것은 교목실장이 마지막으로 인용한 요한복음 8장 31절뿐이었다.

"너희가 내 말에 거하면 참으로 내 제자가 되고 진리를 알지니 진리가 너희를 자유롭게 하리라."

준서는 멍하니 생각에 잠겼다. 진리라는 게 무엇이고, 진리를 알면 어떤 자유를 얻게 될까. 어쩌면 진리와 자유라는 게 자신이 서울과 이곳 캠퍼스에서 찾고자 하는 무언가가 아닐까. 그 사이에 행사는 계속해서 진행되었다.

이윽고 신입생 대표들의 선서가 이어졌다. 무대에는 남녀 신입생이 총장 앞에서 나란히 손을 얼굴 높이까지 들고 있었다. 두 학생은 준비한 선서문을 낭독했다. 하지만 준서에게 면학에 힘써 대학교의 명예를 드높이겠다는 선언문의 내용은 그다지 매력적으로 느껴지지 않았다. 그의 이목을 끈 건 여자 신입생 대표였다. 그녀는 키가 컸고 윤기 나게 찰랑이는 생머리는 싱그러운 느낌을 자아냈다. 그리고 블랙진에 종아리까지 오는 가죽 부츠를 신고 베이지색 롱코트를 입고 있어 동급생보다 어딘가 성숙하고 세련돼 보였다.

"저 신입생 대표 여학생 진짜 예쁘네."

용선 아저씨는 준서의 어깨를 툭 치더니 귓속말을 했다.

"네, 진짜 예쁘네요."

준서도 본능적으로 고개를 끄덕이며 대답했다. 그는 기나긴 선서는 귓전으로 들었지만, 선서의 마지막 부분만은 또렷하게 들었다.

"신입생 대표, 정치외교학과 16학번 이주연."

그는 그 순간 자신이 택한 사학과와 정치외교학과와의 접점이 무엇이 있을지 빠르게 계산해 봤다. 그리고 눈으로는 자신의 가족에게 돌아가는 그녀를 쫓아갔다. 졸업식 행사는 환호와 박수 소리로 마무리 되었지만 준서의 눈길은 여전히 그녀에게 꽂혀 있었다.

"우리도 저기 가서 기념 사진 찍어요."

준서는 서둘러 용선 아저씨 부부를 끌고 노천 극장 무대 쪽으로 향했다. 그들은 곁에 있던 어느 신입생에게 부탁해 셋이 함께 사진을 찍었다. 사진을 찍으면서도 준서는 곁눈질로 그녀를 쫓았다. 잠시 한눈을 판 사이 그녀가 시야에서 사라졌다. 준서는 정신이 팔린 듯 두리번거리기 시작했다. 그러자 용선 아저씨가 물었다.

"누구 찾는 사람이라도 있니? 왜 그렇게 두리번거려?"

"아뇨, 그건 아니고요…."

그는 여전히 눈길을 여기저기로 던지고 있었다. 그때였다.

"안녕하세요, 죄송한데 저희 가족 사진 좀 부탁드려도 될까요?"

준서는 놀라고 말았다. 그가 눈길로나마 애타게 찾던 주연이었다.

"네, 그럼요."

그는 한치의 고민도 없이 스마트폰을 받아 들었다.

그녀와 함께 세 사람이 나란히 섰다. 준서는 스마트폰 화면을 통해 그녀의 가족을 바라봤다. 누가 따로 설명해 주지 않아도 아버지, 어머니, 그리고 여동생이었다. 그들의 얼굴에는 행복한 미소가 가득했다. 준서는 그녀의 가족이 얼마나 사랑이 가득한지 짐작해 봤다.

"혹시 세로로도 부탁드려도 될까요."

그녀가 준서를 바라보며 말했다.

"네, 세로로도 찍어 드릴게요."

준서도 웃으며 답하곤 계속해서 촬영 버튼을 눌렀다.

"그쪽도 사진 찍어 드릴까요?"

그녀가 자신의 스마트폰을 받아 들곤 말했다.

"네. 저희도 부탁드려요."

그는 아저씨와 아줌마를 한 번씩 바라보며 말했다.

"또, 찍자고?"

용선 아저씨가 물었다.

"또라니요. 오늘 같은 날 많이 찍어야죠."

준서는 분위기를 몰아가듯 다급하게 손짓을 하기 시작했다.

"그래요. 또 찍죠 뭐."

영선 아주머니는 팔을 뻗어 남편을 끌어당기며 말했다.

"가족끼리 왜 이렇게 딱딱하세요. 더 친근하게 붙어 보세요."

그녀는 스마트폰에 시선을 고정한 채, 밝은 목소리로 외치며 말했다. 그녀의 말에 용선 아저씨는 준서에게 다정하게 어깨동무를 했고, 영선 아주머니는 준서의 팔짱을 꼈다.

준서는 그녀의 싱그러운 에너지에 덩달아 기분이 좋아지는 걸 느꼈다. 그녀는 스마트폰을 가로와 세로로 돌려 가며 열심히 사진을 찍어 주었다.

"한번 사진 확인해 보세요. 원하시면 더 찍어 드릴게요."

그녀는 준서에게 스마트폰을 건네며 미소지었다.

"이 정도면 좋은 사진 나왔겠죠."

준서는 사진을 대충 확인하더니 쑥스럽게 웃으며 말했다.

"맞다, 학생, 아까 신입생 대표로 올라왔던 분 맞죠?"

용선 아저씨는 준서 곁에 서서 손가락을 튕기더니 그녀에게 물었다.

"네, 맞아요."

그녀는 고개를 끄덕이며 밝게 미소 지었다.

"어쩜 신입생이 이렇게 예뻐요."

영선 아주머니도 덧붙였다.

"아이 참, 그렇게 봐 주셔서 감사합니다."

그녀는 쑥스러운 듯 머리를 귀 뒤로 쓸어 넘기며 가벼운 목례를 했다. 그리고 덧붙였다.

"그럼 저는 이만 가 볼게요. 입학 축하합니다."

"학교 생활도 멋지고 예쁘게 하길 바랄게요."

영선 아주머니가 웃으며 대답했다.

"학생, 이 친구 이름은 준서예요."

용선 아저씨는 인사를 하고 뒤돌아서려는 그녀에게 다급하게 말했다.

"아저씨, 뭐하는 거예요."

준서는 놀라 뒤돌아보며 아저씨에게 말했다.

"송준서예요. 사학과 준서."

그는 아랑곳하지 않고 짓궂은 얼굴로 그녀에게 말했다. 그러자 그녀의 가족들이 재미있다는 듯 크게 웃었다. 그녀는 다시 한번 귀 뒤로 머리를 쓸어 넘기며 미소와 함께 인사를 하고 가족에게로 돌아갔다.

"준서야. 저런 여학생이면 연락처를 먼저 물어봤어야지!"

용선 아저씨는 준서에게 아쉬운 듯 입맛을 다시며 말했다.

"아저씨. 그렇게 저 창피하게 만들면 어떡해요!"

준서는 행여나 멀리 있는 그녀에게 자신의 불평이 들릴까 노심초사하며 작은 목소리로 외쳤다.

"저렇게 예쁜 여학생이면 다른 놈들이 채 간다. 개강하면 저 학생부터 찾아. 알겠지?"

그는 아랑곳하지 않고 멀어져 가는 그녀의 뒷모습을 바라보며 말했다.

"으휴, 주책맞게 진짜. 당신이 연애할 거야?"

그녀는 남편의 등짝을 때리며 얼굴을 찌푸렸다.

잠시 후 그들은 인파를 뚫고 점심을 먹으러 가기 위해 차에 올라탔다. 영선 아주머니는 잠시 차 앞에서 전화를 받고 있었다. 용선 아저씨는 시동을 걸고 백미러를 만지며 뒷좌석에 타 있는 준서에게 물었다.

"근데 준서야, 혹시 아까 두리번거리면서 찾았던 게 아까 그 여학생이었어?"

그는 입가에 옅은 미소를 띠며 말했다.

"에이… 아니에요, 아저씨."

준서는 손사래를 치며 창밖으로 고개를 돌렸다. 그의 시선이 닿은 곳에는 캠퍼스 본관 건물이 봄을 예고하는 햇살 아래 화사하게 빛나고 있었다.

19
아웃사이더

 개강이 시작되었다. 준서는 등교 준비를 마치고 테이블에 가방을 올려 두었다. 테이블 위에는 아침에 마시다 만 커피가 있었다. 그는 남은 커피를 마시며 벽에 붙인 시간표를 바라봤다. 우여곡절 끝에 완성한 시간표였다. 시간표를 완성할 수 있었던 것은 성현의 도움이 컸다. 준서는 과 사무실을 통해 수강신청에 대한 안내를 받곤 사실 안일한 생각을 하고 있었다. 전공 필수와 전공 선택으로 지정된 강의와, 교양 강의를 적절하게 선택하면 끝일 것이라 여겼던 것이다. 그는 자신이 손으로 그린 시간표 위에 마음에 드는 강의들을 적어 넣었다. 시간표의 수업들을 계산해 보니 총 18학점이었다. 허전한 마음에 구미가 당기던 철학과의 〈서양 철학사〉도 추가했다. 시간표는 완벽하다고 생각하며 지내던 어느날, 피시방에서였다.

"수강신청 준비는 잘 돼가?"

성현은 기타를 능숙하게 조율하며 카운터에 기대 있는 준서를 올려다보았다.

"그럼요. 다 짜 놨어요."

"설마 쉽게 생각하는 건 아니겠지?"

"대학 생활… 쉽지는 않겠죠?"

"아니. 수강신청 말야."

"수강신청이요? 그대로 신청하면 문제 없어요."

"그대로 신청하는 건 네 맘대로 되지 않을 거야."

그는 고개를 절레절레 흔들며 말했다.

"이미 잘 짰는데, 왜요?"

준서는 턱받침을 하며 무심하게 물었다.

"세상은 네 맘대로 되는 게 하나도 없다. 수강신청도 경쟁이야. 선착순이거든."

그는 기타를 내려놓으며 몸을 일으켰다.

"일정이 언제랬지? 내가 도와줄게."

수강신청일이 되자 준서는 성현과 함께 피시방에 나란히 앉았다. 미리 대학교 포털 사이트에 로그인을 해 놓고 해당 수업을 선택한 뒤에 '신청' 버튼에 마우스 커서를 올려놨다. 그리고 그들은 성현의 스마트폰을 바라보며 시계의 초 단위 변화까지 실시간으로 체크했다. 이윽고 시간이 되자 마우스를 클릭하기 시작했다. 성현은 신청을 하며 몇 번이고 소리쳤다.

"야, 눌러!"

"고대 서양사는 내가 다시 할게. 너는 생활 한자 눌러 봐!"

"아니, 처음으로 가서 다시 눌러야지!"

"오케이. 그럼 남은 서양 철학사는 내가 할게!"

준서는 정신없이 그의 지시를 따랐다. 어느새 페이지에 표시된 시간표는 준서가 수기로 만든 시간표랑 같은 형태를 취하고 있었다. 성현은 가볍게 기지개를 켜더니 뿌듯한 듯 준서의 어깨를 툭툭 치며 말했다.

"너 진짜 내가 살린 거다. 나한테 은혜 갚아야 한다."

준서에게 수강신청의 성공은 순조로운 대학 생활을 예고하는 것처럼 느껴졌다. 하지만 개강 첫 날은 그에게 실망감만을 안겨다 주었다. 자신이 생각했던 대학 생활과는 달랐기 때문이었다. 그는 철저히 혼자였다. 함께 강의를 듣는 친구도, 함께 다음 강의실로 이동하는 친구도, 함께 밥을 먹는 친구도, 함께 공강 시간을 보내는 친구도, 함께 캠퍼스를 나서는 친구도 없었다. 그는 혼자이기에 자신과 극명하게 대비되는 것들이 자꾸만 눈에 들어왔다. 누군가의 이름을 부르는 음성, 함께 즐거운 대화를 나누는 소리, 그리고 함께 터뜨리는 웃음들. 그는 극명한 대비만큼 자신의 외로움과 이질감이 점점 선명해진다고 느꼈다.

홀로 캠퍼스에서 시간을 보내는 건 그리 어려운 일이 아니었다. 준서의 외로움에 대한 역치는 웬만한 또래보다 컸다. 정 붙일 수 없었던 모로코와 프랑스에서 배운 것이 바로 외로움을 당연하게 여기는 태도였다. 현재 그를 힘들게 하는 것은 외로움이 아니라 실망감이었다. 막연하게 캠퍼스에서 펼쳐질 거라 여겼던 싱그러운 꿈들은 신기루처럼 그 종적을 감추고 말았다. 전공 수업에 들어가면 빅토르는 이미 과 친구들의 중심이 되어 있었고, 도준이 역시 한 무리의 중심이 되어 있었다. 다들 어느새 친해졌는지 쉬는 시간에도, 수업이 끝나고도 왁자지껄하게 뭉쳐 다녔다. 준서는 그들의 무리가 너무나 견고하게만 보였고, 자신이 들어갈 조그마한 균열조차 없는 것처럼 느껴졌다.

"준서야, 너 개강총회 올 거지?"

어느 날, 복도에서 마주친 빅토르는 반가운 얼굴로 준서를 멈춰 세웠다. 그는 게시판에 포스터를 붙이며 말했다.

"개강총회?"

"응. 우리 과 선배들도 다 같이 모이는 자리거든."

"근데 너는 뭐 하는 거야?"

준서는 빅토르가 붙이고 있는 포스터를 바라보며 물었다.

"참, 나 1학년 과대 됐거든. 내가 해야지 이런 거는."

"과대가 뭐야?"

"과대는 과 대표의 줄임말이야."

"아! 과 대표구나. 축하해!"

준서는 엄지를 치켜세우며 말했다.

"고마워. 아무튼 너도 개강총회 참석해. 별다른 약속 없으면. 과대가 동기 하나 못 챙기면 안 되잖아?"

그는 개강총회 포스터 모서리에 마지막 테이프를 붙이며 말했다.

"술 마시는 그런 자리겠지?"

"그야 당연하지."

그는 포스터를 가리키며 말했다. 개강총회를 홍보하기

위한 포스터는 제1, 2차 세계 대전 당시 미국에서 사용했던 신병모집 포스터를 패러디하고 있었다. 손가락으로 포스터를 보는 이를 가리키고 있는 사내는 학회장의 얼굴로 합성되어 있었다. 커다란 손가락 밑에는 〈I want you for 개강총회〉라고 큰 글씨로 써 있었다. 그리고 포스터의 오른쪽 구석에는 소주병 이미지가 삽입되어 있었다. 준서는 소주병을 보고 신입생 환영회의 악몽이 떠올랐다. 개강총회 역시 자신이 겉도는 자리가 될 것 같은 강한 예감이 들었다.

"정말? 근데 그날은 동아리 모임이 있는 날이라 못 갈 것 같네."

준서는 자신도 모르게 거짓말을 했다.

"동아리? 벌써 동아리에 들었어? 어딘데?"

"테니스. 테니스 동아리 들었어."

"아쉽다. 그래서 과 활동에 별로 관심이 없었구나."

"뭐 딱히 그런 건 아니지만…."

준서는 어색한 표정으로 어깨를 으쓱했다.

"알겠어. 사실 선배들은 신입생들 다 필참이라고 했는데 뭐 어때. 참, 혹시 총회 끝나고 뭐 특별한 거 있으면 알려

줄게."

빅토르는 고개를 가볍게 끄덕이더니 미소와 함께 자리를 떠났다.

준서는 왜 있지도 않은 거짓말을 한 것인지 스스로에게 놀랐다. 사실 그는 테니스 동아리에 아직 가입하지 않았다. 다만 어느 정도 관심은 있었다.

테니스 동아리를 발견하게 된 건 주연 때문이었다. 홀로 학생 식당에서 점심을 먹고 강의를 들으러 인문대 건물로 가는 길이었다. 저 멀리서 주연이 보였다. 그는 가슴이 두근거리는 걸 느꼈다. 그녀는 친구들과 함께 어딘가로 걸어가고 있었다. 무엇이 그렇게 즐거운지 까르르 웃음소리가 그녀들 주위를 맴돌았다. 준서는 그녀에게 이끌렸던 것인지, 그녀의 웃음소리에 이끌렸던 것인지 멀찌감치서 그녀를 따라가기 시작했다.

그녀가 향한 곳은 학생회관 앞 광장이었다. 그곳에는 천막들이 즐비했다. 각각의 천막에서는 동아리들이 신입 회원을 유치하고 있었다. 디제잉 동아리에서는 클럽 음악이 흘러나왔고, 천문학 동아리에서는 스펀지밥 등장인물인 뚱이 전신 인형을 뒤집어 쓴 한 부원이 신입생들에게 손짓

하고 있었다. 만화 동아리에서는 다양한 코스프레를 한 부원들이 신입생들과 사진을 찍고 있었다.

준서는 친구들과 함께 동아리를 구경하는 그녀를 따라 인파 속으로 걸음을 옮겼다. 행여나 미행하는 느낌이 들까 자신도 동아리를 구경하는 척했다. 그는 발길이 닿은 한 부스 앞에 서서 눈에 들어오지도 않는 팸플릿을 들여다봤다.

"저희 테니스 동아리 관심 있으세요?"

한 여학생이 준서에게 다가와 물었다. 그녀의 목에 걸린 명찰에는 이예은이라고 적혀 있었다.

"아, 네."

그는 곁눈질로 주연을 응시하며 대답했다. 그녀는 여행 동아리 부스에서 포스터를 구경하고 있었다.

"테니스 배워 본 적 있나요?"

"네. 칠 줄 알아요."

그는 대답을 하면서도 여전히 힐끔힐끔 주연을 응시했다.

"정말요? 얼마나 치셨는데요?"

"한 십 년은 넘게 쳤어요."

그는 무심하게 대답했다.

"정말요? 우리 동아리에 딱이네요! 수형 선배! 이분 십 년이나 테니스를 치셨대요."

그녀가 뒤를 돌아보며 기쁜 목소리로 말했다. 그러자 추리닝에 과잠바를 입은 건장한 남학생이 반갑게 달려왔다.

"반가워요! 정말 십 년이나 했다고요?"

그는 다짜고짜 악수를 청하며 말했다.

"네, 뭐 십 년 정도 취미로 배웠어요."

"우리 동아리에 딱이네요…."

그는 악수하는 손을 놓지 않은 채 여후배를 바라보며 넋이 나간 표정으로 말했다. 그러자 그녀는 동의한다는 듯 진지한 얼굴로 고개를 끄덕였다.

"들어온다고 하면 손 놔 줄게요."

그가 입맛을 다시며 말했다.

"일단 놔 줘요. 마음을 잡아야죠, 마음!

그녀는 선배를 다그치듯 진정시키고 준서에게 물었다.

"혹시 무슨 과세요?"

"아, 과는 사학과입니다."

준서는 대화에 정신이 팔린 나머지 주연을 시야에서 놓쳤다. 조급한 마음에 까치발을 들며 주위를 살폈다.

"누구 찾으세요?"

여학생은 준서의 시선이 닿는 곳을 바라보며 물었다.

"아, 그건 아니고요."

"혹시 다른 동아리 생각하시는 건 아니죠?"

"아닙니다. 저도 뭐 테니스 좋아하긴 해요."

"그럼 들어오는 거 맞죠?"

"근데 가입은 조금 생각해 볼게요. 지금은 수업에 들어가야 해서요."

준서는 동아리 홍보 팸플릿을 받고 서둘러 강의실로 향했다.

주연에 대한 아쉬움과 함께 준서의 머릿속을 맴도는 건 테니스 동아리였다. 테니스 동아리가 매력적으로 여겨진다거나 동아리원들이 마음에 들었던 건 결코 아니었다. 그보다는 빅토르에게 테니스 동아리에 가입했다는 거짓말이 더 큰 몫을 차지하고 있었다. 거짓말을 진실로 만들어야 한다는 책임감이 들었던 것이다. 하지만 이러한 이유보다 테니스 동아리에 관심을 보이게 된 건 테니스 자체에 대한 관심과 애착 때문이었다.

준서가 한국에 챙겨온 몇 개 안 되는 물품 중에는 테니스 가방도 있었다. 그 안에는 테니스 라켓 두 개와 오래된 테니스화도 있었다. 그는 어린 시절부터 생텍스에게 테니스 레슨을 받았다. 그의 어머니도 처음에는 생텍스를 싫어했지만, 그가 꽤나 유명한 테니스 선수 출신이었다는 사실에 그에게 호감을 느꼈고 레슨도 흔쾌히 시작하게 해 주었다. 준서는 레슨을 통해 어느 정도 실력이 되자 점차 생텍스의 랠리 파트너가 되었고, 이어 테니스 게임의 상대가 되었다. 물론 실력 차이는 극명하게 났지만 생텍스와 게임을 하는 게 좋았다.

준서는 생텍스와 함께 맞이했던 사하라 사막에서의 새벽이 떠올랐다. 그들은 모닥불 앞에 앉아 이야기를 나누었다.

"아저씨는 왜 테니스를 그만두었어요?"

"최고가 되려고만 했지, 즐기지 못했거든."

그는 불쏘시개로 모닥불을 뒤적이곤 말을 이었다.

"그리고 경기 중에 부상을 당하고 말았어. 여기 어깨에 수술 자국 보이지?"

그는 소매를 걷어붙이며 말했다. 준서는 모닥불의 불빛에 유난히 도드라져 보이는 흉터를 바라보곤 고개를 끄덕였다.

"그 뒤로 테니스 코트를 영원히 떠나게 되었단다. 지금까지 라켓을 단 한 번도 잡아 본 적이 없어. 그때 테니스를 더 사랑했더라면 좋았을 텐데…."

"후회하는 건가요?"

"조금, 아주 조금…."

그는 빙그레 웃으며 말했다.

"지금이라도 사랑하면 안 돼요?"

"뭐라고?"

그가 놀란 눈으로 준서를 바라보았다.

"사랑하면 되잖아요."

"테니스를? 어떻게?"

"돌아가면 우리 테니스 치러 가요."

"테니스 칠 줄 아니?"

"아뇨. 아저씨가 가르쳐 주면 되잖아요."

그는 모닥불을 바라보며 한참을 미소지었다. 그리고 사하라의 은하수를 한참 동안이나 바라보곤 입을 열었다.

"그래. 내가 사막에서 어린 왕자를 만났구나."

준서가 여행이 끝나고 생테스를 다시 만난 건 테니스 코트에서였다. 그는 생테스의 낯선 모습에 놀라고 말았다. 머리도 짧게 깎고 말끔하게 면도를 하고 나타난 것이다. 게다가 그는 하얀색 테니스복을 갖춰 입고 있었다. 아주 깔끔하고 정갈하게 나타난 그는 북아프리카의 붉은 모래로 다져진 직사각형의 테니스 코트 위에서 무척이나 대비되게 빛나고 있었다. 준서는 그가 다른 사람처럼 느껴졌다. 알 수 없는 신비함마저 느꼈다. 자연스럽게 생테스는 준서의 테니스 스승이 되었다.

준서는 생테스에게서 테니스의 룰과 예절을 배워 나갔다. 이어 라켓 잡는 법부터 시작해 차근차근 포핸드와 백핸드, 서브와 스매시, 발리와 하프 발리, 테이크백과 유니턴, 그리고 로브와 드롭샷을 익혔다. 그가 배운 것은 테니스의 기술만이 아니었다.

"스트로크 하나로도 그 사람이 어떤 사람인지 알 수 있어."

"코트에서는 감정을 겉으로 드러내지 마. 이 스트로크에 모든 걸 담아 쳐 내는 거야."

"강하게 치는 게 전부가 아냐. 깊이를 담아내야 해."

"테니스는 상대와 침묵 속에서 공 하나로 주고받는 대화야."

"지금 이 코트에 네 삶이 응축되어 있는 거야. 경기를 통해 자신을 온전하게 드러내는 거라고. 네가 누구인지 스트로크에 담아내!"

모로코에서 보낸 유년 시절, 늘 마음을 터놓을 수 있는 친구가 없었던 준서에게 테니스는 일종의 안락한 세계였다. 직사각형의 테니스 코트는 모든 것이 명료했다. 신사적인 룰도 있었고, 지켜야 할 매너도 확실했고, 모든 게임의 기술은 배운 것들에서 크게 벗어남이 없었다. 불확실한 언어를 통한 모호한 의사소통도 필요하지 않았다. 피부색과 인종의 다름도 중요하지 않았다. 모든 것이 명료한 코트에서는 득점과 승리를 위해서만 온 정신과 열정을 쏟으면 되었다. 준서는 모로코라는 세계에서 말하지 못한 감정과 말할 수 없는 응어리를 테니스 코트 위에서 거친 호흡과 뜨거운 땀방울로 풀어낼 수 있었다. 생테스와의 테니스 게임은 그에게 가장 내밀한 소통 방식이나 마찬가지였다.

준서는 집으로 돌아와 창고에 있던 테니스 가방을 꺼냈다. 좋아하는 파란색 윌슨 테니스 라켓을 손에 쥐어 봤다. 파란 그립에는 그의 손가락 모양을 따라 모로코의 정취가 잔뜩 묻어 있었다. 그는 머릿속이 혼란스러웠다. 아직 자신의 학교로 느껴지지 않는 낯선 캠퍼스, 떨쳐 낼 수 없는 외로움과 불확실한 소속감, 주연에 대한 이끌림, 아직 답할 수 없는 서울에 온 궁극적인 목적, 그리고 과연 무엇을 손에 쥘 수 있을지에 대한 두려움. 그는 테니스 코트에서 거친 호흡과 함께 땀을 흠뻑 흘려 보고 싶었다. 스마트폰을 꺼내 동아리장에게 카톡을 보냈다.

〈안녕하세요, 동아리 가입을 해 보려고 합니다.〉

20
서울 이데아

　준서는 낯선 학생들과 강의실에 앉아 있었다. 그가 듣고 있는 강의는 철학과의 전공 필수 과목인 〈서양 철학사〉였다. 그를 제외하면 모두가 철학과 학생이었다. 하지만 불편하지 않았다. 오히려 사학과 학생들만 가득한 강의실보다 마음이 편했다. 사학과에서의 소외감은 자신의 다름으로 인한 하나의 잘못처럼 여겨졌지만, 철학과에서의 소외감은 그저 다른 소속감 자체에서 오는 것으로 여겨졌기 때문이었다.

　준서는 문득 철학과 사람들과 같은 공간에 있는 게 마치 모로코에서의 삶처럼 여겨졌다. 본질적인 다름은 그네들과 어울리지 못하는 충분한 근거가 되었다. 하지만 사학과에서의 나날은 마치 서울에서의 삶과 닮아 있는 것만 같았다. 왜 나는 이들과 섞일 수 없는 것일까. 어쩌면 내가 잘못된 노력을 하고 있는 건 아닐까. 대학교에서 내가 꿈꾸었던 건 뭐였지. 의문이 꼬리에 꼬리를 물고 있을 때 교수가 들어왔다. 준서는 백발을 감추지 않고 자연스럽게 기른 교수를 보고 철학이라는 학문과 무척이나 잘 어울린다고 생각했다.

"송준서."

교수는 출석을 불렀다.

"네."

준서는 가볍게 손을 들며 말했다.

"어디 보자, 준서 군은 사학과인데 어떻게 이 강의를 신청했죠?"

그는 안경 위로 준서를 바라보며 물었다.

"재미있을 것 같았고… 약간의 기대도 들었습니다."

학생들은 흥미 있는 눈으로 준서를 바라봤다.

"어떤 재미와 기대인지 말해 줄 수 있나요?"

그는 천천히 창가로 걸어가더니 비스듬히 창문에 기대며 물었다.

"우선 전공이 아니라 재미있게, 그…"

준서는 적절한 단어를 떠올리며 미간을 찌푸렸고 무언가 생각난 듯 다시 말을 이었다.

"딜레탕트dilettante하게 철학을 공부할 수 있을 것이라 생각했고, 철학을 통해 제가 원하는 인생의 답을 풀어 가고 싶은 기대를 갖고 있습니다."

준서는 자신도 모르게 적절한 단어를 프랑스어로 답했다.

"흥미롭군요. 혹시 준서 군은 프랑스에서 살다 왔나요?"

그는 턱수염을 매만지며 물었다.

"파리에 오 년 정도 있었고, 그전에는 쭉 모로코에서 살았습니다."

이제 학생들은 준서를 신기한 눈으로 바라보기 시작했다.

"그렇군요. 자 그럼 출석을 이어 부르겠습니다."

그는 고개를 끄덕이곤 다시 출석부를 펼쳐 남은 학생들의 이름을 불렀다.

서양 철학사의 첫 강의부터 교수님과 수강생들 앞에서 강의 목표를 말한 덕분이었을까. 준서는 서양 철학사가 그 어떤 강의보다 애착이 가기 시작했다. 자신의 목표를 강의실에 있는 모두가 알고 있었고, 또 그 목표를 이룰 것인지 지켜보고 있을 것만 같았다. 게다가 철학과 학생들과 교수님은 신입생 환영회에서 보였던 자신의 부끄러운 일들을 모르는 이들이기에 마음가짐이 새로웠다. 어느새 준서가 귀 기울이는 강의는 삼 주 차에 이르렀다. 강의 주제는 그리스 고대 철학 이야기를 지나 플라톤에 이르러 있었다.

"오늘 살펴볼 플라톤의 이데아론은 철학사에 있어서 매우 중요한 개념 중 하나입니다."

교수는 주머니에 손을 넣고 천천히 교단을 거닐며 말했다. 준서의 시선도 다른 학생들처럼 그의 움직임을 쫓았다.

"플라톤은 우주가 두 세계로 이루어져 있다고 믿었습니다. 하나는 우리가 두 눈으로 지각할 수 있는 현상계이고, 또 하나는 우리가 오직 정신의 눈으로 볼 수 있는 예지계로, 플라톤은 이 예지계를 이데아계라고 명명했습니다. 이 각각의 현상계와 이데아계는 우리가 지난 시간 살펴봤던 헤라클레이토스와 파르메니데스의 영향을 받은 겁니다."

교수는 교단 중앙에 멈춰 서더니 칠판 위에 플라톤의 현상계와 이데아계, 그리고 헤라클레이토스와 파르메니데스의 관계도를 자세하게 도식화하며 설명했다.

"헤라클레이토스는 만물유전, 즉 모든 것이 변화하고 소멸하기를 그치지 않는다고 주장했고, 파르메니데스는 부동일자, 즉 근원 속에서 변화하지 않는 영원한 존재를 믿었죠. 플라톤의 현상계는 헤라클레이토스로부터, 이데아계는 파르메니데스로부터 발전된 개념들입니다."

준서는 부단하게 노트 필기를 하며 못 알아듣는 한자어들도 놓치지 않고 빠르게 적어 나갔다.

"플라톤은 인간이 현상계에서 보고 만지며 지각할 수 있는 만물의 형이상학적인 본질, 즉 각각의 이데아가 이데아계에 고스란히 존재한다고 주장했습니다. 모든 만물에 고유한 이데아가 있다고 믿었죠. 그는 이데아가 현상계보다 더 진실하고, 영원하며, 완벽하다고 믿었습니다. 이데아는 현상계의 본질적인 모습이며, 이를 통해 우리는 현상계를 이해할 수 있다고 생각했죠."

교수는 칠판에 써 있는 '현상계' 바로 아래 '일반명사'를 쓰더니 말을 이었다.

"그는 우리가 생각하는 모든 일반명사에 해당하는 이데아가 이데아계에 존재한다고 봤던 겁니다. 그는 인간은 모두 이데아계에서 살다 왔다고 믿었습니다. 이데아계에서 그 모든 이데아들을 지각했기 때문에 현상계에서 이데아를 형상화하려 한다고 봤죠. 가령 사람은 의자를 만들어도

의자의 이데아를 이미 알고 있기에, 최대한 이데아에 가까운 의자를 만들기 위해 노력한다는 이야기입니다. 더불어 인간이라는 존재 역시 인간의 이데아를 본능적으로 알고 있기에 늘 선을 향해 정진하는 인간이 돼야 한다고 봤죠."

교수는 플라톤의 이상국가와 철인정치에 대해 이데아론적 관점으로 한참이나 부연설명을 덧붙였다. 그리고 칠판에 기대며 말했다.

"플라톤은 이데아론을 통해 서양 철학사의 토대로 자리 잡게 되었습니다. 플라톤의 이데아론은 앞으로 우리가 함께 살펴보게 되겠지만, 훗날 중세 유럽의 토마스 아퀴나스와 르네상스 시대의 프란시스 베이컨에게까지 큰 영향을 끼치게 됩니다. 이데아론은 철학사에서 보편자와 개별자의 문제를 처음으로 다룬 사상이기 때문이었죠. 더불어 목적론과 관념론, 그리고 이원론의 관점도 내포하고 있었기에, 인류는 거의 이천 년이 넘는 시간 동안 플라톤의 사상에 갇혀 지내게 됩니다."

준서는 한자어가 너무 많아 이해하지 못한 것들이 많았다. 하지만 이데아론이라는 게 무척이나 흥미롭게 느껴졌다. 그는 철학 수업이 끝나면 늘 그랬던 것처럼 도서관으로 향했다. 늘 찾아보던 영문판 버틀런드 러셀의 〈서양 철학사〉를 서가에서 꺼냈다. 소파에 앉아 플라톤의 챕터를 읽기 시작했다. 그가 플라톤에 대한 페이지를 다 읽었을 때는 어느새 창밖에 노을이 지고 있었다. 그는 책을 다시 서가에 꽂아 놓고 짐을 챙겨 나왔다. 그는 오랜만에 피시방으로 향했다.

"준서! 오랜만이다!"

성현은 반가운 목소리와 함께 카운터에서 벌떡 몸을 일으켰다.

"형 무슨 좋은 일이라도 있으세요?"

준서는 평소와 다른 그의 태도에 조금 놀라며 물었다.

"좋은 일 정도가 아니지, 준서야 여기 앉아 봐."

"무슨 일이길래 그래요?"

준서는 그의 손에 이끌려 자리에 강제로 앉혀지며 말했다. 그는 천천히 가방을 벗어 바닥에 내려놨다.

"대박이야. 형 방송 출연하게 됐어."

그는 귓속말을 하듯 말했다.

"정말요? 어떤 프로그램인데요?"

준서는 눈을 동그랗게 뜨며 물었다.

"〈우리들의 도전〉!"

"그게 어떤 방송이에요?"

"너 우리들의 도전도 몰라?"

그는 준서가 고개를 가로젓자 한숨을 쉬더니 말을 이었다.

"토요일 저녁 여섯 시 반에 하는 프로그램. 시청률이 이십 퍼센트가 넘는데 너는 그것도 모르냐."

"티브이가 없으니까요."

준서는 어깨를 으쓱했다.

"아무튼, 거기에서 연락이 왔어."

"거기에서 뭐 하는 건데요?"

"출연진들과 함께 팀을 짜서 한강 둔치에서 작은 콘서트를 한대. 힙합, 발라드, 댄스, 레게, 록 이렇게 다양한 음악 장르마다 가수가 선정됐는데 인디밴드에서 우리 원더랜드가 선정됐어."

"우와, 이거 완전 축하할 일 아니에요?"

준서는 작게 환호를 지르며 말했다.

"축하할 일이지. 근데 좋으면서도 걱정이다 걱정."

"아니 방송까지 나가면서 뭐가 걱정인데요?"

"새로운 곡을 하나 준비해야 하거든. 근데 도저히 구상이 떠오르질 않아."

그는 키보드 옆에 놓인 노트를 보여 주며 말했다. 노트에는 온갖 글씨들이 빼곡히 적혀 있고 사선으로 지워져 있었다.

"뭐에 대한 곡인데요?"

"우리팀이 고른 키워드는 서울, 청춘, 꿈이야. 뭐 꿈을 찾는 청춘들의 스토리를 담아야 하는 곡이지. 제목도 가사도 확 와닿는 게 좀처럼 떠오르질 않는다."

그는 고통스럽다는 듯 머리를 감싸 쥐며 말했다.

"근데 청춘이 무슨 뜻이에요?"

"푸를 청에 봄 춘, 인간의 가장 싱그러운 젊은 시절을 일컫는 말이야."

"서울, 청춘, 꿈… 멋진 단어들이네요."

준서는 키워드를 나지막이 되뇌며 말했다.

"혹시 뭐 떠오르는 거 없어? 제목이나, 스토리나, 이미지나 어떤 거든지."

"음, 서울 이데아라는 제목 어때요?"

준서는 잠시 등받이에 몸을 기댄 채 천장을 바라보며 말했다.

"서울 이데아? 뭐야, 느낌 좋은데! 근데 그게 무슨 뜻이야?"

성현은 눈을 동그랗게 뜨며 자세를 고쳐 앉았다.

"오늘 철학 강의를 들었는데 플라톤의 이데아론에 대해서 배웠거든요. 플라톤은 만물의 근원이 되는 이데아가 있다고 봤대요. 나무의 이데아, 책상의 이데아, 컴퓨터의 이데아가 있다는 이야기죠."

준서는 손가락으로 화분에 심어진 나무부터 컴퓨터까지 하나하나 가리키며 말했다.

"몰라, 복잡한 이야기는 빼고 설명해 봐."

그는 미간을 찌푸리며 손으로 공중을 휘젓더니 자세를 고쳐 앉았다.

"어쩌면 저는 서울 이데아를 꿈꾸고 한국에 온 게 아닌가 하는 생각이 들었어요. 저도 그렇고 한국의 많은 청춘들도 어떤 환상을 꿈꾸면서 서울에 온 게 아닐까요. 하지만 저는 서울이 단 하나의 이데아만 갖고 있다고 생각하지 않아요. 이곳에 사는 모두 각자의 서울 이데아가 있는 거죠. 이런 생각 끝에 오늘 저는 스스로에게 자문해 보게 됐어요.

나는 어떤 서울 이데아를 쫓아서 서울에 오게 된 것일까 하고 말이죠."

"이야, 꿈보다 해몽이라더니! 서울 이데아, 멋진 이야기인데? 나 진짜 이거 제목으로 써도 돼?"

그는 흥분을 주체하지 못하고 준서를 와락 껴안았다.

"그럼요."

"가사가 그려진다 그려져. 멜로디가 떠오른다. 미쳤다."

성현은 메모로 너덜너덜해진 노트의 앞장을 쭉 찢어 버리고 새 페이지를 펼쳤다.

"정말 넌 내 귀인이다. 이 곡은 널 위해 바칠게."

"근데 귀인은 무슨 뜻이에요?"

"귀한, 소중한 사람이 귀인이야."

그는 준서에게 미소를 지으며 노트 상단 중앙에 큰 글씨로 빠르게 무언가를 적었다.

〈서울 이데아〉

21
청강생의 신고식

준서는 도서관 열람실의 대형 테이블에 앉아 노트북을 펼쳤다. 입학식 전 살펴봤던 수강신청 안내 파일을 다시 검토하기 시작했다. 그가 찾고자 하는 건 정치외교학과 1학년 학생들의 전공 필수 과목이었다. 1학년이 필수로 듣는 건 〈정치학 개론〉이었다. 시간을 체크해 보니 다행히도 자신의 공강 시간에 진행되는 강의였다. 그는 흡족한 미소를 지으며 손바닥을 비볐다. 담당 교수의 이름을 확인하고 홈페이지에 들어가 교수의 연구실 위치를 확인했다. 그는 곧장 짐을 챙겨 그의 연구실로 향했다.

"똑똑."

"들어오세요."

준서가 노크하자 문 너머에서 목소리가 들려왔다.

"안녕하세요, 교수님. 저는 사학과 신입생 송준서라고 합니다."

"우리 과 학생이 아닌데 여기까지 어쩐 일이죠?"

교수는 책상에서 일어나더니 준서에게 다가오며 물었다. 그리고 소파에 앉으며 그에게 자리를 권했다. 준서는 조용히 소파에 앉아 대답했다.

"다름이 아니라 교수님의 정치학 개론 강의를 꼭 들어보고 싶어 찾아왔습니다."

"정치학개론을요? 수강 신청기간은 이미 끝난 지 오랜데."

교수는 의아한 표정으로 물었다.

"선배에게 물어보니 정말 듣고 싶다면 청강하는 방법도 있다고 해서 실례를 무릅쓰고 교수님을 찾아왔습니다."

준서가 말하는 선배는 바로 성현이었다. 그는 준서가 어렵게 꺼낸 고민을 듣더니 대답했다.

"주연이라고 했나? 그 여자애랑 마주칠 확률을 높여야지."

그는 그녀의 전공 필수 과목 수업 청강을 제안했다. 그리고 교수님께 어떻게 말하면 좋을지도 자세하게 알려 주었다.

"준서 학생은 정치학개론을 왜 듣고 싶은 거죠?"

준서의 답은 당연히 주연이었다. 하지만 그건 합리적이지 않다고 생각해 학술적인 대답을 미리 준비했다.

"사학과이지만 정치에도 깊은 관심이 있거든요."

"그래요?"

교수는 흥미로운 얼굴로 물었다.

"저는 모로코에서 어린 시절을 보냈습니다. 프랑스에서 오 년 정도 유학을 했고요. 제게는 두 나라가 완전히 다른 세계였는데, 그 이유가 문화와 역사, 종교뿐만 아니라 정치 체제도 달라서 차이점들을 느꼈던 것 같습니다."

"어떤 점이 달랐죠?"

"아시겠지만 모로코는 왕정 국가입니다. 근데 실상은 군부 독재나 같은 정치 체제입니다. 그 때문인지 국민들은 자신들의 목소리를 잘 내지 않습니다. 자신의 위치에서 주어진 것들을 모두 받아들이며 살아가고 있어요. 반면 프랑스는 그…."

준서는 이원집정부제라는 단어가 떠오르지 않아 프랑스어로 대체해 말했다.

"헤짐 세미 프헤지덩셜régime semi-présidentiel이라서 그런지 국민들 모두 자신의 목소리와 의견을 내는 데 주저함이 없는 것처럼 보였습니다. 예를 들어 저는 파리에 살면서 사람들이 시위하는 걸 너무나 많이 봤습니다. 그들의 목소리는 언제나 의미가 있었고, 국가도 거리의 목소리에 늘 귀 기울이는 것처럼 보였어요. 하지만 모로코는 달랐어요. 비밀 경찰도 있고 정치범 수용소도 존재합니다. 어렸을 적에는 반정부 시위대를 목격한 적이 있는데 군인들에게 무참하게 짓밟혔죠. 제게는 여전히 끔찍한 기억이기도 하고요."

준서의 이야기를 진지하게 경청한 교수는 고개를 끄덕이며 대답했다.

"두 나라에서 값진 경험을 했군요. 정치는 사람들의 삶의 형태를 결정짓는 틀 같은 중요한 것이죠."

"정치체제라는 게 얼마나 그 속에 살아가는 사람들에게 영향을 끼치는 것인지 공부하고 싶습니다. 한국의 정치와 사람들의 삶도 알아 가고 싶고요."

"좋아요. 그러면 내일 강의부터 들어오도록 해요."

교수는 주저함 없이 시원하게 대답했다.

"정말요? 배려해 주셔서 감사합니다!"

"근데 준서 학생 학점도 안 남을 텐데 시간 아깝지 않겠어요?"

"저는 학점보다 배우는 게 중요하다고 생각합니다."

"그래요. 준서 군 이름은 출석부에 따로 적어 놓도록 하죠."

교수는 부드러운 미소를 지으며 메모지에 준서의 학과와 이름을 적었다.

준서는 교수의 연구실을 나와 생각에 잠겼다. 모로코와 프랑스의 정치체제. 교수의 마음을 사기 위해 정치에 관심 있는 척 말했지만 사실 그건 과도하게 꾸며 낸 이야기였다. 준서는 모로코와 프랑스의 정치체제에 큰 관심이 없었다. 그곳에서 지내며 정치 역학이 눈에 보였을 뿐이었다. 두 체제 모두 준서를 포용한 적 없고, 준서 역시 어느 체제에도 유대감과 소속감을 느껴 본 적 없었다. 그 때문에 준서에게 큰 관심이 있는 건 체제 자체가 아니라 체제 속에서의 자신이었다. 정치보다는 자신의 정체성과 자신의 행복이 중요했다. 늘 국외자였기에 체제가 바뀐다고 해서 그가 영향을 받는 건 미미하다는 걸 일찍이 깨달은 것이었다. 언젠가 자신의 '세계'를 발견하게 된다면 그때는 정치에 관심이 생길지도 모른다는 생각이 들었다. 그게 한국이기를 바랄 뿐이었다.

드디어 〈정치학개론〉의 날이었다. 준서는 지나가면서 보기만 했던 사회과학대학 건물의 현관에 발을 디뎠다. 그는 무언가 다른 정취를 느꼈다. 같은 캠퍼스였지만 사회과학대학의 정취는 인문대학과 확연하게 달랐다. 일단 여학생의 비율이 눈에 띄게 많았다. 여학생들의 분위기도 어딘가 달랐다. 인문대학 여학생들은 바지를 주로 입었다면, 사회과학대학의 여학생들은 치마의 비율이 높았다. 패션 스타일도 한층 더 조숙하고 세련된 분위기였다. 화장법도 미세하게 달랐다. 인문대학은 수수한 느낌이 강했다면, 사회과학대학은 화장도 진했고 화사했다. 예쁜 여학생들 때문인지 남학생들도 머리에 힘을 주거나 화장을 하거나 옷에 잔뜩 멋을 부린 친구들도 눈에 띄었다. 같은 학과 학생들에게는 어느 정도 공통적인 성향이 있는 것일까 잠시 생각했지만 쉽사리 답을 찾을 수는 없었다. 준서는 새로운 활력과 설렘을 느끼며 강의실 문을 열었다.

아직 수업이 시작되려면 십 분 정도가 남아 있었지만 벌써 열댓 명 이상의 학생들이 자리를 잡고 앉아 있었다. 준서는 그들 사이에 주연이 있나 살펴봤지만 그녀는 보이지 않았다. 그들에게서 이방인을 향한 시선이 느껴졌다. 모로코와 파리에서 자주 느꼈던 시선이었다. 준서는 개의치 않고 세 번째 줄 창가에 자리를 잡고 앉았다. 학생들이 자신을 자꾸 힐끔힐끔 쳐다보는 게 느껴졌다. 그는 불편함을 느끼며 필기구를 꺼내고 이어폰을 꼈다.

준서는 그 불편함의 원인을 알고 있었다. 전공 수업이라면 강의실에 앉은 학생들은 모두 아는 사이였다. 입학 전부터 이미 각종 모임을 해 왔었고 강의도 사 주 차나 진행이 된 상태였다. 교양 수업은 여러 과 학생들이 섞여 있지만 강의가 어느 정도 진행된 이상 수업에 낯선 이가 들어온다면 단번에 알아차릴 수 있었다. 계속해서 자신에게 구별의 시선이 다가오는 게 느껴졌다.

나아가 준서는 자신이 의심받는다는 느낌을 받았다. 이건 학교 측의 공지사항 때문이라는 확신이 들었다. 개강과 더불어 과 선배나 조교, 입학처를 사칭한 사람들이 강의실에 들어와 사기를 친다는 신고가 여럿 들어왔었다. 그들은 신입생들에게 스펙에 필요한 자격증과 시험들을 미리 준비해야 한다며 자신들의 교재와 강의를 팔았던 것이다. 잠시 후, 한 남학생이 몸을 일으켜 준서에게 성큼성큼 다가왔다.

"안녕하세요. 저는 정치외교학과 1학년 과대 이지훈이라고 합니다. 혹시 어떻게 오셨을까요?"

그는 준서를 주눅들게 하려는지 당당한 어조로 말했다.

"강의 들으러 왔어요."

준서는 이어폰을 천천히 빼며 대답했다. 주위를 둘러보니 다른 학생들은 아예 몸을 돌려 자신을 지켜보고 있었다. 막 강의실을 들어오는 이들도 친구에게 영문을 묻고는 준서를 향해 시선을 던졌다.

"여기가 정치학개론 수업이거든요. 혹시 잘못 찾아오신 거 아닌가 싶어서요."

"아, 알아요. 정치학개론 수업인 거. 저도 수강신청을 했거든요."

준서가 대답하자 그의 얼굴에 피어 있던 의심은 확신으로 뒤바뀌었다.

"글쎄요. 수강신청은 이미 입학 전에 끝났는 걸요. 게다가 이 강의는 국제관계학과 학생들만 듣는 강의예요. 수강신청을 했다면 여기에 있는 사람이 모를 리가 없고요."

그는 주위에 동의를 구하듯 강의실에 있는 친구들을 여유롭게 둘러보며 말했다.

"조금 늦게 신청을 했거든요."

준서는 쏟아지는 시선에 당황하며 말했다.

"조금 늦게 신청을 했다니요?"

"어제 교수님께 직접 신청을 했어요."

"그렇게 수강신청을 하는 경우가 있다고요?"

"교수님 성함이 어떻게 되시는데요?"

"성함이…."

그는 갑자기 질문을 듣자 기억이 나질 않았다.

"혹시 그쪽도 교재 팔러 오신 거 아니에요?"

"아니에요. 저는 사학과 학생이에요. 16학번."

준서는 다급하게 손사래를 치며 말했다.

"어, 나 이 친구 알아."

그때 한 목소리가 들려왔다. 준서와 더불어 강의실에 있던 이들이 모두 시선을 돌렸다. 그녀는 이제 막 강의실에 들어온 듯 크로스백을 둘러메고 있었다. 그녀는 주연이었다.

"개인적으로 아는 건 아닌데, 입학식 때 서로 가족 사진을 찍어 줬어."

그녀는 과대와 준서에게 다가오며 밝은 목소리로 말했다.

"사학과 준서 맞지? 이렇게 보네."

이어 그녀가 준서에게 물었다.

"응. 맞아."

준서는 고개를 끄덕였다.

"자자. 이렇게 다 몰려와서 한 사람을 다그치면 어떡해. 다 같은 학교 학생인데."

그녀가 학생들에게 손짓을 하고 과대를 한 발 물러나게 하며 말했다.

"나야 뭐, 학교 공지사항도 있었고…."

그는 머쓱한 표정으로 머리를 긁적이며 말했다. 그리고 준서에게 사과했다.

"미안해요. 저는 과대다 보니 걱정돼서 그만… 오해 없으셨으면 좋겠습니다."

"아니에요. 충분히 그럴 수 있다고 생각해요. 저희 학과도 교수님께서 같은 전달 사항을 말씀해 주셨거든요."

준서는 무안해하는 과대를 향해 미소 지으며 답했다.

"자자. 시간 지났는데 얼른 자리에 앉읍시다."

그때 문이 열리며 교수님의 음성이 들려왔다. 그는 성큼성큼 들어와 교탁 앞에 서더니 준서 주위에 몰려 있는 학생들을 바라보며 인자한 목소리로 덧붙였다.

"준서 군은 벌써 친구들이랑 친해진 건가요?"

"과대가 새로운 친구를 외판원으로 오해했거든요."

누군가 장난기 가득한 큰 목소리로 답했다. 그러자 주위에 있던 친구들이 가벼운 웃음을 터뜨렸다.

"준서 군. 원래 어딘가에 받아들여진다는 게 쉬운 일이 아닙니다. 어딜 가든 마찬가지예요. 일종의 신고식이 필요한 거죠. 여러분도 준서 군이 비록 청강생이지만 진실한 배움의 열정을 갖고 온 친구니까 친하게 지내도록 하세요."

"교수님, 원래 처음 오면 노래 한 곡 해야 하는 거 아닌가요?"

또 누군가의 목소리가 크게 들려왔다. 이어 학생들이 작은 환호를 하기 시작했다. 준서는 신입생 환영회의 악몽이 떠올라 식은땀이 났다. 하지만 교수는 학생들을 제지시키며 말했다.

"자, 조용. 이미 준서 군에게 충분한 신고식이었을 테니. 이제 수업을 시작해 봅시다."

"에이…."

학생들이 아쉬운 소리를 다 같이 냈다.

"교수님, 그러면 간단하게 자기 소개 정도는 괜찮지 않을까요?"

주연은 명랑한 목소리로 손을 들며 말했다.

"준서 군 그럴까요?"

교수는 미소 지으며 준서를 바라봤다. 준서는 고개를 끄덕이며 자리에서 일어났다.

"안녕하세요, 저는 사학과 외판원, 아니 16학번 송준서라고 합니다."

준서가 말실수를 급하게 정정하자 여기저기서 웃음이 터져 나왔다.

"저는 사학과지만 정치에 대해서도 공부해 보고 싶었습니다. 수강신청 때 놓쳐서 아쉬운 강의였는데 저를 이렇게 청강생으로 받아 주신 교수님께 감사드립니다. 그리고 오늘 저를 외판원으로 오해해 주신 친구들께도 감사를 드립니다. 덕분에 이렇게 저를 소개할 기회가 생겼으니까요. 참고로 저는 학점도 받지 않는 청강생이라 여러분의 경쟁 상대도 아니니 친하게 지냈으면 합니다."

준서가 가볍게 목례를 하자 여기저기서 환영의 박수 소리가 들려왔다.

이윽고 강의가 시작되었다. 준서는 자신이 자기 소개를

하며 모로코와 프랑스의 이야기를 하지 않았다는 사실에 놀랐다. 그동안 자신을 소개할 때면 가장 먼저 하는 이야기가 모로코와 프랑스였다. 그렇다면 나는 출신과 과거에 대한 설명이 굳이 필요 없는 사람이 될 수 있을까. 지금 그대로의 나로 인정받고 사랑받을 수 있을까. 준서는 교수가 아닌 주연의 뒷모습을 바라보며 자문했다. 그의 입가에는 미소가 피어나고 있었다.

22
테니스 코트

 준서는 시간에 맞춰 학생회관으로 향했다. 동아리장의 문자를 확인했다. 〈신촌 테니스 클럽 신입 동아리원 면접 안내〉 문자가 안내하는 장소는 312호였다. 승강기를 타고 삼 층에 내렸다. 중앙 홀에 놓인 약도를 보니 312호는 복도 끝에 위치하고 있었다. 복도를 따라 쭉 들어가니 312호가 나타났다. 아크릴 팻말에는 〈신촌 테니스 클럽〉이라고 적혀 있었다. 그는 문을 똑똑 두드렸다.

 "오셨네요, 준서님!"

 준서를 반갑게 맞이하는 사람은 지난번 홍보 부스에서 만났던 예은이었다.

 "안녕하세요. 사람이… 많네요."

 준서는 동아리방으로 들어가려다 말고 주춤하며 말

했다.

"오늘 면접이라 동아리원들이 모두 모였거든요. 여기에 앉으세요."

그녀는 입구 쪽에 놓인 간이 의자로 준서를 안내했다. 그곳에는 여섯 명의 낯선 얼굴들이 앉아 있었다. 자신처럼 면접을 기다리는 신입생들이었다. 준서는 자리에 앉으며 속으로 불평을 했다. 그때는 당장이라도 가입시켜 줄 것처럼 그러더니 면접이라니. 하지만 지난번 교수님의 말씀이 떠올랐다. 어딘가에 받아들여지려면 일종의 신고식이 필요한 법이라고.

"안녕하세요, 저는 신촌 테니스 클럽의 동아리장 정태민이라고 합니다."

동아리장이 큰 목소리로 말했다. 그는 창가를 등지고 육인 테이블에 홀로 앉아 있었다. 테이블에는 생수와 사전에 신입생들이 보낸 서류가 파일에 깔끔하게 정리되어 있었다. 그는 파일을 자신 쪽으로 당기며 말을 이었다.

"우리 신촌 테니스 클럽은 무려 사십육 년의 역사를 자랑하는 동아리입니다. 우리들이 살아온 인생보다 더 긴 역사를 가진 모임이죠. 우리 테니스 클럽의 방향성은 테니스를 사랑하는 학생들의 모임입니다. 물론 테니스에 대한 애정과 열정도 중요합니다. 더불어 테니스 실력이 있다면 동아리에 꼭 필요한 인재라고 할 수 있죠. 하지만 무엇보다 중요한 건 동아리에 대한 소속감과 헌신입니다. 우리는 고독한 불통의 테니스 실력자를 찾는 게 아닙니다. 우리를 우리답게 해 줄, 우리의 역사와 정체성을 이어 나가 줄 신입 부원이 필요합니다. 테니스야 함께 배워 나가면 되는 거니까요."

그는 손뼉을 가볍게 치고 기도를 하듯 양손을 그대로 맞잡은 채로 주위를 둘러보며 말했다.

준서는 우리를 우리답게 해 줄, 우리의 역사와 정체성을 이어 나가 줄 신입 부원이 과연 어떤 의미인지 짐작이 되질 않았다. 과연 그것이 무엇이길래 테니스 실력보다 중요한 것일까.

"자, 그러면 신촌 테니스 클럽에 필요한 인재를 찾아보도록 하겠습니다."

이윽고 면접이 시작되었다. 예은의 안내에 따라 예비 신입 부원들이 차례대로 나와 자신을 소개했다. 준서는 다른 이들의 면접 장면을 보면서 이상하게도 떨리지가 않았다. 어떻게 말을 해야겠다는 생각도 들지 않았다. 그저 즉석에서 나오는 대로 말하면 될 것 같다는 확신이 들었다. 그저 생각나는 건 정치학개론에서 마주했던 주연의 미소와 그녀와 나눴던 짧은 대화였다. 그녀는 나를 기억하고 있었다.

준서는 면접의 대화들이 하나도 귀에 들어오지 않았다. 그의 시선은 면접자들 너머 동아리방의 벽면에 닿아 있었다. 벽에는 오래된 테니스 관련 포스터와 테니스 스타들의 사진들이 즐비했다. 페더러와 나달, 그리고 조코비치 등 오늘날을 주름잡는 선수들부터 빌란더와 코너스, 그리고 애거시 등 90년대를 풍미했던 선수들도 보였다. 시대와 함께했을 이름 모를 선수들도 많았다. 준서는 수많은 선수의 사진들 사이에서 젊은 시절 샘테스 사진을 발견했다. 영락없는 샘테스였다. 참을 수 없는 반가움이 밀려왔다. 어서 빨리 테니스 코트에서 흠뻑 땀 흘리고 싶었다. 그의 얼굴에는 웃음이 한가득 피어 있었다.

이윽고 준서 차례였다. 그는 여전히 미소를 가득 머금고 있었다.

"준서님은 미소가 보기 좋네요."

태민은 동아리방 한가운데 선 준서를 바라보며 말했다.

"테니스를 좋아하기도 하고, 신촌 테니스 클럽과 함께할 생각을 하니 기분이 좋아졌습니다."

"고마워요. 그러면 자기 소개와 각오, 간단하게 이야기해 줄래요?"

준서는 고개를 끄덕이고 자세를 다잡았다.

"저는 사학과 16학번 송준서라고 합니다. 저는 테니스 코트에서 누군가와 함께 땀 흘리는 걸 좋아합니다. 함께 테니스를 치고 나면 서로에 대해 많은 것을 알게 되거든요. 저는 테니스도 하나의 언어라고 생각합니다. 라켓을 잡는 그립 방법부터, 서브를 넣는 방식, 발리를 치기 위해 네트로 달려오는 자세, 포핸드의 자세, 백핸드를 칠 때의 순간, 상대의 움직임을 바라보는 눈빛까지. 그 모든 것에 그 사람의 감정과 사고방식이 담겨 있죠. 그래서 저는 테니스를 통해 교류하는 걸 좋아합니다. 상대방에 대해 깊이 이해할 수 있고, 저 또한 이해한 만큼 저를 보여 줄 수 있으니까요. 여러분들과 테니스를 통해 교류하고 싶습니다."

태민은 준서의 서류에 무언가를 기재한 뒤 입을 열었다.

"좋아요. 테니스와 인간 관계에 대한 깊은 철학이 느껴지는 의견, 잘 들었습니다."

그는 준서를 바라보며 말을 이었다.

"만일 준서군이 동아리에 들어와서 하게 되는 일이 테니스 게임보다 부수적인 일들이 더 많아도 괜찮나요?"

"부수적이 무슨 뜻이죠?"

준서가 진지한 얼굴로 물었다. 그러자 잠시 정적이 찾아왔다.

"정말 몰라서 묻는 건가요?"

옆에 있던 예은이가 눈을 꿈뻑이며 물었다.

"네. 사실 제가 모로코에서 살다 와서요."

"부수적이란 말은 additional things. 자장면 시키면 단무지가 오는 것처럼, 주가 되는 것이 아니라 그것에 곁달린 것을 뜻하죠."

태민이 차분한 목소리로 말했다.

"테니스보다 다른 일들이 많을 수 있다는 말이죠?"

"맞아요. 어떤 날은 자장면보다 단무지만 먹어야 할 때도 있을 거예요. 우리 동아리에 중요한 것은 테니스 그 자체보다 우리의 모임 그 자체니까요."

과연 테니스 동아리에 테니스보다 중요한 건 무엇일까. 준서는 의문이 들었지만 묻지 않고 대답했다.

"이해했어요. 그래도 괜찮아요."

"좋아요. 알겠습니다."

그는 파일철을 덮으며 말을 이었다.

"그러면 결과는 내일 오전 중으로 통보해 드리도록 하겠습니다."

이튿날 준서는 동아리 합격 통보 문자를 받았다. 안내사항에는 매주 토요일 오전과 오후, 캠퍼스에 위치한 테니스 코트에서 정기적인 훈련과 게임을 한다는 공지가 적혀 있었다. 그는 강의가 끝나자 설레는 감정으로 백화점으로 향했다. 나이키에서 테니스복을 구입했다. 흰색 카라티와 흰색 숏츠, 그리고 흰색 양말이었다. 날이 추워 상의는 긴팔로 구매했다. 그는 집으로 돌아와 라켓을 점검하며 달콤한 상상의 나래를 펼쳤다. 자신이 멋지게 테니스를 치고 있는 모습을 주연이가 보고 반했으면 하는 그런 망상이었다. 우연히라도 그녀가 테니스 코트로 지나갔으면 좋겠다고 생각했다.

"참, 토요일에는 강의가 없잖아."

그는 혼잣말을 하며 소파에 드러누워 이마를 짚었다. 어떻게 하면 주연이와 마주치는 횟수를 늘릴 수 있을까. 내가 마주칠 수 있는 건 정치학개론 강의밖에 없다. 다른 강의는

들을 수 있는 여건이 되질 않는다. 참, 그녀도 지난 번에 동아리 홍보 부스를 유심히 구경했었는데. 그녀도 동아리에 가입하지 않았을까.

"위잉."

그때 테이블에 놓인 스마트폰의 진동이 울렸다. 확인해 보니 동아리의 신입 회원 환영회 일정이 적혀 있었다. 이번 주 금요일이었다. 준서는 전화번호부에서 예은을 찾았다. 그녀는 벌써 '이예은 선배(15학번)'로 저장되어 있었다.

"선배님, 혹시 금요일 신입 회원 환영회에서 게임도 하나요?"

"너도 참. 게임 없는 환영회가 어딨냐. 근데 왜?"

"미리 연습 좀 하고 가려고요."

"연습? 그래, 살아남으려면 연습하는 것도 좋지."

그녀는 웃으며 대답했다.

금요일 밤, 준서는 테니스 가방을 둘러메고 캠퍼스 내 테니스장으로 향했다. 현관에서 나서기 전 거울을 보며 하얀색 나이키 두건도 머리에 질끈 맸다. 약속 시간보다 미리 도착해 테니스 코트를 살폈다. 그물은 여기저기 찢어진 곳이 있었고, 코트는 군데군데 라인들이 벗겨진 곳이 있었다.

관리가 조금 아쉬운 테니스장이었다. 그는 바닥에 뒹굴고 있는 몇 개의 테니스공을 주워 한쪽 구석에 밀어 넣었다. 그리고 몸을 풀기 시작했다. 날은 많이 풀렸지만 저녁은 여전히 쌀쌀했다.

준서는 가벼운 러닝을 하며 신입 회원 환영회를 낮에 잡았으면 어땠을까 하는 아쉬운 마음이 들었다. 그래도 오랜만에 가쁜 숨을 몰아쉬니 기분이 좋았다. 러닝에 이어 스트레칭까지 했다. 몸이 풀리자 테니스복 겉에 입고 온 트레이닝복을 벗었다. 가방에서 라켓을 꺼내고 구석에 둔 테니스공 세 개를 집었다. 두 개는 바지 주머니에 넣고 공 하나를 가볍게 바닥에 튀긴 다음 라켓으로 드리블을 하기 시작했다. 서비스 라인에 선 준서는 튀기던 공을 왼손으로 잡고 어깨를 풀었다. 그리고 공을 공중으로 사뿐하게 던진 다음 반대편을 향해 서브를 날렸다. 강하게 날아간 공은 반대편 코트에 정확하게 안착한 뒤 바깥으로 튕겨 나갔다. 그는 흡족한 미소를 짓고 주머니에서 다른 공을 꺼냈다. 다시 한 번 서브를 날렸다.

"뭐야, 준서. 엄청 잘하잖아!"

고개를 돌려 보니 예은의 목소리였다. 그녀의 뒤에서 다른 부원들이 수근거리고 있었다.

"안녕하세요."

준서는 코트에 들어서는 예은을 보고 인사했다.

"근데 우리 오늘 게임 안 하는데…."

"선배가 게임한다고 하지 않았나요?"

"나는 술 게임 물어보는 줄 알았지."

그녀는 준서의 발끝부터 머리까지 가볍게 훑어보며 대답했다.

"앗, 그게 그 뜻이었어요? 저는 오늘 테니스 게임을 하는 줄 알았어요."

준서는 당황한 채 머리를 긁적이며 말했다. 그의 앞에 모인 부원들은 모두 평상복을 입고 있었다.

"다들 여기로 모여서 술집으로 갈 거야. 옷은 챙겨왔지?"

그녀는 추운 듯 몸을 움츠리며 말했다.

"헐, 여기 윔블던* 인 줄."

수형은 준서의 차림을 보고 헛웃음을 치며 말했다. 그러

---

* 윔블던 선수권 대회는 세계 4대 그랜드 슬램 테니스 대회이다. 세계에서 가장 오랜 역사를 지닌 테니스 대회이며 모든 선수들이 하얀색 복장을 입는 게 전통이다.

자 주위에 있던 부원들이 실소를 터뜨렸다.

"선배 왜 그래요, 준서 민망하게."

그녀는 수형을 어깨로 툭 치며 말했다.

"얼른 입어 술집 갈 거야."

준서는 들려오는 웃음소리를 들으며 트레이닝복을 걸치기 시작했다. 라켓은 가방에 서둘러 집어 넣었다. 이윽고 태민도 다른 부원들과 함께 도착했다.

"뭐야. 준서는 왜 테니스 가방 메고 있어?"

"우리 동아리에 윔블던에 있어야 할 사람이 들어온 것 같아."

수형은 짓궂은 말투로 말하곤 준서를 향해 엄지를 치켜세웠다. 또다시 웃음소리가 들려왔다. 준서는 머리에 쓴 두건을 벗어 주머니에 찔러 넣고 머리칼을 무심하게 정리했다.

"자자. 예약해 놨으니까 다들 움직이자."

태민은 그들의 웃음도 준서의 복장도 아무렇지 않다는 듯 상황을 정리하며 말했다.

그들은 다 함께 술집으로 향했다. 주인은 단체석으로 그들을 안내했다. 열다섯 명이 테이블에 둘러 앉았다. 미리 주문한 안주가 테이블에 세팅되어 있었다. 여기저기서 술병이 오픈되었고 다들 잔을 채우기 시작했다. 테이블의 한가운데 앉은 태민은 잔을 들고 일어나 목을 가다듬었다.

"이렇게 이번 연도에는 우리 신촌 테니스 클럽에 세 명의 신입부원이 함께하게 됐어."

그는 준서와 더불어 세 명의 신입부원 이름을 부르면서 그들을 한 명씩 바라봤다. 그리고 말을 이었다.

"너희들을 우리 동아리원으로 받아준 건 첫째, 다른 후보자들보다 테니스에 애정이 있어 보여서였고 둘째, 무엇보다 우리가 함께하고 싶은 친구들이기도 해서야. 면접 때도 말했다시피 우리에게 중요한 건 함께 이 동아리를 이끌어 나가는 거야. 함께 기쁜 일이 있으면 서로 축하도 해 주고, 서로 도움이 필요할 땐 손 내밀어 주는 거지. 또 우리가 다들 다양한 학과에서 모였으니까 함께 교류하면서 중요한 정보도 나눈다면 더할 나위 없이 좋겠지? 자, 환영사가 너무 길어지지 않게 여기서 마무리할게. 자 다들 잔 들고!"

태민이 큰 목소리로 말하며 잔을 들자 다른 부원들도 잔을 높이 치켜들었다.

"우리 신촌 테니스의 신입 회원들을 환영하며, 함께 멋진 동아리를 만들어 나가 보자! 건배!"

부원들은 힘차게 서로의 잔을 한데 모아 건배를 했다.

준서도 부원들을 따라 함께 부딪힌 잔에 담긴 소주를 한 입에 털어 넣었다.

"준서야, 이제 진짜 게임이 시작될 거야."

소주의 향 때문에 코끝을 찡그리던 준서에게 예은이가 큰 목소리로 말했다.

술잔은 끊임없이 비워지고 채워졌다. 신입생 환영회에서 제대로 배우지 못했던 술 게임이 계속되었다. 준서는 몇 번이고 벌주를 마셔야만 했다. 기대했던 게임은 이게 아니었는데. 기대했던 동아리는 이게 아니었는데. 소주는 쓰고 자리는 불편했다. 그때 누군가 준서에게 어깨동무를 건넸다. 거나하게 취한 수형이었다.

"씨발, 우리 테니스의 왕자님! 너무 힘주지 마세요. 우린 윔블던이 아니고 신촌 테니스 클럽입니다."

그는 술 냄새를 풀풀 풍기며 준서의 트레이닝복 속에 드러난 흰색 카라티를 가리키며 말했다. 준서는 기분이 상해 천천히 지퍼를 목 끝까지 올렸다.

"형이 잘되라고 조언해 주는 거야. 테니스? 씨발 우리 지난 학기에 몇 번이나 쳤는 줄 알아? 세 번? 네 번?"

그는 준서의 얼굴 앞에서 손가락을 하나씩 접으며 말했다.

"중요한 건 함께한다는 거야. 함께. 이렇게 즐겁게 함께!"

준서는 눈앞에 있는 수형의 손을 지나 멍하니 술잔을 응시했다.

한국에서 함께한다는 건 도대체 무엇인 것일까. 어디에 소속된다는 건 어떤 의미인 것일까. 열심히 준비한다고 해서 쉽게 소속되는 것도 아니었다. 의욕만 앞선다고 그들에게 받아들여지는 것도 아니었다. 중요한 건 그들과 같은 인간이 되어야 한다는 것이었다. 그런데 가장 중요한 '같아야 하는 지점'을 찾기가 어려웠다. 늘 내가 진단한 지점은 그들이 원하는 지점이 아니었다. 오히려 그 지점은 항상 타인이 짚어 줘야만 알 수 있었다. 가령 게임을 게임으로 오해했던 것만 같은.

준서의 하얀 트레이닝복은 술집의 조명 아래 유난히 빛이 나고 있었다. 취기는 점점 달아올랐고 대화 같지 않은 대화들만 이어졌다. 그는 어떤 확신이 데자뷰처럼 느껴졌다. 이번에도 첫 단추가 잘못 끼워진 것 같다고.

23

언더그라운드 록스타

캠퍼스는 점점 완연한 봄의 정취로 물들어 갔다. 강의실에 앉아 있는 준서는 자꾸만 창밖으로 시선을 돌렸다. 봄햇살 아래 모든 식물들과 나뭇잎들은 싱그러운 초록색으로 물들어 갔고, 만개한 벚꽃길은 부드러운 파스텔톤으로 캠퍼스를 물들이고 있었다. 교정에 펼쳐지는 봄의 향연은 준서를 넋이 나가게 만들었다. 이런 봄은 마주한 적이 없었다. 모로코도 절기상 봄이 있었지만 이렇게 온 대지가 수줍은 소녀의 미소처럼 피어나지 않았다.

모로코에서 봄이라 불리는 절기는 더위의 시작을 의미했다. 겨울은 눈도 내리지 않는 따뜻한 날씨였기에 당연한 이치였다. 서울의 봄을 직접 보지 못한 모로코인들은 진정한 의미의 봄을 이해하지 못하리라. 준서는 모로코인들에게 어떻게 이 아름다운 봄을 설명할 수 있을까 생각에 잠겼다. 그러다 앞에 보이는 주연의 뒷모습에 시선이 닿았다. 그녀는 하늘거리는 꽃무늬 원피스를 입고 있었다. 교정에 피어난 벚꽃처럼 아름다웠다. 그는 확신했다. 모로코인들에게는 그녀를 보여 주는 것만으로도 서울의 봄을 설명해 줄 수 있을 것이라고.

하지만 준서는 봄에게 좀처럼 다가갈 수가 없었다. 그녀는 친구들에게 둘러싸여 있었고, 기대했던 조별과제에서는 같은 조가 되지 않았다. 그녀는 마치 교정에 만개한 봄처럼 닿을 수 없는 존재로만 여겨졌다. 일주일에 한 번 있는 수업은 기대했던 것과는 달리 어긋나고 또 어긋났다.

"준서야. 혹시 너 원더랜드랑 관계가 있어?"

고대 서양사 시간이 되어 강의실에 들어가자 빅토르가 준서에게 다가와 물었다.

"원더랜드? 왜?"

준서는 신입생 환영회의 기억이 떠올라 조금 불편함을 느끼며 물었다.

"지난 주말에 〈우리들의 도전〉에 원더랜드가 나왔는데 인터뷰 도중 네 이름을 언급했던 것 같았거든."

"내 이름을?"

"서울 이데아라는 곡을 무대에서 선보였는데 그 곡을 작사작곡 하게 된 계기가 준서라는 교포 친구 때문이라고 했거든. 이건 딱 네 얘기다 싶었지."

"정말? 방송에서?"

준서는 놀라 눈을 동그랗게 뜨고 물었다.

"응. 애들도 난리야 지금."

그는 자신의 뒤편을 가리키며 말했다. 동기들은 수근거리기도 하고 준서를 신기한 눈으로 바라보고도 있었다. 준서는 부담스러움을 느끼며 머리를 긁적였다.

"뭐야. 궁금해. 설명 좀 해 줘."

"성현이 형을 알고 있거든."

"어떻게 알게 된 관계인데?"

"말하자면 복잡하지만 한국에 와서 처음으로 친해진 형이야."

그러자 동기들은 준서를 대단한 눈빛으로 바라보기 시작했다.

이윽고 강의가 시작되었지만 준서는 좀처럼 집중이 되질 않았다. 성현이 형은 티브이 프로그램에서 도대체 어떤 무대를 펼쳤길래 강의실의 모두가 알고 있는 것일까. 왜 형이 알려 준 생방송 날짜를 깜빡 잊고 말았던 거지? 맞아. 테니스 동아리에 나갔다 왔었지. 티브이나 볼걸. 준서는 강의가 끝나자마자 학생회관 휴게실로 향해 노트북으로 재방송을 봐야겠다고 생각했다.

학생회관으로 가는 길, 누군가 준서를 불렀다. 고갤 돌려 보니 사학과 학회장이었다.

"준서야. 너 방송에 나왔더라. 정확히 말하자면 나온 건 아니지만."

강민은 주머니에 손을 찔러 넣은 채로 웃으며 말했다.

"방송 보셨나 봐요. 사실 저는 아직 못 봐서."

준서는 미소 지으며 말했다.

"그때는 좋은 노래인지 몰랐는데 너무 좋더라. 잘 좀 불러 주지 그랬어."

그는 넉살 좋은 미소와 함께 준서의 어깨를 툭 치며 말했다.

"저는 최선을 다해서 불렀는 걸요."

준서는 가방끈을 고쳐 메며 말했다.

"아무튼 지금 인터넷에서도 난리야. 다들 원더랜드 노래만 듣고 있어. 나는 서울 이데아에 푹 빠졌다. 아무래도 네가 시대를 보는 안목이 있었나 보다. 참, 나중에 원더랜드 보게 되면 사인 하나만 부탁할게."

그는 준서에게 엄지를 치켜세우며 인문대 건물로 발길을 돌렸다.

준서는 휴게실에 도착하자마자 노트북을 펼쳐 〈우리들의 도전〉 재방송을 틀었다. 그는 화면에 성현이 나올 때마다 입가에 미소를 지었다. 신기하기도 했다. 유명 가수들 사이에 원더랜드가 있었다. 원더랜드가 쟁쟁한 가수들과 출연진 앞에서 원더랜드를 불렀다. 노래가 끝나자 모두들 감탄하며 기립 박수를 쳤다.

"아름다운 곡이네요. 제가 개그맨 하겠다고 서울 올라와서 방황하던 시절이 떠올라 눈물이 핑 돌았어요."

메인 MC를 담당하고 있는 개그맨이 진지한 얼굴로 말했다.

"저도요. 그 뭔가 우리 젊은 시절의 꿈과 희망과 방황을 정말 잘 표현한 곡이라는 생각이 들었어요."

옆에 앉아 있던 한 출연진도 덧붙였다.

"지금의 제 이야기인 것 같아요."

한 여자 아이돌 멤버는 눈물을 흘리며 말했다.

〈우리들의 도전〉 가요제 편은 분량이 길어 다른 회차가 두 개로 나뉘어 있었다. 2부에서는 가요제의 이야기가 담겨 있었다. 게릴라 콘서트로 진행된 가요제에서는 가수들과 출연진들이 팀을 짜서 만든 노래들이 담겨 있었다. 준서가 귀 기울인 건 단연 서울 이데아였다. 메인 MC와 팀을 한 원더랜드는 서울 이데아를 함께 만들었다. 인터뷰가 나왔다.

"이 곡은 준서라는 교포 동생에게서 영감을 받아 만들게 되었어요. 준서 친구는 자신이 서울 이데아를 찾아서 한국에 왔다고 했어요. 친구의 이야기를 듣다 보니까 저 역시 서울 이데아를 갖고 있다는 생각이 들었어요. 물론 그 의미는 다르지만요. 저는 가수가 돼서 멋진 울림을 가진 노래를 세상에 선보이는 게 꿈이었어요. 그게 바로 저의 서울 이데아였죠. 이 곡이 자신만의 서울 이데아를 찾아 방황하는 모든 젊은이들을 위한 노래가 되었으면 좋겠어요."

인터뷰가 끝나자 화면이 오버랩되며 어둠 속에서 무대가 드러났다. 조명이 서서히 밝아지자 성현과 준우가 무대에 서 있다. 준우는 베이스를 맡고 있었고, 성현이 메인 보컬이었다. 성현 옆에는 프로그램의 MC가 스탠드 마이크 앞에 서 있었다. 그들은 서로 눈빛을 교환하더니 드럼과 피아노 세션과도 무언의 신호를 주고 받았다.

"원더랜드, 렛츠 고!"

성현은 어느 날 홍대거리에서 외쳤던 것처럼, 시작 구호를 외쳤다.

메인 기타와 베이스 기타의 잔잔한 조화 속에서 피아노가 은은한 멜로디를 만들어 냈다. 성현은 눈을 감은 채 시를 읊듯 노래하기 시작했다.

덜컹이는 차창에 기대어 잠에서 깨니
일렁이는 한강 위에 춤추는 나의 꿈

꿈을 좇아야 하는데 나는 맴돌고만 있네
거미줄 같은 지하철 노선에 갇힌 채

성현을 향해 있던 클로즈업은 MC에게로 이동했다. 화면에는 〈국민 MC의 차례〉라는 자막이 지나갔고, 그는 성현에 이어 노래를 불렀다.

출렁이는 술잔엔 우리의 꿈들이 넘쳐
반짝이는 작은 방울 하나까지 마시자

집에 가야만 하는데 나는 서성이고 있네
고향은 멀고 적막한 집은 너무 슬퍼

서울 이데아, 서울 이데아, 서울 이데아
내가 꿈꿨던 서울은 어디에

 이어 노래는 숨어 있던 드럼과 잔잔하게 있던 피아노까지 전면에 나타나며 폭발하듯 터지기 시작했다. 성현과 MC는 함께 온 감정을 담아 노래했다. 마지막 후렴구는 서울 이데아를 계속해서 노래하는 구간이었다. 가요제에 온 관객들은 다 함께 서울 이데아를 합창했다.

서울에서 서울이 그리워
서울에서 서울이 그리워

서울 이데아, 서울 이데아, 서울 이데아

서울 이데아, 서울 이데아, 서울 이데아

서울 이데아, 서울 이데아

  노래가 끝났고 관객들은 박수와 환호를 보냈다. 대기실에서 공연을 지켜보던 가수들과 출연진들도 감탄을 하며 소감을 나누었고 또 박수를 보냈다.

  서울 이데아는 가요제에 나왔던 여섯 곡 중에서 금상을 차지했다. 준서는 화면을 바라보며 괜스레 눈물이 났다. 노래에 담긴 이야기가 자신의 이야기인 것만 같았다. 그리고 거리에서 시작해 유명 가수들을 이기고 금상을 탄 원더랜드의 여정이 너무나 빛이 나 보였다. 준서는 성현이 세상에 보여 준 울림에 가슴이 벅차 참을 수가 없었다.

  그는 서둘러 도서관을 나섰다. 신촌부터 시작해 무작정 양화대교를 향해 걷기 시작했다. 그의 귓가에는 서울 이데아가 계속해서 끊임없이 반복 재생되고 있었다. 그는 양화대교를 건너면서도 벅찬 마음으로 서울 이데아를 흥얼거렸다.

  〈일렁이는 한강 위에 춤추는 나의 꿈〉

준서는 휘황찬란한 야경이 일렁거리는 한강을 바라봤다. 서울에서 꿈꿨던, 모든 희망이 있다고 여겼던 캠퍼스의 생활은 녹록지 않았다. 전공 수업은 숨이 막혔고, 동아리는 지루했고, 정치학개론은 조급하기만 했다.

〈꿈을 좇아야 하는데 나는 맴돌고만 있네〉

나는 과연 서울에서 원하는 꿈을 찾을 수 있을까. 근데 그 꿈이 무엇이었지? 준서는 가슴이 먹먹했지만, 한편으로는 헤아릴 수 없는 희망이 샘솟는 것을 느꼈다. 그때 스마트폰이 울리기 시작했다. 성현이었다.

"준서야, 소고기 사 줄게 얼른 만나자!"

이튿날 준서는 압구정에 있는 어느 레스토랑으로 향했다. 입구에서 성현이 손을 흔들며 준서를 맞이했다. 성현은 성큼성큼 발걸음을 옮기더니 다가오는 준서를 와락 껴안았다.

"고맙다 준서야! 다 네 덕분이야!"

"형, 차 지나가요!"

준서는 성현의 품 사이로 쌍라이트를 켜고 비키라는 신호를 보내는 차량을 발견했다.

"얼른 들어가자. 내가 오늘 진짜 거하게 쏜다."

그를 따라 들어가자 웨이터가 그들을 안내했다. 아치형 문을 지나자 네이비와 화이트 투 톤으로 고급스럽게 정돈된 레스토랑이 나타났다. 그들이 앉은 자리는 부드럽고 새하얀 식탁보가 덮인 식탁이었다. 성현은 미리 주문했는지 테이블 세팅이 바로 진행되었다. 부라타 치즈와 엔다이브 샐러드가 애피타이저로 나왔다.

"우리 너무 고급스러운 곳 온 거 아니에요? 우리 맨날 김밥천국이랑 감자탕 집만 갔었잖아요."

준서는 젓가락으로 샐러드를 뜨다 말고 말했다.

"여기 며칠 전에 소속사 대표님이랑 왔었는데 너무 맛있어서 너한테도 꼭 사 주고 싶었어."

그는 아무렇지 않다는 듯 샐러드를 포크에 왕창 찍어 입에 넣으며 말했다.

"소속사라니요?"

"참, 형 소속사 생겼어."

"소속사가 뭐예요?"

준서는 샐러드를 우걱우걱 씹으며 물었다.

"엔터테인먼트 회사야. 아티스트가 자신의 활동에 집중할 수 있도록 스케줄을 관리하고 케어해 주는 회사지."

"정말요? 진짜 잘됐네요! 그러면 좋은 회사로 간 거예요?"

준서는 샐러드를 입에 넣자마자 놀란 눈으로 성현을 바라봤다.

"한그루 엔터테인먼트라는 회사야. 조건도 너무 좋은 거 있지. 혹시 너도 알아?"

"아니요. 잘 모르죠 당연히."

"우리나라에서 다섯 손가락 안에 드는 엔터테인먼트 회사야."

성현은 비밀이라도 이야기하듯 준서에게 목소리를 낮추며 말했다.

"엄청난데요 정말? 도대체 어떻게 된 거예요?"

준서의 물음과 함께 웨이터가 다가와 큼지막한 한우 티본 스테이크와 본 매로우 구이를 각각 나무 도마와 접시에 담아 왔다. 그들은 잠시 이야기를 멈추고 웨이터가 한우 티본 스테이크를 잘라 주는 것을 구경했다. 웨이터는 정갈하게 썰린 고기와 뼈에서 아이스크림처럼 떠낸 속을 접시에 담아 주고 자리를 떠났다.

"글쎄 방송이 끝나고 무려 세 군데 회사에서 자기네랑

계약을 하자고 연락이 왔었어."

그는 다시 주위를 두리번거리며 손가락 세 개를 조심스럽게 폈다.

"진짜 잘됐네요 형. 거리에서 그렇게 꿈을 찾더니 정말 꿈을 찾은 것 같아요!"

준서는 손뼉을 치며 말했다.

"그저 운이 좋았지. 너 〈우리들의 도전〉 이번 가요제 편 시청률이 어떻게 되는 줄 알아?"

그는 비밀을 이야기하듯 속삭이며 말했다.

"아니요."

준서는 입안에서 부드러운 안심을 음미하며 고개를 가로저었다.

"1부는 16퍼센트, 2부는 무려 21퍼센트였대. 대박이지?"

"형, 우리 학교 애들이 다 형 노래만 듣고 있는 거 아세요?"

"진짜?"

"진짜로요. 제가 신입생 환영회에서 불렀을 때는 어디서 이상한 노래를 가져와서 분위기를 깨냐고 그렇게 욕을 하더니 이제는 다들 원더랜드와 서울 이데아를 플레이 리스트에 넣고 지내더라고요."

성현은 준서의 말을 듣곤 어깨를 으쓱하더니 와인을 한 모금 마셨다. 그리고 천천히 와인잔을 내려놓고 손바닥으로 얼굴을 가렸다. 손바닥으로 자신의 얼굴부터 머리칼을 천천히 뒤통수까지 쓸어 넘기며 말했다.

"나는 사실 아직도 이 모든 일들이 실감이 나질 않아."

그는 다시 한번 고개를 강하게 가로젓곤 말을 이었다.

"어떻게 한 번에 모든 게 바뀌지?"

"형도 열심히 노력했으니까 잘된 거죠!"

"준서야 이건 네 덕분이야. 서울 이데아가 아니었다면 이렇게 잘되지 않았을 거야. 정말로."

"저도 형 덕분에 좋은 노래 들을 수 있어서 너무 좋았어요. 제가 홀로 서울을 살아가는 데 큰 힘이 됐어요. 지금도 그렇고요."

"우리 이렇게 자주 만나자. 이제 피시방에서는 보지 못하겠지만."

"좋아요. 언제든지 연락 주세요."

준서는 집으로 돌아오는 길, 이제는 목적이 없으면 성현을 만나기 힘들 것 같다는 확신이 들었다. 원더랜드의 비상은 기쁜 일이면서 한편으로는 슬펐다. 피시방은 더 이상 마음의 안식처가 될 수 없었다. 준서는 서울에서의 삶이 또다시 온전히 자신의 몫이 되었음을 깨달았다.

24
홍대병

 준서는 캠퍼스에서 낯선 기류를 감지했다. 분명 캠퍼스는 좀처럼 알 수 없는 흥분으로 가득 차 있었다. 그는 이것이 분명 축제 소식과 더불어 시작된 것이라고 확신했다. 원형극장에는 벌써부터 무대 설치가 되어 있었고, 그 위에서는 응원단이 매일같이 현란한 움직임을 군무처럼 맞추기 위해 연습하고 있었다. 학생회관의 중앙 현관에서는 댄스 동아리가 댄스 음악에 맞춰 안무를 연습하고 있었다. 사학과도 마찬가지였다. 전공 강의가 끝나면 동기들은 무리를 지어 과방으로 향하거나 강의실에 남아 이런저런 회의를 진행했다. 준서는 애초부터 동기들이 자신을 배제하고 있었기에 묵묵하게 강의실을 빠져나왔다.
 "준서야 너도 축제 참여할 생각 없어?"

복도에서 준서를 마주친 빅토르가 말을 건넸다. 그의 손에는 둘둘 말린 현수막이 들려 있었다.

"축제? 글쎄… 뭐 준비하는 게 있어?"

준서는 이어폰을 주머니에 집어넣으며 말했다.

"우리 과도 주점을 하거든."

"주점? 주점이 뭐야?"

"야외 술집이라고 보면 돼."

"우리 과가 주점을 한다고?"

"응. 우리 과만 하는 건 아니고 대부분의 과들이 하나씩 주점을 운영해. 주점은 사람이 많을수록 좋은 거니까. 너도 특별한 약속 없으면 함께하자."

빅토르는 준서에게 제안을 한 뒤 재차 묻기라도 하듯 눈썹을 가볍게 위아래로 움직였다.

"글쎄. 나는 술자리는 별로라서."

준서는 잠시 생각을 해 보더니 말했다.

"이 자리는 술자리라기보다 우리가 술을 파는 자리인걸."

그는 대답을 해 놓곤 마음이 찜찜했는지 어깨를 으쓱하며 덧붙였다.

"뭐, 물론 우리가 술을 마시기도 할 것 같지만."

"생각해 봐도 될까?"

"그래. 편하게 연락 줘. 알아 둬. 나는 과대라 뭐든 가능하다는 거."

준서는 빅토르와 인사를 하고 도서관으로 향했다.

그의 머릿속을 맴도는 건 빅토르의 제안이었다. 사학과에서 겉돌고 있는 자신을 계속해서 중심으로 초대하려는 빅토르의 호의가 늘 고마웠다. 그의 호의에 손을 내밀어 보고 싶기도 했다. 하지만 준서는 자신이 이미 그들과 다른 길을 가고 있다는 사실을 알았다. 신입생 환영회 이후에 있었던 그 어떤 모임에도 참석한 적이 없었다. 주점은 개강총회와 MT, 체육대회 그리고 그동안 있었던 다양한 술자리의 연장선에 있는 자리였기에 자신이 그곳에 참석한다는 건 어딘가 말이 되지 않았다. 결국 준서는 빅토르에게 연락을 하지 않았다.

축제의 시작과 함께 연이어 휴강 공지가 전달되었다. 하지만 준서는 캠퍼스로 향했다. 축제의 현장은 뜨거웠다. 학생회관 앞에 늘어선 천막에서는 각 학과에서 마련한 먹거리 부스가 있었다. 삼겹살과 닭꼬치, 떡볶이, 어묵, 아이스크림까지 없는 게 없었다. 준서는 이것저것 구경하다가 닭꼬치를 하나 사서 천천히 먹으며 캠퍼스를 거닐었다.

소운동장에서는 화학과에서 준비한 물풍선 던지기 게임이 진행되고 있었다. 학생들은 줄을 서서 게임에 참여했다. 그들은 돈을 내고 타깃에 결박되어 있는 화학과 학생들을 향해 물풍선을 던졌다. 물풍선이 시원하게 터질 때마다 주위에서는 환호가 터져 나왔다. 준서는 멀찌감치 떨어져서 물풍선이 터지는 순간을 한참이나 재미있게 바라봤다.

이어 그는 대운동장으로 향했다. 넓은 인조 잔디밭에는 천막들이 늘어섰고 각 학과와 동아리들이 운영하는 주점이 부산하게 오픈을 준비하고 있었다. 각 주점마다 컨셉이 있었다. 국어국문학과는 80년대 교복이 컨셉이었고, 힙합 동아리는 디제이 부스까지 마련해서 클럽 분위기로 꾸며 놓았다. 준서가 눈여겨본 곳은 사학과와 정치외교학과였다. 사학과는 남북한의 통일을 염원하며 대한민국 군복과 인민군복을 나란히 갖춰 입고 있었다. 정치외교학과는 특별해 보이지 않았지만 헌팅포차를 운영한다고 플래카드를 걸어 놨다. 준서는 각자 자신들만의 열정과 웃음 속에 흠뻑 빠져 있는 학생들을 멀리서 바라보며 극명한 괴리감을 느졌다. 이 넓은 캠퍼스에서 자신만 혼자 있는 것 같았다. 그는 생각했다. 나도 언젠가 어딘가에 속할 수 있을까.

점심시간이 가까워지자 학생들이 어디론가 뛰어가기 시작했다. 준서는 무슨 일인가 싶어 그들이 향하는 곳을 바라봤다. 원형 극장 쪽이었다. 고개를 갸우뚱하며 학생회관으로 발길을 옮겼다. 노점에서 간단하게 점심을 먹을 생각에서였다.

"떡볶이 일 인분 주세요."

준서는 주문을 하고 두리번거렸다. 이곳에서도 학생들이 어딘가로 바삐 뛰어가고 있었다.

"무슨 일이 있나요? 아까부터 사람들이 어디론가 뛰어가네요."

"원형 극장에서 대동제 공연하고 있잖아요."

떡볶이를 퍼 주던 여학생은 무심하게 대답했다.

"어떤 공연이길래요?"

"라인업 못 봤어요?"

그녀는 준서에게 떡볶이를 건네고 맞은편 게시판을 가리키며 말했다.

준서는 떡볶이를 먹으며 천천히 게시판으로 향했다.

A1사이즈의 거대한 포스터에는 학교 공연의 초청 가수 라인업이 쭉 써 있었다. 유명 아이돌과 걸그룹, 래퍼, 발라드 가수 등 딱히 K-팝에 관심 없는 준서도 익히 들어 봤던 이들이었다. 준서는 라인업을 대충 훑어보곤 왜 학생들이 원형 극장을 향해 달려갔는지 납득이 되는 듯 고개를 끄덕거렸다. 포스터를 멍하니 바라본 채 떡볶이 하나를 입에 넣으려던 순간, 준서는 흠칫 놀라고 말았다. 라인업에서 원더랜드를 발견한 것이다.

공연의 시작은 두 시였다. 이제 공연까지 이십 분 정도가 남아 있었다. 준서는 선 채로 떡볶이를 허겁지겁 먹어 치우고 남은 용기를 쓰레기통에 툭 던졌다. 그리고 다른 학생들이 그랬던 것처럼 달리기 시작했다. 원형 극장이 가까워질수록 점점 노랫소리가 가까워졌다. 숨을 헐떡거리며 도착한 원형 극장은 이미 인파로 가득 메워져 있었다. 공연은 한창이었지만 들려오는 노래로 보아 원더랜드의 무대까지는 아직 시간이 있었다. 준서는 어떻게든 잘 보이는 곳에 자리를 잡아 보려고 했지만 발 디딜 틈조차 없었다. 주위를 둘러보던 준서는 무언가 생각난 듯 어디론가 달리기 시작했다.

그가 도착한 곳은 인문대였다. 그곳은 원형 극장을 한눈에 내려다볼 수 있는 곳이기도 했다. 이미 각 강의실 창문에는 학생들이 삼삼오오 모여 있었다. 준서는 가장 높은 층의 강의실로 향했다. 406호에 들어가니 다른 과 학생들이 이미 창가를 점령하고 있었다. 서둘러 407호로 향했다. 407호도 마찬가지였다. 그는 잠시 복도에 서서 고민하다가 방향을 틀어 계단을 오르기 시작했다. 혹시나 하는 마음에 굳게 닫혀 있는 옥상 문 손잡이를 돌렸다. 딸깍 소리와 함께 문이 열렸다.

준서는 원형 극장이 훤히 내려다보이는 난간에 몸을 기댔다. 이제 곧 원더랜드의 차례였다. 사회자는 분위기를 띄우기 시작했다.

"다음 무대는 우리가 너무 사랑하는 가수죠."

사회자의 멘트에 여기저기서 환호와 박수 소리가 터져 나왔다.

"우리들의 도전 가요제에서 금상을 거머쥔, 우리들의 청춘을 노래하는 가수!"

"원더랜드!"

"원더랜드!"

어디선가 터져 나온 원더랜드라는 외침을 따라 원형 극장의 모든 학생들이 구호처럼 따라 외치기 시작했다.

"무대 위로 모시겠습니다! 원더랜드!"

원더랜드가 무대로 뛰어 오르자 환호 소리는 더욱더 커졌다. 바로 무대가 시작되었고 원더랜드의 노래가 원형 극장을 너머 캠퍼스에 울려 퍼지기 시작했다. 준서는 기분이 좋으면서 동시에 빈정이 상했다. 자신이 그렇게 좋아했던 노래를 온 전교생들이 따라 부르고 있었다. 신입생 환영회 때는 눈치 없는 선곡이라고 부르고도 욕을 먹었던 노래였다. 또 취향 참 특이하다고 비난도 받았었다. 그런데 모든 이들이 환호하며 따라 부르고 있었다.

오 나의 원더랜드
길은 어둡고 이정표 하나 없는

오 나의 원더랜드
널 그곳에 초대할 거야

준서는 합창에 합류하지 않고 입을 다문 채 그저 덤덤한 표정으로 원형 극장을 바라봤다. 이어 준서가 들어본 적 없는 곡들이 이어졌다. 그는 전교생이 자신도 모르는 원더랜드의 노래를 따라 부르는 게 신기하게만 느껴졌다. 이제 나만의 원더랜드가 아니구나. 준서는 씁쓸한 마음이 들었다.

"제일 좋은 자리에서 보고 있네."

그때 누군가 준서에게 다가와 말했다.

"깜짝이야!"

준서는 화들짝 놀라 뒤돌아봤다.

"여기서 뭐 해?"

주연은 놀란 준서를 아랑곳하지 않은 채 난간에 기대 원형 극장을 바라봤다.

"무대 보고 있었지. 원형 극장은 사람이 너무 많아서."

준서는 놀란 눈을 끔뻑거리며 그녀를 바라봤다.

"근데 너는 왜 왔어 여기?"

그는 그녀가 무심하게 내려놓은 커다란 에코백을 바라보며 말했다. 에코백에는 용도를 알 수 없는 여러 잡동사니들이 가득 담겨 있었다.

"원더랜드 노래 좋다."

그녀는 준서의 물음에는 답하지 않고 무대에 시선을 고

정한 채 말했다.

"그치… 좋지. 원더랜드 노래."

준서도 그녀를 따라 무대로 시선을 옮기며 말했다. 이윽고 〈서울 이데아〉의 무대가 시작되었다.

> 덜컹이는 차창에 기대어 잠에서 깨니
> 일렁이는 한강 위에 춤추는 나의 꿈
>
> 꿈을 좇아야 하는데 나는 맴돌고만 있네
> 거미줄 같은 지하철 노선에 갇힌 채

주연은 가사를 음미하듯 눈을 감고 있었다. 준서는 그녀를 힐끗 바라봤다. 포근하게 불어오는 봄바람에 그녀의 머릿결이 살포시 흔들리고 있었다. 이마에 살짝 맺힌 땀방울에 잔머리가 달라붙어 있었다. 준서는 한 가닥의 머리카락이 완벽한 그녀의 유일한 결함처럼 보였다. 그리고 그 결함이 하나의 틈처럼 느껴졌다. 불완전한 자신이 그녀에게 들어갈 수 있는 작은 틈. 그녀의 틈을 더 찾고 싶었다. 준서는 그녀를 너무 오래 바라본 것 같아 다시 무대로 시선을 돌렸다. 이어진 파트는 원더랜드와 더불어 학생들이 모두 따라 하기 시작했다.

> 출렁이는 술잔엔 우리의 꿈들이 넘쳐
> 반짝이는 작은 방울 하나까지 마시자
>
> 집에 가야만 하는데 나는 서성이고 있네
> 고향은 멀고 적막한 집은 너무 슬퍼
>
> 서울 이데아, 서울 이데아, 서울 이데아
> 내가 꿈꿨던 서울은 어디에

노래가 클라이맥스로 치닫자 원형 극장의 모두가 큰 목소리로 합창을 하기 시작했다. 준서는 수천 명이 함께 만들어 내는 서울 이데아의 울림에 가슴 벅찬 감동을 느꼈다. 멜로디를 흥얼거리던 주연도 점점 따라 부르기 시작했다. 준서도 나지막한 목소리로 노래를 따라 불렀다.

> 서울에서 서울이 그리워

서울에서 서울이 그리워

"좋다. 그치?"

주연은 잠시 감고 있던 눈을 천천히 뜨며 준서에게 말했다.

"좋지. 서울 이데아. 근데… 조금 아쉬워."

"아쉽다니?"

그녀는 호기심 가득한 표정으로 준서에게 물었다.

"나만 좋아하는 줄 알았던 곡인데 전교생이 좋아하니까 살짝 아쉬워."

준서는 입맛을 다시며 말했다.

"너 홍대병이구나?"

그녀가 미소 지으며 말했다.

"홍대병? 홍대병이 무슨 뜻이야?"

준서는 눈썹을 살짝 위아래로 움직이며 그녀에게 물었다.

"혼자 마이너적인 것 좋아하는 사람들을 지칭하는 말이야. 나 혼자만 좋아한다고 생각하고 있다가, 주위 사람들도 따라서 좋아하기 시작하면 그때는 불편해하고 나아가서는 싫어하기 시작하지."

"딱 나네?"

준서는 머리를 긁적이며 말했다.

"어떡하냐, 홍대병에는 약도 없는데."

그들은 서로를 바라보며 함께 웃음을 터뜨렸다.

"참, 근데 그건 뭐야? 여긴 왜 왔다고 했지? 아니 어떻게 온 거야?"

준서는 그녀 옆에 놓인 에코백을 가리키며 물었다.

"아, 내 정신 좀 봐. 이거 걸어야 하는데."

그녀는 서둘러 에코백에서 둘둘 말린 대형 현수막을 꺼내며 말했다.

"이게 다 뭐야?"

"학교랑 한판 붙으려고 하거든."

그녀는 오른쪽 입술을 씨익 올리며 말했다.

"그게 무슨 말이야?"

준서가 고개를 갸우뚱하며 묻자 그녀가 답했다.

"참, 시간이 몇 시지? 얘 또 늦는구나. 준서야. 일단 나 좀 도와줄래? 설명은 나중에 해 줄게."

"응, 그래."

그는 엉겁결에 고개를 끄덕였다.

준서는 그녀를 따라 현수막에 연결된 노끈을 옥상의 철제 프레임에 묶고 탄탄하게 매듭지었다. 그녀는 끈이 단단하게 묶였는지 확인하곤 현수막을 아래로 내려뜨리려고 했다.

"이거를 떨어뜨리게?"

준서가 놀라 물었다.

"응. 이거 하러 온 거거든. 하나, 둘, 셋 하면 같이 놓는 거다."

"그… 그래."

그는 또 엉겁결에 고개를 끄덕였다.

주연의 셋 신호와 함께 준서는 손에서 돌돌 말린 현수막을 놓았다. 현수막을 지지하고 있던 각목이 아래로 떨어지면서 현수막이 길게 펼쳐졌다. 준서는 고개를 빼꼼히 내밀고 현수막에 적힌 글씨를 읽어 봤다. 〈우리는 미래 사회 대학 설립을 결사 반대한다! - SIA〉

"근데 저게 다 무슨 뜻이야?"

"너 우리 학교 학생 맞아?"

그녀는 준서가 이상한 물음을 하는 것처럼 바라보며 대답했다.

"미래 사회 대학이 뭐야? 나는 처음 듣는 이야기라서."

"이번에 학교에서 미래 사회 대학을 설립한다고 발표했어. 사실 취지는 좋지. 학부를 새로 만들어서 공부를 하고 싶은 고졸자와 30세 이하의 성인들에게 교육의 기회를 만들어 주겠다고 했거든."

"그러면 좋은 거 아니야?"

준서는 미간을 찌푸리며 물었다.

"아주 큰 문제지. 첫째, 이 사업을 하려면 정부의 지원금이 필요한데, 그 조건이 대학 학부생들의 입학 정원을 줄여야 한다는 거야. 우리처럼 정당하게 입시 경쟁을 통해 들어오는 학생들의 문턱이 더 좁아지는 거지. 그리고 둘째, 미래 사회 대학을 졸업하면 학사 학위를 준다는 거야. 정당한 입시 절차를 밟고 입학한 것도 아닌데 우리와 똑같은 학위를 받는다는 거지. 그러면 치열한 경쟁을 뚫고 온 우리는 뭐가 되겠어?"

"듣고 보니 문제긴 문제네."

준서는 턱을 매만지며 말했다.

"그저 학교가 학위 장사를 하겠다는 거지. 게다가 이 사업안을 학교측에서는 총학생회와 그 어떤 조율도, 안내도,

심지어 통보도 없이 강행했어. 그런데 이 문제를 문제 삼아야 하는 총학생회 측에서는 오히려 찬성을 하고 있어서 우리 SIA가 나서게 된 거야."

"SIA가 뭔데?"

"우리 정치외교학과 학술 동아리 이름이야. SIA는 Social Insight Association의 약자야."

"SIA, 무슨 CIA 이름 같기도 하고 멋지다."

"그러게. 네가 그렇게 말하니까 무슨 엄청난 임무 수행하는 기분이다."

그녀는 웃으면서 에코백을 어깨에 멨다.

"근데 왜 혼자 왔어?"

"원래 동기랑 오기로 했는데 이놈이 연락을 안 받아어."

그녀는 자신의 스마트폰 화면을 응시하며 입술을 꽉 깨물더니 이어 말했다.

"아무튼 네 덕분에 잘 걸 수 있었어. 고마워."

"고맙긴. 나도 너랑 같이 원더랜드 공연도 보고, 학교의 중요한 문제도 알게 된 걸."

준서는 밝게 미소 지으며 말했다.

"혹시 너 우리 SIA 들어올 생각 없어?"

그녀는 갑자기 손가락을 튕기며 물었다. 준서는 그녀의 제안에 가슴이 두근거리기 시작했다. SIA가 뭐 하는 곳인지는 상관도 없었다. 무조건 오케이였다. 하지만 이성의 끈을 붙잡고 대답했다.

"나 사학과인데 괜찮아?"

"물론 내가 결정할 문제는 아니지만, 함께하면 좋을 것 같아서."

"나야 너무 좋지!"

준서는 지체할 것도 없이 곧바로 대답했다.

"그러면 선배들한테 내가 꼭 이야기해 볼게. 아마 오늘 너랑 함께 현수막을 걸었다고 하면 다들 좋아할 것 같거든."

그녀는 자신의 제안이 스스로 기쁜 듯 작게 박수를 치며 말했다.

준서는 문득 확신이 들었다. 자신의 축제는 이제 시작되었노라고.

25

이데아를 향하여

생헤스 아저씨께

라바트는 뜨거운 여름이 찾아왔겠죠. 서울도 여름이 시작되었답니다. 주변의 모든 색채가 푸르러지기 시작했어요. 그건 계절 때문인지, 날씨 때문인지, 사랑 때문인지 모르겠어요. 저는 얼마 전 한 모임으로부터 초대를 받았어요. 한국에서는 모든 게 제가 자발적으로 문을 두드렸던 모임뿐이었는데, 초대를 받은 건 처음이었죠. 그것도 제가 원하는 모임이었어요. 글쎄 이름이 SIA래요. 한국의 CIA냐고요? 아니에요. Social Insight Association이라고 학술 토론하는 곳이더라고요. 오해는 마세요. 제가 가입하려고 하는 이유는 학술 토론이 아니에요. 그 이유는 마음에 둔 한 여자 때문이랍니다. 그녀가 그곳에 있거든요. 자세한 이야기는 나중에 전할게요.

서울에서 준서가

"왜 탈퇴하려고?"

태민은 왼손은 팔짱을 끼고 오른손으로는 천천히 턱을 만지며 물었다.

"저랑 잘 맞지 않는 것 같아서요."

준서는 다소 무거운 분위기에 불편함을 느꼈다.

"이래서 아무나 받으면 안 되는 거라고. 괜히 분위기만 흐리잖아. 짜증 나게."

소파에 앉아 있던 수형은 신경질적인 목소리로 말했다.

"선배! 그렇게 말하지 마요."

예은은 수형의 팔뚝을 툭 치면서 준서의 눈치를 봤다.

"우리랑 잘 맞지 않으면 어쩔 수 없는 거지."

태민은 손짓으로 수형을 제지하곤 덧붙였다.

"조금 더 어울리려고 노력해 보지. 그만둔다니 아쉽네."

"아무래도 저는 테니스가 필요했지 테니스 모임이 필요했던 건 아닌 것 같아요."

준서는 머리를 긁적이며 말했다. 그의 시선은 벽에 붙어 있는 젊은 시절의 생테스에게 닿아 있었다.

"진짜 어이가 없네. 우리가 무슨 동네 헬스장인 줄 알아? 너 들어오고 싶으면 들어오고, 나가고 싶으면 나가고."

그는 머리 뒤로 깍지를 끼며 소파에 몸을 묻었다. 그리고 한숨을 내뱉었다.

"좀, 선배! 우리 동아리에 잘 맞지 않을 수도 있는 거죠. 어차피 갈 사람 왜 이렇게 불편하게 만들어요?"

예은은 준서에게 미안한 표정을 지으며 말했다.

"그래. 알겠다. 근데 한 번 탈퇴하면 재가입은 없는 거 알지?"

태민은 부원들의 태도에는 아랑곳하지 않고 덤덤하게 말했다.

"네."

준서는 망설임 없이 대답했다. 그리고 다시 한번 벽에 있는 생테스를 바라봤다. 그래. 생테스와 테니스 코트에서 느꼈던 감정들은 결코 이곳에 없어. 그는 미련 없이 동아리실의 문을 열었다. 텅 빈 복도를 걸어가고 있는데 뒤에서 소리가 들려왔다. 그가 뒤돌아보니 천천히 닫히던 문 틈새로 예은이 뛰어나왔다.

"준서야!"

"네?"

준서는 놀라 뒤돌아봤다.

"미안하단 말 하고 싶어서."

"선배가 왜요?"

"내가 우리 동아리에 초청한 거잖아."

예은은 미안함이 가득한 얼굴로 말했다.

"아니에요. 선배 덕분에 제가 필요한 동아리가 뭔지도 알게 된 걸요."

준서는 고개를 가볍게 가로 젓고 미소와 함께 답했다.

"참, 이건 꼭 말해 주고 싶었는데…."

"뭔데요?"

"준서는 우리, 아니 동아리랑은 잘 어울리지 않는 것 같아."

그녀는 준서가 이해하지 못했다는 듯 멍하니 바라보고 있자 어떻게 설명해야 할지 잠시 고민하다 말을 이었다.

"나는 뭔가 준서 내면에 바뀔 수 없는 것들이 느껴졌어."

"그게 무슨 말이죠?"

"준서는 어디 소속되고 싶어 하지 않는 것 같아. 나 같은 경우는 스스로를 경제학과 15학번이라는 것에, 그리고 신촌 테니스 클럽의 회원이라는 것에 큰 소속감과 위안을 느껴. 누가 나에 대해 물어본다면 경제학과 15학번이고 신촌 테니스 클럽의 회원이라고 스스로를 소개할 것 같아. 준서가 보는 것처럼 나는 매일 이렇게 과잠바를 입고 동아리실에 오잖아."

그녀는 자신의 과잠바의 양어깨를 잡아 살짝 들었다 놓고는 말을 이었다.

"그런데 준서는 과 활동에도 그다지 관심 없는 것 같고, 신촌 테니스에서도 그다지 만족감을 못 느끼는 것처럼 보였어. 내가 보기에 준서는 어디서나 준서인 것 같아."

준서가 의아한 표정을 짓자 그녀는 말을 이었다.

"종종 캠퍼스에서 준서를 보곤 했거든. 축제 때 혼자 다니는 것도 그렇고, 인문대 앞 벤치에서 홀로 책 읽는 것도 그렇고. 함께 술집에 있을 때도 마찬가지였지. 나는 문득 그런 생각이 들었어. 어쩌면 준서는 파리에서도, 모로코에서도 이 모습이지 않았을까."

"저는 소수민족이거든요."

준서는 잠시 턱을 매만지더니 답했다.

"소수민족? 정말 엉뚱하다니까."

그녀는 크게 웃음을 터뜨렸다.

"아, 그리고 곰곰이 생각해 보니까 준서는 테니스 게임을 하고 싶어서 가입한 건데 단 한 번도 게임을 한 적이 없더라고."

그녀는 말꼬리를 흐리더니 다시 입을 열었다.

"주말마다 부족한 우리 부원들 테니스 알려 줘서 고마웠어. 술자리도 불편했을 텐데 고생했고."

"저도 많이 배웠는걸요."

"우리한테?"

그녀가 놀란 얼굴로 물었다.

"술 게임 배웠잖아요."

준서가 웃으며 대답하자 그녀도 방긋 미소 지었다.

"그래. 준서야 종종 연락하면서 지내자."

예은은 천천히 자신의 작은 오른손을 내밀었다.

"그립은 이렇게 잡는 거 아니라고 했는데."

준서는 악수와 함께 가벼운 농담으로 작별 인사를 나누었다.

그는 학생회관 현관에 잠시 멈춰서서 초여름 햇살 아래 빛나고 있는 캠퍼스를 바라봤다. 분명 모임을 탈퇴하고 나오면 외롭고 먹먹한 기분이 들 것이라 생각하고 있었다. 하지만 예은과의 대화 때문인지 그는 기분이 좋을 만큼 홀가

분했다. 어쩌면 그가 기분이 좋은 건 자신을 반겨줄지도 모를 새로운 거처가 있다는 사실 때문인지도 몰랐다. 정확히 말하면 새로운 거처라기보다는 존재였다. 그건 바로 주연이었다.

준서는 정치학개론 수업이 끝나고 주연과 함께 SIA에 방문하기로 했다. 그는 SIA가 어떤 곳일지 궁금했다. 그 궁금증은 모임 그 자체보다는 장소에 대한 호기심에 가까웠다. SIA는 준서에게 하나의 약속 장소에 불과했다. 그가 SIA에 가는 것은 주연과 함께 카페에, 식당에, 극장에 가는 것과 다르지 않았다. 그래서 준서는 SIA 면접을 보기로 했으면서도 그 어떤 부담도 느끼지 않고 있었다. 그가 고심하는 것은 그곳에서 그녀와 어떤 대화를 하고 어떻게 미소를 짓고 태도를 취하는가 하는 것뿐이었다.

정치학개론은 시간이 좀처럼 가질 않았다. 준서는 계속해서 교수님과 주연의 뒷모습을 번갈아 가며 바라볼 뿐이었다. 드디어 언제 끝나나 싶었던 수업이 끝났다. 학생들은 서둘러 강의실을 나가기 위해 짐을 꾸리며 몸을 일으켰다. 주연은 그 사이를 비집고 준서에게 다가왔다.

"다섯 시까지 정책회의실로 오면 돼. 나는 도서관에 잠깐 들렀다 갈 거라. 이따 보자 준서야."

그녀는 명랑한 미소로 준서에게 말을 전하고 강의실을 나섰다. 그녀가 나가는 걸 지켜보던 지훈은 준서에게 다가왔다. 그는 준서 책상 앞에 놓인 의자에 거꾸로 앉으며 말했다.

"너 개 피곤한 데 가입했네. SIA, 걔네들 또라이 집단이야."

어느새 지훈은 준서와 말을 놓는 사이가 되어 있었다.

"또라이라니?"

준서는 고개를 갸우뚱하면서 물었다.

"우리 학과 학술동아리인데 과대인 나도 징그러워서 상종도 안 해."

그는 주위에 SIA 멤버가 있는지 조심스럽게 확인하곤 말을 이었다.

"미친놈들이야. 학점 다들 4.0 기본으로 넘고, 장학금은 장학금대로, 공모전은 또 공모전대로 지네들이 다 휩쓸지. 맨날 시리아 난민이다, 북한 인권이다, 북핵 문제다 온갖 국제적 사회적 이슈 가져와서 서너 시간씩 토론하는 놈들이야. 그것도 영어로. 아니, 할 일이 그렇게 없냐고. 지네들이 토론한다고 뭐가 달라져?"

그는 다시 한번 주위 눈치를 보더니 입을 열었다.

"SIA 동아리장은 최성민이라고 이제 3학년인데 솔직히 엄청나. 그래 그 선배는 인정이지."

지훈은 성민에 대해 이야기를 꺼내다 말고 홀로 감탄을 했다.

"왜, 어떤 선배길래?"

"2학년까지 우리 과 수석을 단 한 번도 놓친 적 없고, 매 학기 24학점씩 들어. 교내 백일장 수필 분야에서 맨날 수상하고, 프레젠테이션 대회에서도 금상 타고, 토론 대회에서도 1등 하고. 게다가 카투사 출신이지. 잘생겼지, 집도 잘 살아서 BMW 3시리즈 신형으로 타지. 참, 여자친구는 다른 학교거든. 근데 지난번에 SIA에 놀러온 적 있어서 우연히 봤는데 존나 예뻐."

그는 성민의 여자친구를 생각하면서 입술을 질끈 깨물었다.

"네가 그렇게 말하니까 더 궁금하다. 성민 선배도 그렇고 SIA도 그렇고."

준서는 성민 선배에게 강한 호기심을 느끼며 대답했다.

"아무튼 SIA는 생긴 지 채 십 년도 되지 않았지만 초기 멤버들부터가 징글징글해. 최근에도 졸업생들 중에 UN 인턴에, 외무고시, 언론고시 합격한 사람들이 여럿 있지. 이미 UN이랑 외교부, 국내 여러 메이저 언론은 물론이고 심지어 뉴욕 타임스에서 일하는 선배들도 있고. 우리도 고등학교 때 공부 좀 한다는 애들이 온 곳이지만, 걔들은 여기서도 미친 엘리트들이야."

준서는 지훈이 잔뜩 부풀려 놓은 SIA와 성민 선배에 대한 호기심과 기대를 잔뜩 안고 국제회의실로 향했다. 그는 들어가자마자 성민이 누구인지 단번에 알 수 있었다. 지훈의 호들갑이 한 번에 이해가 되었다. 그의 세련된 옷차림은 다른 학생들과 확연하게 차이가 났지만 전혀 과한 느낌이 없었고, 인사를 나눌 때는 비싼 향수를 썼는지 고급스러운 향이 은은하게 풍겼다.

"왜 SIA에 가입하고 싶은지 얘기해 줄래?"

성민은 가죽 의자에 여유롭게 다리를 꼬고 앉아 준서에게 말했다.

답은 간단했다. 주연 때문이었다. 하지만 준서는 테니스 동아리에서의 경험이 있었기에 모범 답안을 알고 있었다.

그는 사학과지만 정치외교학에 관심도 있어서 청강하고 있다는 것을 어필하며 덧붙였다.

"SIA가 학교에서 하는 일이 멋지다고 생각했어요. 다들 놀고 마시느라 정신이 없는데 학교의 일을 생각하고 있다는 것에 놀랐거든요. 저도 SIA 멤버가 되어 무언가 더 중요한 일을 하고 싶어졌어요."

준서는 멀찌감치 다른 부원들과 앉아 있는 주연을 슬쩍 바라봤다. 그러자 그녀가 미소가 섞인 눈빛으로 미세하게 고개를 끄덕였다. 준서는 홀로 생각했다. 그래. 여기서 더 중요한 일을 해야지.

"그러면 만약에 준서가 자격증 공부를 해야 하는데 동아리 모임이 있다고 하면 어떻게 할 거야? 혹은 과제 해야 하는데 며칠 전처럼 축제 기간에 동아리 행사가 있다면?"

"동아리 행사에 참석해야죠."

준서는 자신이 가진 면접용 사고 구조를 이용해 즉각적으로 대답했다.

"그건 좀 실망인 대답인데. 우리 SIA는 다른 동아리들과 달라. 모임을 위한 모임이 아니거든. 가장 중요한 건 우리의 방향성이야. 우리는 자신의 자리에서 최고를 지향하는 사람들을 멤버로 받고 있어. 왜, 근묵자흑이라고 하잖아?"

"근데 근묵자흑이 뭔가요?"

준서는 모르는 단어가 나올 때 특유의 순수한 눈으로 물었다.

"참, 내 정신 좀 봐. 준서 너 모로코에서 왔다고 했지. 검은 것 옆에 있으면 검게 된다는 뜻이야."

그는 자신의 관자놀이를 오른쪽 검지로 톡톡 치곤 말을 이었다.

"이처럼 최고와 최고가 만나면 최고만을 생각하거든. 최선의 열정을 나누고, 최상의 정보들을 교환하고, 최고의 친구가 되어 주는 거지. 나는 이 세 가지가 인생에서 가장 중요한 삼 요소라고 생각해. 단, 개인의 능력이 출중하고 노력을 게을리하지 않는다는 전제하에. 나는 그런 사람들을 SIA에 받고 싶어. SIA는 모임을 위한 모임을 추구하는 사람들이 아니라, 각자의 영역에서 최고가 되고자 하는 사람들이 오는 곳이거든."

성민은 특유의 맑은 눈동자로 자신감에 가득 차서 말했다.

준서는 아무래도 상관없다고 생각했다. 모임을 위한 모

임이든, 개인의 성장을 목표로 하는 모임이든 그의 목적은 단 하나뿐이었다. 어떻게 해서든 가입해야만 했다. 준서는 다시 한번 주연을 힐끗 바라본 뒤 말했다.

"SIA, 제가 그동안 봤던 동아리 중에서 가장 멋진 목표를 갖고 있는 것 같아요. 저도 SIA와 함께하며 많이 배우고 최고가 되어 보고 싶어요."

"그래 좋아. 주연이한테 이야기는 많이 들었어. 한국에서 공부하고 싶은 명확한 목표를 갖고 이곳에 왔고, 전공 공부도 열심이고, 타 학과 전공을 청강하는 열정도 있고, 우리 일에 관심도 있다지. 좋아. 함께해 보자. 재미있을 것 같다."

그는 멋지게 손을 내밀어 악수를 청했다.

다른 테이블과 소파에 둘러앉아 무언가를 하던 부원들은 가벼운 환호와 박수를 보냈다. 준서는 자신의 손에 전해지는 적당한 세기의 악력에서 성민의 자신감을 느꼈다. 그가 전해 주는 기분 좋은 자신감처럼 자신도 모든 일을 해낼 수 있을 거라고 확신했다. 그는 들뜬 환영의 정취 속에서 주연과의 찬란한 미래를 그리고 있었다.

"성민 선배. 금기도 알려 주셔야죠."

그때 누군가 큰 목소리로 말했다. 그러자 웃음이 터져

나왔다.

"참, 우리는 금기가 딱 하나 있어."

"금기가 뭐죠?"

"금기는 하지 말아야 할 것을 뜻해. 터부. 하람."

"그러면 금기가 뭐죠?"

준서는 호기심을 갖고 물었다.

"우리는 동아리 내 연애 금지야. 분위기 흐리는 건 용납할 수 없어. 특히 연인이 한 집단에서 싸우거나 헤어지면 자기들 선에서 끝나는 게 아니라 아주 정치질까지 하고 난리가 나거든." 성민은 단호하게 말했다.

"사랑의 대상은 밖에서 찾읍시다!"

"암. 동아리 내 연애는 근친이야 근친."

여러 외침이 성민의 말에 덧붙여졌다. 그러자 여기저기서 웃음이 터져 나왔다.

준서는 주연을 바라봤다. 입학식부터 정치학개론, 그리고 SIA까지. 그녀와 가까워지기까지 여러 관문을 통과해 더 이상의 장벽은 없을 거라 생각했던 준서는, 단 한 가지 금기로 인해 그녀 앞에 다가갈 수 없는 철조망이 쳐진 것만 같은 감정을 느꼈다.

26
하람

준서는 SIA가 얼마나 큰 힘을 가졌는지 실감할 수 있었다. 캠퍼스는 축제보다도 더 큰 열기로 SIA의 슬로건에 의해 움직이기 시작했다. 그들이 축제에서 벌인 일은 실로 엄청난 파급 효과를 가져왔다. 그는 이 사건이 아주 체계적으로 기획되었다는 것을 알게 되었다. SIA의 부원들은 각자 캠퍼스에 위치한 모든 건물을 하나씩 담당했다. 사전에 모든 건물의 옥상 문을 개방해 두었고, 같은 시간에 각자 부원들이 맡은 건물로 향해 거대한 현수막을 늘어뜨려 놓았다. 이 사건은 인스타그램과 페이스북, 그리고 유튜브를 통해 일파만파 퍼지기 시작했고, 이제는 캠퍼스 전체의 이슈가 되었다.

매일 원형 극장에서 규탄 집회가 열렸다. 며칠 전만 해도 원더랜드가 서 있었던 무대는 SIA가 장악하고 있었다. 무대 중앙에서는 성민이 마이크를 잡고 서 있었다. 준서는 스테프로 무대 하단 왼편에 진행요원처럼 서 있었다. 그가 맡은 임무는 혹시 들이닥칠지도 모르는 경비 아저씨들이나 교직원, 혹은 총학생회를 감시하는 것이었다. 하지만 준서가 시선을 던지는 건 진입로가 아니라 반대편에 있는 주연이었다.

"이건 학교가 세상을 상대로 학위 장사를 하는 것에 지나지 않습니다!"

원형 극장에 성민의 목소리가 울려 퍼지기 시작했다. 그의 목소리에는 자신감이 가득 차 있었다.

"여러분! 장사에 대한 패널티를 왜 우리 학생들이 짊어져야 하는 겁니까?"

그는 대답을 요구하듯 좌중을 천천히 응시하며 침묵을 지켰다. 그러자 여기저기서 박수와 환호 소리가 들려왔다. 그는 다시 심각한 표정을 짓더니 연설을 계속했다.

"이번 사태는 대학 측도 문제지만 이보다 더 큰 문제는 총학생회입니다. 저는 총학생회가 이 중대한 사건을 그저 방관하고 있다는 사실을 용납할 수가 없습니다. 지금의 총학생회는 그저 재미있는 축제나 알차게 기획하는 이벤트 대행사에 지나지 않습니다. 저는 여러분이 유구한 역사와 전통을 가진 우리 학교를 위해 함께 힘을 합쳐 주시기를 바랍니다!"

성민은 자신감에 가득 찬 어조로 좌중을 향해 외쳤다. 그때였다. 스탠드 한편에 앉아 있던 한 학생이 손을 들고 목소리를 냈다.

"그래서 뭘 할 계획이죠?"

집회에 모인 학생들이 모두 그를 바라봤다. 준서도 고개를 돌렸다. 익숙한 목소리는 아니나 다를까 태민이었다.

"SIA에서 과연 무엇을 할 건지 듣고 싶습니다."

그는 냉철한 어조로 말했다.

순간 준서는 태민이 질문을 마치 자신에게 던진 것처럼 느꼈다. 그는 잠시 머뭇거리더니 답을 구하듯 반대편에 있는 주연을 바라봤다. 그때 성민이 입을 열었다.

"물론이죠!"

성민은 그에게 단호하게 대답한 뒤, 시선을 돌려 좌중을 쭉 훑어보더니 말을 이었다.

"우리의 계획은 다음과 같습니다. 첫 번째, 우리는 총학생회의 회장과 실무진들의 퇴진을 요구할 것입니다!

두 번째, 몇 년째 제대로 열린 적 없는 대학평의원회 회의의 공식 재개를 촉구할 것입니다! 세 번째, 미래 사회 대학 설립의 완전 철폐를 요구할 것입니다!"

성민의 자신감 넘치는 태도에 원형 극장에 있던 학생들이 하나둘 박수를 치기 시작했다.

준서는 분위기에 덩달아 박수를 치면서 '방안'이라는 단어가 답안 정도를 의미한다는 것을 알게 됐다. 그리고 자신의 방안은 바로 주연이 아닐까 생각했다. 정말 모든 것이 운명처럼 이어지고 있었다. 입학식부터 캠퍼스에서 마주쳤던 순간, 청강생으로 다시 그녀를 만났던 날, 그리고 지금 이 순간까지. 그는 어쩌면 운명의 시작이 입학식이 아니라 훨씬 더 전일지도 모른다고 생각했다. 한국행을 결심한 것부터가 그녀를 만나기 위한 첫걸음이지 않았을까. 그는 자신이 만든 운명론의 제단 위에 주연을 올려 두었다.

이튿날에도 준서는 같은 자리를 지켰다. 원형 극장에 모인 학생들은 하루 사이에 두 배로 늘어나 있었다. 집회의 열기는 두 배 이상이었다. 모두 SNS의 파급 효과 덕분이었다. 성민은 마이크를 잡고 열띤 연설을 했고 이어 아침에 논의한 대로 새로운 계획을 발표했다.

"자, 여러분! 이제 우리는 본관으로 향해 우리의 요구를 개진해 봅시다!"

성민은 자신 있는 걸음걸이로 본관으로 향했다. 그의 뒤를 SIA의 부원들과 집회에 참석한 학생들이 따르고 있었다. 준서는 보폭을 조절해 주연과 나란히 걷기 시작했다.

"근데 있잖아, 주연아."

준서는 주연의 걸음에 보폭을 맞추며 말했다.

"응?"

그녀는 고개를 돌리며 대답했다.

"성민 선배 피리 부는 사나이* 같지 않아?"

그는 다소 진지한 눈빛으로 행렬에 앞장선 성민을 가리키며 말했다.

"너는 이 심각한 상황에 농담이 나와?"

주연은 폭소를 터뜨리고 빠르게 표정을 가다듬으며 말했다.

"농담 아닌데."

---

* 독일 민간에서 전승되어 온 이야기로 그림 형제를 비롯한 여러 작가에 의해 기록되었다. 원제는 『멜른의 쥐잡이Rattenfänger von Hameln』이다.

준서는 그녀의 미소를 보고 괜스레 기분이 좋아졌다.

"맞다. 주연아."

"너 또 농담하려고 하지."

"아니. 갑자기 궁금한 게 있어서."

"뭔데?"

"너는 왜 집회에 참석한 거야?"

"음… 글쎄. 정의감 때문인 것 같기도 하고."

그녀는 잠시 뜸을 들이더니 천천히 대답했다. 그리고 이어 물었다.

"그럼 너는 왜 여기에 함께 있는 거야?"

"나는 너 때문이지."

준서는 한 치의 고민도 없이 대답했다.

"나 때문이라고? 성민 선배가 집회 참석은 자율이라고 했잖아."

그녀는 의아한 눈으로 말했다.

"네가 하는 건 다 함께하고 싶거든."

그는 대답하곤 너무 속마음을 그대로 이야기한 것 같아 덧붙였다.

"네가 하는 건 다 재미있어 보인달까."

"나도 솔직하게 말해 줄까."

그녀는 쿡쿡거리며 미소 짓더니 준서에게 나지막이 말했다.

"응. 궁금한데?"

"나는 성민 선배 때문에 여기 있는 것 같아."

준서는 그녀의 표정이 농담인지 진담인지 헷갈렸다. 그는 고개를 갸우뚱하곤 그녀에게 물었다.

"약점이라도 잡혔어?"

"너는 생각하는 게 진짜 엉뚱해."

그녀가 크게 웃음을 터뜨리더니 덧붙였다.

"그래서 너랑 같이 있으면 재밌나 봐."

준서가 그녀와 웃음을 주고받는 사이 집회 행렬은 어느새 본관 앞에 도착해 있었다. 성민은 부원들에게 집회 행렬을 나란히 정렬시킬 것을 요청했다. 준서는 주연과 함께 학생들을 질서 정연하게 줄을 서도록 안내했다. 얼마 지나지 않아 그들은 직사각형의 프레임에 딱 맞춰 모인 것처럼 보였다. 성민은 함께해 주는 집회 학생들을 향해 가볍게 고개를 끄덕이며 입을 열었다.

"제가 요구 사항을 선창하면 함께 후창해 주십시오!"

그는 큰 목소리로 외친 뒤 본관을 향해 뒤돌아섰다. 그리고 더 힘찬 목소리로 외쳤다.

"미래 사회 대학 철폐를 촉구한다!"

그러자 SIA는 사전에 논의했던 대로 있는 힘껏 후창했다.

"촉구한다! 촉구한다!"

준서는 잠시 주춤하다가 주연이 목청을 다해 외치는 걸 보고 어영부영 따라 했다.

"학교의 주인은 학생이다!"

성민은 다시 큰 목소리로 외쳤다.

"학생이다! 학생이다!"

이번에는 함께 있는 모든 학생이 외쳤다. 준서도 목청껏 외쳤다. 다음 구령부터는 마치 모두 다 함께 맞춰 본 적이라도 있는 것처럼 자연스럽게 선창과 후창이 진행되었다.

"대학평의원회 회의를 공개적으로 개최하라!"

"개최하라! 개최하라!"

"총학생회의 퇴진을 촉구한다!"

"촉구한다! 촉구한다!"

집회의 열기는 점점 뜨거워져 갔다. 얼마나 지났을까. 성민은 빠르게 시계를 보더니 학생들을 향해 뒤돌아섰다. 준서도 그를 따라 시계를 봤다. 본관에 도착해 구호를 외친 지 정확히 오십 분이 지나 있었다. 그가 '성민은 시간조차 칼같이 지키는 사람이구나' 생각하고 있을 때였다. 성민이 쉰 목소리로 외치기 시작했다.

"저희는 앞으로 하루에 딱 한 시간씩만 집회를 할 예정입니다! 스스로의 본분을 망각한 채 집회에만 열중하는 건 멋지지 않습니다. 스스로의 자리에서 학생 본분에 최선을 다하면서 힘을 합쳤을 때, 그때 비로소 우리의 목소리는 더 큰 호소력을 갖게 될 것입니다."

준서는 집회 인원이 하루하루 기하급수로 늘어나는 걸 두 눈으로 목격했다. 첫날은 고작 삼십여 명에 불과했다. 하지만 집회 일주일 만에 본관 앞 광장에는 학생들이 발 디딜 틈 없이 가득 차 있었다. 성민은 이제 육성이 아닌 확성기를 쓰고 있었다. 준서는 함께 구호를 외치며 이곳에 모인 사람들은 왜 이곳에 있는 것인지 의문이 들었다. 그의 머릿속을 맴돌던 의문은 저녁이 되어서야 질문이 되어 튀어나왔다. 국제회의실에서 이튿날 있을 집회를 준비하던 중이었다.

"선배, 궁금한 게 있어요."

준서는 곁으로 다가온 성민에게 자연스럽게 질문했다.

"뭔데?"

"SIA는 개인의 성장을 목표로 하는 모임인데, 왜 정치적인 문제에 목소리를 내는 건가요?"

준서는 게시판에 붙일 포스터에 미리 비닐 테이프를 붙이며 물었다.

"간단해. 재미있잖아."

그는 어깨를 으쓱하더니 이어 말했다.

"우리를 시험해 보는 거지. 우리가 추구하는 정의와 가치로 세상을 어디까지 바꿀 수 있는지를 보는 거야. 나는 우리가 이렇게 자신의 의지를 세상에 투영하고, 세상을 바꿔 가는 일을 연습하다 보면 장차 큰일도 거뜬히 해낼 수 있을 거라 믿어."

성민은 마치 준비했던 것처럼 자신 있게 대답했다.

"이유도 멋지네요."

준서는 감탄하며 대답했다.

"너는 선택은 자유라고 했는데도 왜 집회에 함께하는 거야?"

이번에는 성민이 물었다. 그러자 준서는 본능적으로 반

대편에 있는 주연을 흘깃 봤다.

"저는 뭐⋯."

그는 문득 속마음을 들킬까 빠르게 성민에게로 시선을 돌리며 말을 이었다.

"이게 제가 입학해서 하는 일 중에 가장 의미 있는 일처럼 느껴지거든요."

"이유도 멋지네."

성민은 가볍게 미소를 짓곤 다른 테이블로 향했다.

준서는 행여나 자신의 속마음을 성민이 알아챈 건 아닌가 걱정이 되었다.

그는 테이프를 붙이면서도 곁눈질로 성민의 움직임을 쫓았다. 성민은 다른 테이블에서 부원들에게 집회 관련 사항들을 지시하고 있었다. 준서는 자신이 왜 속마음을 들키고 싶지 않은 것인지 자문했다. 분명 부끄러운 것은 아니었다. 그는 답을 구하듯 주연을 향해 시선을 던졌다. 그 순간 그녀에게 닿아 있던 시선이 가로막혔다. 성민이었다. 그는 부원들과 열정적으로 의견을 주고받고 있었다. 그는 문득 같은 SIA 부원이자 2학년 선배인 석진이 자신에게 해 준 말을 떠올렸다.

"금기? 생긴 지 얼마 안 됐어. 성민이가 만들었거든. 여기, 이 세상에서는 성민이가 입법자거든."

준서는 석진의 말을 곱씹으며 계속해서 비닐 테이프를 포스터에 붙였다. 기계적으로 반복되는 행동은 그를 생각의 늪으로 점점 빠져들게 했다. 그는 문득 자신이 속마음을 들키고 싶지 않은 건 주연을 좋아하는 게 부끄러워서가 아니라는 사실을 깨달았다. 그건 자신이 행여나 SIA의 금기를 건드려 이곳에서 쫓겨날까 두려워서였다. 아니, 정확하게 말하자면 주연이와 멀어지는 게 겁이 나는 것이었다.

27
총학생회

준서는 학교에 불고 있는 급격한 변화의 물결에 혼란을 느꼈다. 매일 학교에 도착하면 새로운 소식들이 들려왔다. 이제 집회 규모는 만 명이 넘어 원형 극장과 본관 앞 광장을 가득 메우게 되었다. 그동안 총학생회에서는 온오프라인상으로 온갖 질타를 받고 사과문을 몇 번이나 게시했다. 하지만 교내 여론은 이미 SIA의 슬로건에 의해 움직이고 있었다. 학생들이 원하는 건 총학생회진의 퇴진이었다. 이에 학생회장을 비롯한 실무진들은 자진 사퇴를 택했다.

사태는 예측할 수 없게 흘러갔다. 이 운동을 이끌었던 성민은 단번에 후보자가 되었다. 다른 후보들도 있었지만 학생들의 지지는 확고했다. 그는 선거 유세를 딱히 할 필요도 없었다. 그저 그동안 했던 대로 원형 극장에서 마이크를 잡고 그동안 하던 걸 계속하기만 하면 되는 일이었다. 모두가 예측했던 대로 학생회장은 성민이 되었다.

"우리 딱 일 년만 총학생회가 돼서 학교를 멋지게 바꿔 보자."

성민은 국제회의실에 SIA 부원들을 모아 두고 말했다.

"그래. 우리 어려울 것도 없을 거야. 이미 우리가 해 오던 것들이잖아."

성민을 따라 엉겁결에 부회장이 된 정우가 덧붙였다.

"나는 우리가 총학생회로 가는 걸 강제하고 싶지 않아. 내가 가자고 해서 너희가 모두 따라올 거라고도 생각하지도 않고. 그래서 각자의 의견을 들어 보고 싶어. 그럼 석진이부터 시작해서 자기 의견을 이야기해 보자."

성민은 회의실에 앉아 있는 부원들을 한 명 한 명씩 쭉 훑어보며 말했다.

"저는 우리가 하고 있는 일이 정의를 위한 일이라고 생각해요. 이거보다 더 중요한 일이 있을까요?"

석진은 다소 진지한 태도로 말했다. 그에 이어 부원들은 차례대로 의견을 털어놓기 시작했다.

"총학생회가 되면 이제 우리는 행동하는 SIA로 거듭날 거라고 봐. 사실 그동안 SIA가 의미 없는 회의만 한다고, 자기 자신들에 취한 소피스트들의 집단이라고 비판을 받기도 했는데, 총학생회가 되면 우리가 말뿐만이 아니라는 걸 증명할 수 있는 멋진 기회라고 생각해."

이어 정우도 덧붙였다.

"대학 생활을 하며 이보다 가치 있고 중요한 걸 경험할 수 있는 일이 또 있을까요. 저는 계속하겠습니다."

준서는 부원들의 의견을 하나하나 들으면서 그들이 얼마나 이 일에 진지한 열정을 갖고 있는지 새삼 느낄 수 있었다. 여론은 찬성으로 흘러갔지만 반대 의견도 있었다.

"저는 SIA가 총학생회가 되면 이제 탈퇴하려고 합니다. 제가 없어도 여러분이 이미 학교가 정의를 향해 나아가도록 충분히 이끌어 갈 수 있다고 생각하기 때문입니다.

"저는 여기까지만 하고 싶습니다. 사실 SIA의 일에 그동안 버거움을 많이 느끼고 있었거든요."

이윽고 주연의 차례였다.

"저는 이번 일은 SIA가 아니면 그 누구도 할 수 없었던 일이라고 생각해요. 아직도 이 일에 관심도 없는 학생들이 더 많은 게 사실이잖아요. 그게 바로 우리가 총학생회로 가야 하는 이유라고 생각합니다. 저는 함께할게요."

그녀는 부원들을 바라보며 진중한 태도로 말했다.

이건 준서에게 가장 중요한 의견이었다. 사실 준서는 SIA든 총학생회든 상관이 없었다. 그녀와 함께한다면 어떤 곳이든 가입하고 또 탈퇴할 수 있었다. 그는 자신의 차례가 오자 최대한 주연과 비슷한 의견을 말했다.

"저는 가치 있는 일을 해 보고 싶어서 SIA에 가입했습니다. 총학생회가 되면 SIA에서 했던 일 이상으로 가치 있는 일을 할 거라고 생각해요. 저도 계속 함께할게요."

단 세 명을 제외한 인원이 모두 총학생회의 멤버가 되었다. 준서는 자신이 총학생회의 일원이 된 게 무척이나 기뻤다. 사실 성민의 총학생회장 선출을 그 누구보다 염원한 건 준서였다. 그가 학생회장이 되면 자연스럽게 SIA를 떠나 총학생회로 갈 거였다. 그렇게 되면 금기를 만든 장본인이 없어지는 것이니 자신은 마음 놓고 주연을 좋아해도 되는 일이었다.

하지만 준서의 예측은 틀렸다. 그 역시 총학생회로 흡수되었다. 그래도 그는 기뻤다. 총학생회가 되면 새로운 모임이 된 것이니 금기도 없어지는 거라 여겼던 것이다. 그렇게 되었다고 준서는 확신하고 있었다.

"우리 이제 총학생회 소속인 거 맞지?"

그는 강의가 끝나고 함께 총학생회실로 향하는 주연에게 말했다.

"응. 당연하지."

주연은 고개를 끄덕이며 말했다.

"그럼 지금은 SIA는 아닌 걸까."

"당장은… 그렇지. 총학생회를 하기로 했으니까."

그녀는 잠시 고민하더니 말을 이었다.

"그래도 SIA는 맞지. 올해만 하고 돌아가기로 했잖아."

"일 년 동안 우리 동아리실인 정책회의실이 비어 있게 된다는 이야기잖아."

준서는 그녀의 의견을 반박하기 위해 머리를 굴렸다.

"그렇긴 하지."

"그러면 지금의 SIA는 잠시 없다고 봐도 되지 않을까. 동아리실이 텅 비어 있는데 동아리가 있다는 건 말이 안 되는 거잖아."

"너는 지금 그게 왜 중요해?"

그녀는 미간을 찌푸리며 말했다.

"중요하지."

준서는 당황하며 대답했다.

"그게 왜?"

"SIA에서 해야 했던 것들을 계속해야 하는 건가 싶어서."

"하는 게 크게 달라진 건 없잖아. 더 생겼으면 생겼지."

그녀는 무심하게 대답했다.

"예를 들어 SIA의 금기 같은 게 계속되는 건가… 궁금하지 않아?"

준서는 말꼬리를 흐리며 물었다. 그리고 그녀의 눈치를 슬쩍 봤다.

"금기… 없어졌으면 좋겠는데. 근데 없어져 봤자지 뭐."

그녀는 자조적인 미소와 함께 덤덤하게 대답했다. 준서가 왜냐고 물으려던 찰나, 그녀가 먼저 입을 뗐다.

"늦겠다. 얼른 가자."

준서는 그 뒤로 주연에게 SIA의 존속 여부에 대해서는 일절 묻지 않았다. 늘 명랑하고 싱그러웠던 그녀의 어두워진 낯빛을 처음 봤기 때문이었다. 짜증이 난 것 같기도 했다. 어쩌면 자신이 중요한 시국에 하찮은 문제에 골몰하고 있어서 그런지도 몰랐다. 그녀가 실망할 불필요한 질문은 하지 말아야겠다고 다짐했다.

다행히도 준서가 고민했던 문제는 머지않아 성민이가 확답을 해 주었다. 석진이 준서가 갖고 있던 생각을 대신해서 물어봤던 것이다.

"선배, 그럼 우리는 더 이상 SIA가 아닌 걸까요. 총학생회가 되니까 그때의 분위기가 없어진 것도 같고…."

"우리는 근본적으로 SIA야. 총학생회의 임기가 끝나면 SIA로 돌아갈 거고. SIA로서 우리의 역량을 시험한다고 생각하자."

준서는 금기가 그대로라는 사실에 큰 실망을 했지만 총학생회의 일들을 묵묵히 수행해 나갔다. 이 방법이 주연이와 가장 가까이에서 함께할 수 있는 유일한 수단이기 때문이었다. 그럼에도 그는 수단 속에서 예기치 못한 기쁨들을 마주할 수 있었다. SIA는 준서를 온전한 집단의 일원으로 받아들여 주었다. 한국에 와서 그가 어딘가에 제대로 소속된 건 이번이 처음이었다. SIA와 함께 같은 목적지를 향해 나아가고, 여정 속에서 값진 성취와 보람을 얻을 수 있었다. 준서는 자신이 한국에서 이렇게 강한 소속감과 안정감을 얻은 적이 있나 싶을 정도였다. 이 모든 게 주연 덕분에 일어난 마법 같은 일이라고 생각했다. 그녀가 없었다면 자신은 캠퍼스에서 부유하고 있을지도 모를 일이었다.

하루는 금방 저물었다. 강의를 듣고, 총학생회실에서 집회 일정을 만들고, 언론에 보낼 보도자료를 만들고, 미래사회 대학 사업 관련 서류들을 검토하다 보면 어느새 캠퍼스는 붉은 노을로 물들어 갔다. 준서는 하루 종일 캠퍼스에서 시간을 보내는 것이 힘들다는 생각을 단 한 번도 하지 않았다. 그의 곁에는 늘 주연이 있기 때문이었다. 그날 밤 생테스에게 보낸 편지에도 그가 SIA에서 활동하는 이유가 고스란히 담겨 있었다.

생테스 아저씨께

이번에 가입한 동아리에서 저를 그들의 일부로 받아들여 줬어요. 한국에서 어딘가에 정식으로 소속된 건 이번이 처음이에요. 요즘은 그들과 하루를 온전히 보내고 있어요. 그들은 제가 필요하고 저도 그들이 필요해요. 다만 저는 그들과 다른 목적을 갖고 이곳에 있어요. 그들의 목적은 대학생의 권리 쟁취와 정의 사회 실현이고 저의 목적은 이곳에 멤버로 있는 여자애를 사랑하는 일이죠. 그래도 우리의 방향성이 같아 보이는 건, 저는 그녀와 함께하고 싶어 그저 주어진 일을 열심히 하는 것뿐이에요. 저는 정의보다는 그녀가 더 가치 있다고 생각하거든요.

이곳에서 저는 무얼 얻을 수 있을까요. 정의일까요, 사랑일까요.

서울에서 준서가

28
캐릭터 양말

 준서는 늦은 저녁, 총학생회의 일을 끝내고 주연과 버스 정류장까지 단둘이 걸어가는 시간이 가장 좋았다. 그녀와 가까워져 SIA에 합류하기 전까지는 늘 이 길을 홀로 걸었다. 집과 캠퍼스를 왕복하는 그와 함께하는 것은 이어폰에서 흘러나오는 원더랜드의 노래뿐이었다. 하지만 이제 준서의 이어폰은 가방에서 나오지 않은 지 오래되었다. 준서가 좋아하는 건 원더랜드의 노래가 아니라 주연의 음성이었다.

"근데 신기하지 않아?"

주연은 함께 걷던 준서를 바라보며 물었다.

"뭐가?"

준서는 한쪽 어깨로 짊어진 가방을 다시 고쳐 메며 물

었다.

"어떻게 하루하루 새로운 일들이 생기는 걸까."

"새로운 일?"

"응. 일상은 반복되고 있는 것 같은데. 벌써 두 달 사이에 너무 많은 것들이 변해 버렸어."

그녀는 불어오는 여름밤의 부드러운 바람을 잠시 음미한 뒤 말을 이었다.

"이제 시위자는 만 명이 훌쩍 넘었고, 총학생회는 이제 우리가 하고 있고, 총동문회에서도 선배들이 우리에게 지지 성명을 보내기까지 했어."

"맞아. 하루하루 정말 예측할 수도 없는 많은 일들이 벌어지고 있잖아. 학교에서도 이제 대학평의원회 회의를 다시 열겠다고 했잖아. 정말 우리의 요구대로 되어 가고 있는 것 같아 신기하기도 해."

준서도 그녀와 보폭을 맞추며 대답했다.

이야기를 나누는 사이 그들은 어느새 버스 정류장에 도착했다. 준서는 늘 그래 왔던 것처럼 주연과 함께 정류장의 벤치에 나란히 앉았다. 그는 이 정류장을 좋아했다. 이곳에서 주연이 버스를 탈 때까지 매일 기다려 주었다. 7002 버스의 배차 간격은 이십 분. 이 이십 분은 하루 중 주연과 온전히 함께 보낼 수 있는 소중한 시간이었다. 가끔은 버스가 연착하기를 바랐다. 하지만 코리안 타임은 모로코나 프랑스와는 달랐다. 어김이 없었다.

"준서야, 너는 어때?"

그녀는 벤치에 앉아 쭉 뻗은 자신의 발끝을 바라보며 말했다.

"뭐가?"

준서는 정류장 모니터의 배차 간격을 확인하며 물었다.

"총학생회 하는 거. 아니, SIA에 들어온 거."

그녀는 고개를 돌려 준서를 바라봤다.

"나야 재밌지. 보람도 있고. 너는?"

준서는 그녀를 바라보며 기운차게 말했다.

"나는… 사실 좀 지쳤어."

그녀는 자조적인 미소와 함께 옅은 한숨을 내쉬었다. 그리고 다시 발끝으로 시선을 돌렸다.

"힘든 일이라도 있어?"

준서는 순간 그녀가 걱정되었다. 낯선 모습이었다. 그동안 함께하며 그녀가 힘들어하거나 한숨을 내뱉는 걸 본 적이 없었다. 그녀는 늘 싱그러운 에너지를 갖고 있었고, 바라보고만 있어도 기분이 좋았다. 자신과 대비되는 밝고 명랑한 분위기, 이마에 맺힌 땀방울마저 빛나 보이던 미소. 바로 그 모습이 준서가 그녀를 좋아하는 이유기도 했다. 그런 그녀가 어두운 낯빛으로 아무 대답도 하지 않고 있었다. 그때 7002 버스가 정류장에 서서히 다가왔다. 버스는 체임버에서 압축 공기를 내뱉으며 취이익 소리와 함께 그들 앞에 멈춰 섰다.

"주연아. 버스 도착했어."

준서는 걱정스러운 태도로 그녀에게 말했다.

버스의 문이 열렸다. 정류장에 있던 사람들은 하나둘 버스에 몸을 실었다. 하지만 그녀는 미동도 하지 않은 채 자신의 발끝만 바라봤다. 잠시 준서와 주연이 사이에 침묵이 맴돌았다. 버스는 침묵을 깨며 문을 닫았고 다시 출발하기 시작했다. 그때였다. 그녀가 입을 열었다.

"우리 시원하게 맥주 한잔할까."

그녀는 억지 미소를 지으며 준서를 바라봤다. 그는 다소 놀랐지만 일말의 주저도 없이 대답했다.

"그래. 그러자."

준서는 자신이 방금 어떤 경계선을 넘었다는 것을 깨달았다. 그간 경험하지 못했던 새로운 일들이 계속해서 펼쳐지고 있었다. 7002 버스가 그녀를 정류장에 남기고 떠난 것도, 그녀가 그에게 사적으로 시간을 보내자고 한 것도, 함께 버스 정류장을 지나 걸어가 보는 것도, 단둘이 술집으로 향하는 것도 모두 처음이었다. 어쩌면 자신이 금기를 향해 나아가고 있는지도 모른다는 생각이 들었다.

술집은 이미 만석이었다. 다른 술집을 찾아 나서는데 준서의 눈에 편의점이 들어왔다. 그는 종종 성현과 함께 편의점 앞 플라스틱 테이블에서 맥주를 마셨던 일이 떠올랐다.

"편의점 테라스에서 간단하게 마시자. 막차 시간도 있으니까."

준서가 편의점을 가리키며 말했다.

"그럴까? 그래. 저기도 좋겠다."

주연은 스마트폰으로 시간을 확인하더니 고개를 끄덕였다.

그들은 편의점에서 함께 맥주와 감자칩을 구입했다. 그리고 야외 테라스로 향해 테이블을 두고 마주 앉았다. 주연은 능숙하게 감자칩의 포장을 먹기 좋게 뜯었다. 준서는 맥주캔의 뚜껑을 따서 그녀에게 건넸다. 테이블은 여기저기 깨지고 삐그덕거렸지만 스무 살의 두 청춘은 그 모든 낡음에 생기를 부여하고 있었다. 그들은 부드럽게 습기를 머금은 여름밤의 바람을 느끼며 가볍게 건배를 했다.

"참, 너희 아버지는 잘 계셔?"

주연이 맥주캔을 테이블에 내려놓으며 물었다.

"아버지? 혹시 입학식 때 봤던 분 말하는 거야?"

"응. 완전 유쾌하시던 분! 아버지 아니었어?"

그녀는 잠시 회상을 했는지 가볍게 미소를 띠며 말했다.

"그분은 아버지 아니야."

준서도 용선 아저씨의 유쾌함을 떠올리며 미소 지었다.

"그러면?"

"아버지의 친한 친구분이야. 부모님은 모로코에 계시거든."

"그렇구나. 그분 덕분에 네 이름이랑 학과를 잊을 수가 없었어."

그녀는 맥주 한 모금과 함께 웃음을 터뜨리며 말했다.

그들은 처음으로 서로에 대해 깊이 알아가기 시작했다. 준서는 그녀가 2학년 때에는 프랑스어를 복수전공으로 택하고 싶다는 것과, 외교부에서 일하고 싶다는 것, 그리고 언젠가 파리에서 교환학생이든 어학연수든 공부하고 싶다는 걸 알게 됐다. 그녀는 준서의 라바트와 파리에서의 삶에 깊은 관심을 보였다. 준서는 그녀가 호기심을 갖는 자신의 삶을 재미있게 이야기해 주었다.

"나도 너처럼 파리에서 살아 보고 싶다."

그녀는 테이블에 왼손을 기대 턱받침을 하고 입술을 삐쭉 내밀며 말했다.

"그래? 나는 한국이 더 좋은데."

순간 준서는 만약 그녀가 모로코나 파리에 있었다면 자신이 한국에 오고 싶었을까 자문해 봤다.

"멋지잖아. 프랑스어도 우아하고, 나도 파리지엔느로 살아 보고 싶어. 나는 정말 열심히 공부해서 정말 파리 대사가 될 거야."

그녀는 갑자기 의자에 몸을 기대며 다리를 꼬고 긴 생머리를 어깨 뒤로 찰랑 넘기며 말했다. 준서는 그녀가 파리에 살고 있을 모습을 상상했다. 자신이 살았던 파리의 프랑쾨르francoeur가(街), 그곳에 자주 가던 노천 카페에 그녀가 앉아 있으면 어떨까. 스키니진에 하얀색 크롭티를 입고, 그

위에 파란색 셔츠를 걸치고, 검은색 앵클부츠를 신고 있는 그녀. 그녀가 그곳에 있었다면 어쩌면 자신은 파리를 사랑했을지도 모른다는 생각이 들었다.

"너는 왜 한국에 온 거야?"

그녀는 세 번째 맥주캔을 따며 물었다. 어느새 그녀의 양 볼은 발그레해져 있었다.

"너처럼 한국인이 되고 싶었거든."

준서도 맥주캔을 따며 말했다.

"나 같은 한국인이 뭔데?"

"나는 늘 한국인으로 살았어. 라바트에서도 파리에서도 나는 한국인이었지. 내가 택한 국적도 한국인이고. 나는 모로코 국적도 프랑스 국적도 따지 않았거든. 하지만 한국인이었던 나는 늘 이방인으로만 살았어. 그저 부유하는 존재였지. 나도 뿌리를 내리고 싶어."

"뿌리를 내린다는 건 무슨 의미야?"

그녀는 눈을 동그랗게 뜨고 진지하게 준서의 말을 경청했다.

"나와 국적이 같고, 생김새도 비슷하고, 나와 비슷한 걸 좋아하고, 유사한 관점으로 세상을 바라보는 친구를 사귀고 싶어. 그런 사랑도 하고 싶고. 무엇보다 내가 섞여도 하나도 이상하지 않은 곳을 찾고 싶어. 이 세상에 그런 곳은 한국밖에 없을 거라고 생각했어. 한국에서도 이곳 서울 말야."

"아무래도 우리 바뀠다면 딱이었을 것 같다. 그치?"

그녀는 한참 동안 고개를 끄덕이더니 미소를 지으며 말했다.

"뭘 바꿔?"

"우리 인생. 나는 파리에 있고, 너는 이곳에서 한국 친구들과 어울리고. 만일 그랬으면 우리가 서로 더 행복하지 않았을까."

그녀는 양손을 테이블에 기대 턱받침을 하고 곰곰이 생각하며 말했다.

"그러네 정말!"

준서는 몸을 뒤로 살짝 젖히며 웃음을 터뜨렸다.

그는 동시에 자신이 어쩌면 그녀와 운명이 아닐까 하는 생각을 했다. 나는 그녀가 원하는 걸 갖고 있었고, 그녀는 내가 원하는 걸 갖고 있었다. 준서는 그녀와 자신 사이에 쌓여 가는 맥주캔을 바라봤다. 그는 자신이 서울에서 찾고자 했던 무언가가 바로 그녀라고 자신 있게 확신했다.

"있잖아, 준서야. 사실 나는 SIA를 그만두고 싶었어."

주연은 술기운이 가득 느껴지는 한숨을 내뱉으며 말했다.

"네가? 왜? 너는 가장 열심히 활동하는 부원이잖아."

"나 사실 성민 선배 때문에 가입했어."

"성민 선배가 왜?"

준서는 혹시나 하는 불안함을 느끼며 물었다.

"나 성민 선배 좋아하거든."

그녀는 취기에 고개를 푹 떨구고 말했다. 준서는 심란한 마음에 말을 잇지 못했다.

"근데 있잖아, 나 이제 그만하려고."

"왜? 너 안 좋아한대?"

준서는 정보를 캐내고 싶은 마음에 가장 중요한 걸 물었다.

"불가능이잖아. 선배 여자친구 못 봤지? 그 잡지 알아? 〈대학서울〉이라고 예쁜 애들만 표지 모델 하는 잡지 있잖아. 지난해 표지 모델이 선배 여자친구야. 엄청 예쁘다고 그 언니. 거기에다가 선배는 SIA에 금기도 만들어 놨잖아. 내가 뭘 어쩌겠어 이제."

그녀는 눈을 반쯤 감은 채 허공에 넋두리를 하듯 말했다.

"그럼 그만두면 되잖아."

그는 그녀가 체념하는 모습이 내심 기뻤고, 그렇게 몰아가고 싶었다. 차라리 그녀가 성민 선배라는 매력적인 존재로부터 아예 멀어졌으면 좋겠다고 생각했다.

"응. 정말 그만두려고. 근데 우리가 지금 하고 있는 일만은 끝까지 하고 싶어. 그래야 미련 없이 SIA든 총학생회든 훌훌 털고 떠날 수 있을 것 같거든. 근데 준서야. 너는 계속 하고 싶어? 안 힘들어?"

"나도 너 그만두면 그때 그만두려고."

그녀는 취한 눈으로 준서를 바라보았다. 그리고 비틀거리며 손을 뻗어 검지로 준서를 가리켰다.

"어, 이상하다 너. 내가 그만두면? 왜? 너 혹시…"

그리고 뻗은 손으로 인해 그녀는 그만 균형을 잃고 테이블로 푹 쓰러지고 말았다.

테이블이 심하게 기울더니 맥주캔과 과자들이 와르르 엎질러졌다. 우당탕탕 소리에 편의점 알바생이 뛰어나왔다. 준서는 죄송하다고 거듭 사과를 하며 그녀를 의자에 똑바로 앉혀 벽에 머리를 기대게 했다. 그는 알바생과 함께 테이블을 치우고 그녀를 바라봤다. 그녀는 지금 무슨 일이 벌어졌는지도 모른 채 새근새근 자고 있었다.

"주연아! 주연아! 집에 가야지!"

"택시 태워 줄게. 집 어디야?"

그녀를 몇 번이나 흔들어 깨웠지만 소용이 없었다. 시계를 보니 어느새 한 시가 넘어 있었다. 양 손을 허리춤에 얹고 잠시 고민하던 그는 그녀를 등에 업었다.

준서는 그녀를 자신의 침대 위에 눕혔다. 그의 이마에는 땀이 송글송글 맺혀 있었다. 등에 업혀 있던 그녀는 술에 취해 힘이 하나도 없어 양손으로 준서의 목덜미를 감싸지 못했다. 준서는 그녀를 떨어뜨리지 않기 위해 허리를 숙인 채 그녀를 업고 집으로 향해야만 했다. 그는 욕실에서 세수를 한 뒤 냉장고 문을 열어 물을 벌컥벌컥 마신 뒤 그녀 곁으로 다가갔다.

그는 침대 옆에 무릎을 꿇고 앉아 그녀를 바라봤다. 그녀를 옥상에서 다시 만났던 때처럼, 그녀의 잔머리가 이마에 살짝 붙어 있었다. 준서는 손가락으로 그녀의 잔머리를 머릿결을 따라 넘겨 주었다. 그는 힘없이 넘어가는 잔머리를 계속해서 지켜 주고 싶다는 생각을 했다. 그녀는 속이 불편한지 아니면 두통 때문인지 신음소리와 함께 이불을 걷어차며 자세를 고쳐 누웠다.

    이불 사이에서 그녀의 발이 드러났다. 준서는 미세한 웃음을 터뜨렸다. 섹시한 셰이프의 앵클 부츠 속에 감춰져 있던 게 귀여운 강아지 캐릭터가 그려진 발목 양말이라니. 준서는 그녀의 양말을 벗겨 침대 아래에 개어 두고 다시 이불을 덮어 주었다. 그는 잠시 침대맡에 서서 그녀를 바라본 뒤 이불과 베개를 챙겨 드레스룸으로 향했다.

    그는 이부자리에 누워 희망했다. 정갈한 가르마 틈새로 삐져나온 그녀의 잔머리와, 성숙한 앵클 부츠 속 캐릭터 양말은 오직 자신만이 소유할 수 있는 그녀의 모습이면 좋겠다고. 그런 그녀를 자신이 지켜 주면 좋겠다고.

29

제주의 유혹

"준서야. 오늘 저녁에 잠깐 저녁 먹을까."

스마트폰 건너편에서는 용선 아저씨의 음성이 들려왔다.

"오늘은 어려워요. 저 늦게까지 학교에 있을 것 같거든요."

준서는 잠시 총학생회실의 벽시계를 바라보며 말했다. 시간을 보니 세 시였다.

"아저씨가 퇴근하고 학교 앞으로 갈게. 근처에서 간단하게 먹자."

"저야 너무 좋죠. 아니면 번거로우실 텐데 다음에 제가 갈까요?"

"아니다. 아저씨도 학교 지나갈 거라. 오랜만에 얼굴도 보고 밥이나 먹자."

준서는 저녁 시간이 가까워지자 약속 장소에 갈 준비를 했다. 오랜만에 아저씨를 볼 생각에 반가운 마음이 들었지만, 내심 제안을 거절하지 못했다는 사실에 아쉬움을 느꼈다. 그의 시야에 주연이 들어왔기 때문이었다. 그녀는 수첩을 들고 부원들의 저녁 식사 메뉴를 종합하고 있었다. 이윽고 그녀는 준서에게 다가왔다.

"준서야. 불고기 덮밥이지?"

그녀가 미소를 지으며 물었다. 준서는 그녀의 미소와 기억력에 기쁨을 느끼며 약속을 취소하고 싶은 마음이 들었다. 하지만 시계를 다시 한 번 바라보곤 대답했다.

"나는 오늘 같이 못 먹어. 잠깐 아저씨가 학교 앞으로 온다고 하셔서 함께 저녁 먹기로 했어."

"아쉽네. 그러면 오늘은 바로 집에 가려고?"

"아니. 얼른 먹고 들어올 거야."

"맛있는 거 먹겠다. 다음에 아저씨 오시면 나도 데려가. 나도 맛있는 거 사 주시겠지?"

그녀는 부원들에게 들리지 않게 낮은 목소리로 말했다. 그리고 미소를 지었다.

"아마 좋아하실 거야. 근데 만나면 너한테도 소개팅시켜 달라고 할지도 몰라."

"소개팅?"

"아저씨 맨날 나한테 소개팅할 때 데려가 달라고 하시거든."

"아저씨 가정도 있으시잖아."

주연이는 고개를 갸우뚱하면서 말했다.

"당연히 안 될 거 아니까, 그래서 말이라도 하시는 거겠지."

준서가 고개를 절레절레 흔들며 말하자 주연은 크게 웃음을 터뜨렸다.

"나도 얼른 만나 보고 싶다. 아저씨."

준서는 아저씨에게 미리 주연이 이야기도 해 볼 걸 하는 아쉬움을 뒤로하고 캠퍼스를 나섰다. 아저씨가 주소를 찍어 준 곳은 캠퍼스에서 그리 멀지 않은 곳에 있는 일식집이었다. 문을 열고 들어가니 단번에 아저씨가 보였다. 그는 바 테이블에 앉아 마주 보고 있는 주방장에게 메뉴를 주문하고 있었다.

"어서오세요!"

주방장이 큰 목소리로 준서에게 인사를 하자 아저씨가

문 쪽을 향해 고개를 돌렸다. 준서를 발견하고는 손을 흔들며 그를 맞이했다.

"아저씨, 오랜만이에요!"

준서는 반갑게 인사를 하며 옆자리에 앉았다.

"이게 얼마 만이냐. 벌써 여름이 다 됐다. 그치?"

"그러니까요. 아저씨는 얼굴이 조금 탄 것 같은데요?"

준서는 아저씨의 반소매 사이로 극명하게 나뉜 살 색깔을 바라보며 말했다.

"얼마 전에 거제도로 출조를 다녀왔거든. 사진 좀 볼래?"

그는 지갑형 케이스를 열어 스마트폰의 사진첩을 뒤지기 시작했다.

"거제도가 어디예요?"

"큰 섬인데 남해에 있어. 이제는 다리가 이어져 있어서 섬이라고 하기도 그렇지만."

"출조가 뭐예요?"

"낚시하러 가는 걸 출조라고 해."

"아, 낚시하고 오셨다는 거군요."

"준서야. 이게 참돔인데 8짜 급이야. 어때 죽이지 않냐."

그는 한참이나 찾던 사진을 준서에게 보여 주며 자랑스

럽게 말했다. 사진 속 그는 붉은색 빛이 도는 참돔을 뿌듯한 미소로 들고 서 있었다. 그는 사진 속 미소를 재현이라도 하듯 밝게 웃으며 준서에게 재차 물었다.

"어때 멋지지?"

"글쎄요. 저는 생선이 멋있다는 생각은 해 본 적 없어서요."

"아니. 생선이 멋지다는 게 아니라, 아저씨가 멋지지 않냐 이거지. 이거를 잡을 때 말이야. 파도가 치는데 어휴 정말, 파도가 집채만 했지."

그는 머리 위로 손을 뻗을 수 있는 곳까지 뻗어보였다.

"에이. 사진 보내 주신 건 바다가 잔잔하기만 하던데요."

"메타포지 메타포. 그래, 집채만 한 파도는 너무 과장한 것 같다. 아무튼 그만큼 거칠게 몰아쳤어. 배가 출렁일 정도로 몰아쳤는데 보통 그런 날은 잘 안 잡히거든. 그런데 그날은 아저씨가 느낌이 딱 오더라고. 낚시란 게 원래 촉이거든."

그가 한참이나 참돔을 잡기까지의 과정을 설명하는 동안 그들 앞에 참치회가 접시에 담겨 나왔다. 그는 준서에게 먹자고 말하곤 계속해서 낚시 이야기를 이어갔다. 준서는 별로 관심은 없었지만 아저씨가 선상에서 낚시하는 모습을 머릿속에 그리면서 회를 한 점 한 점 먹었다.

"어때. 너도 낚시해 보고 싶지?"

"글쎄요. 먹는 건 좋지만 직접 잡아 보고 싶은 마음은 없어요."

"준서 네가 손맛을 몰라서 그런다. 그러지 말고 여름방학 되면 아저씨랑 출조 다녀오자."

"출조를요?"

"응. 제주도 어때. 아저씨가 서귀포에 작은 별장이 있는데 같이 일주일 정도 쉬다 오자."

그는 스마트폰으로 제주의 별장 사진을 한 장 한 장 보여주며 말했다. 별장은 하얀색 라임스톤으로 지어진 이층집이었다. 일층 창문에서는 마당의 푸른 잔디가 보였고, 하얀색 담장을 따라서는 감귤 나무와 꽃나무들이 자라 있었다. 담장 밖으로는 빼곡하게 자란 소나무들이 줄을 지어 있었다. 나뭇가지 사이사이로는 푸른 바다가 보였다. 준서는 멍하니 멋진 별장 풍경을 하나하나 살펴봤다.

"어느 계절에 가도 정말 멋진 곳이지. 다 좋은데 4, 5월에는 송진 가루가 많이 날려. 근처에 소나무가 많거든. 그래도 봄에도 나름의 매력이 있지. 어때. 여름방학 때 같이 갈까? 생각해 보고 언제든 얘기해 줘. 아저씨가 사진도 보내 줄게."

준서는 아저씨가 곧바로 보내 준 사진을 훑어보며 잠시 생각에 잠겼다. 제안은 매력적이라고 생각했지만 여름방학은 아무래도 시간이 되지 않을 것 같은 예감이 들었다. 시위가 끝날 기미가 보이질 않았기 때문이었다. 이미 총학생회에서는 미래 사회 대학 설립 안건이 철회될 때까지 여름방학에도 학교에 남아 농성을 계속하기로 결의한 지 오래였다.

"준서 너만 좋으면 한 달 정도 머물러도 되고."

그는 준서를 계속해서 유혹하듯 말했다. 그리고 카카오톡으로 사진을 전송했다.

"혼자요?"

"아니면 여자친구 있으면 초대해. 아저씨가 아줌마한테는 비밀로 할게."

그는 짓궂은 표정을 지으며 준서의 어깨를 툭 쳤다. 준서는 머쓱해진 얼굴로 괜히 눈을 피하며 회 한 점을 입에 넣었다.

"왜, 마음에 드는 친구가 없니?"

"그건 아니지만, 잘해 보려고 하고 있어요."

준서는 머쓱하게 대답했다.

"혹시 그 애니? 왜 입학식에 그 여학생 대표였던 그 예쁘장한 친구."

"맞아요."

"역시, 장하다 준서. 어디까지 갔는데. 아저씨가 상담해 줄게."

"비밀이에요. 제가 잘되면 말씀드릴게요."

준서는 주연과 함께 보냈던 밤을 음미하며 말했다. 그녀와 어색한 얼굴로 아침을 맞이했던 순간과 함께 식탁에 마주 앉아 아침을 먹었던 일도 함께 떠올랐다. 괜히 기분이 좋아졌다. 얼른 잘돼서 그녀를 아저씨에게 자랑하고 싶었다. 주연이 말한 것처럼 아저씨와 함께 밥을 먹어도 좋을 것 같았다. 아니, 아저씨가 제안한 것처럼 정말 제주의 별장에 주연과 단둘이 놀러 가 보는 건 어떨까.

"준서야."

그는 화제를 바꾸듯 물을 한잔 천천히 마시곤 준서를 바라봤다. 준서가 대답을 하자 그가 말을 이었다.

"아저씨, 너 티브이에서 봤다."

"저를요? 티브이에서요?"

준서는 놀란 눈으로 물었다.

"응. 아주 잠깐이지만 뉴스에 나왔어. 학교에서 시위하고 있던데."

"정말요? 방송국에서 자주 오긴 하던데 저도 나왔군요. 신기하다. 방송에도 나오다니."

"너는 왜 시위에 참여하고 있는 거니?"

그는 준서에게 조심스레 질문을 건넸다.

준서는 왜냐는 물음에 주연의 얼굴밖에 떠오르지 않았다. 하지만 주연 때문이라고 답하기에는 아직 어딘가 창피했고 유치하게 보일 것 같았다. 그는 잠시 고민하다가 아저씨도 인정해 줄 수 있는 그럴듯한 이유를 생각해 냈다. 그는 만인에게 인정받는 성민을 떠올리며 대답했다.

"학교가 우리들을 상대로 장사를 하려고 하거든요."

"학교가 무슨 장사를 하는데?"

"학위를 일반인들에게 팔고 그 대신 학생 수를 줄이기로 결정했거든요."

"그게 준서랑 상관있는 일이야?"

그는 고개를 살짝 기울이며 무심하게 물었다. 준서는 내심 당황했다. 어떤 상관이 있는 건지 쉽게 대답할 수가 없었다.

"학생들이 피해를 보니까요."

"아저씨도 찾아보니 미래 사회 대학, 그거 당장 설립하는 것도 아니던데."

"그런가요? 그래도 당장은 아니더라도 학생들이 희생돼서는 안 되는 일이잖아요."

준서는 머리를 긁적였다.

"건물도 지어야 하는 사업이고 대략 오 년 정도 후에 시작된다고 하더라. 참, 준서도 군대 가기로 했지?"

"네, 맞아요."

"그때면 준서는 군대도 다녀오고 졸업 준비하느라 바쁘겠지?"

"그렇겠네요."

"지금 준서의 젊음을 쏟고 있는 이 일이 오 년 후에 어떻게 될지도 모르는 일 아닐까."

그는 준서가 행여나 기분 나빠하지는 않는지 살며시 눈치를 보며 물었다. 준서가 잠시 곰곰이 생각에 잠기자 말을 이었다.

"아저씨는 준서가 서울에서 소중한 새내기 시절을 시위하는 데 허비하는 게 아닐까 하는 걱정이 좀 드네. 새내기 때는 다른 걸 해 보는 게 어때? 학과 생활을 열심히 한다든가, 재미있는 동아리에 가입한다거나, 차라리 매일 밤 술을 진탕 마시면서 좋은 친구들을 사귀어 봐. 아니지. 그 여학생한테 올인해서 연애를 해도 좋고. 아저씨가 별장도 빌려줄게. 진짜로."

그는 오른쪽 눈을 찡긋하며 준서의 어깨를 툭 쳤다. 준서는 아저씨의 조언이 자신의 생각과 전혀 다르지 않기에 아무 반박도 하지 못했다. 오히려 달콤하게 들릴 뿐이었다. 주연과 단 둘이 그런 멋진 별장으로 여행을 간다면 어떨까. 주연과 함께 할 수만 있다면 총학생회 부원들과의 우정은 쉽게 버릴 수 있다고 확신했다.

"그리고 학생은 학교의 주인이 아니야. 잠시 거쳐 가는 거지. 큰일을 생각해. 학교의 일보다 준서의 인생이 더 소중한 거야."

그는 곰곰이 생각에 잠긴 준서에게 나지막이 말했다.

준서는 갑자기 아저씨가 미워졌다. 대학 총장이 한 말과 똑같은 말을 아저씨가 하고 있기 때문이었다. 총학생회의 주요 인원들과 함께 총장실 앞에 자리 잡고 앉아 있을 때였다. 총장은 세 시간 동안이나 만나 주지 않았다. 하지만 퇴근을 해야 했던 총장은 문을 나서며 총학생회를 마주하게 되었다. 그는 미래 사회 대학 건립에 대해 의견을 달라는, 대학평의원회의 회의 공개 진행을 촉구하는 총학생회의 의견에 짜증을 내며 말했다.

"자네들이 무슨 학교에 주인이라도 되나? 큰일은 어른들이 하게 하고 자네들 인생이나 더 신경 써."

총장은 옷에 먼지라도 묻은 듯 소매 춤을 신경질적으로 털어 내고 교직원들의 호위를 받으며 총장실을 빠져나갔다.

"학교 일은 제가 알아서 할게요."

준서는 자신도 모르게 차가운 태도로 말을 내뱉었다. 그는 순간 아저씨가 미안해하는 것을 느꼈다.

"아저씨가 너무 꼰대 같았나?"

그는 멋쩍은 얼굴로 물을 마시며 준서를 슬쩍 바라봤다.

"아니에요. 죄송해요. 저도 감정이 너무 격해져 있었어요… 아저씨 말이 어느 정도 맞는 건 알고 있지만 친구들과 그동안 함께한 게 있어서 그런지 시위하는 거에 그래도 애정이 더 가요."

준서는 자신 앞에 놓인 빈 그릇에 시선을 고정한 채 말했다.

"그래 준서야. 대학 때는 하고 싶은 거 다 해 봐야지."

그는 준서의 어깨를 어루만지며 말을 이었다.

"그래도 너무 과격한 시위다 싶으면 휘말리지 말고, 아저씨 도움 필요하면 꼭 연락해. 언제든지. 알겠지?"

"네, 알겠어요."

준서는 애써 웃음을 지으며 대답했다.

"제주 별장 이야기는 늘 유효하니까 언제든지 연락하고!"

30
그래 좋아

"요즘 열심이다, 준서!"

성민이 서류를 검토하고 있는 준서에게 다가오며 말했다. 학교에서 밤새우는 일이 많아진 그는 부쩍 수척해진 얼굴이었다.

"우리가 하는 일들이 꼭 잘됐으면 좋겠거든요."

준서는 보던 서류를 잠시 덮으며 대답했다.

"열심히 임해 줘서 고맙다. 우리 멋지게 학교를 바꿀 수 있을 거야."

그는 준서의 양어깨를 애정 어린 손길로 주물러 주며 말했다.

"아, 거기 아파요."

"아프면 여기가 뭉친 거야. 가만 있어 봐."

"아, 아! 선배 거기 아파요."

준서는 어느새 성민과 부쩍 친해져 있었다. 그는 언제부터인가 성민에게 무한한 고마움을 느끼고 있었다. SIA의 금기를 만들어 준 것과 예쁜 여자친구를 계속 만나 주는 것에 대한 고마움이었다. 덕분에 주연이 그를 체념할 수 있었다. 고마움은 총학생회의 일도 열정적이고 보람차게 만들었다.

"선배, 오늘은 제가 밤새울게요."

준서는 자진해서 총학생회실에서 밤을 지새우기도 했고, 주말을 반납하기도 했다. 이유는 단 하나뿐이었다. 얼른 미래 사회 대학 건립안을 하루빨리 무산시켜야 주연과 나란히 총학생회를 탈퇴할 수 있다고 생각하고 있었던 것이다. 준서가 총학생회의 부원으로 열심히 임하는 건 주연과 함께하기 위한 노력에 지나지 않았다.

준서와 주연의 관계는 예전과 달라져 있었다. 그들은 함께 둘만의 비밀을 공유하고 있었다. 준서는 그날의 일을 누구에게도 이야기하지 않았다. 자신의 집에서 그녀와 함께 아침을 맞이했다는 것, 그녀가 샤워를 마치고 수건이 없다고 했을 때 문 틈새로 수건을 건네주었던 것, 함께 식탁에 나란히 앉아 토스트를 먹고 커피를 마셨다는 것, 그리고 내리쬐는 아침 햇살을 함께 맞으며 등교를 했다는 것. 준서는 이 모든 것을 세상 모두에게 자랑하고 싶었다. 하지만 당분간은 홀로 향유하기로 결심했다. 아직 그녀와 자신은 금기 속에 있다고 여기고 있었던 것이다.

생떼스 아저씨께

아저씨! 저는 이제 서울에서 제가 찾고 있던 게 무엇인지 깨달았어요. 서울은 제게 늘 신기루처럼 느껴졌답니다. 저를 이끌었던 환상들은 가까이 가면 실체를 드러내고 잡을 수 없게 사라지고 말았죠. 나타났으면 쫓아가고, 다가가면 사라지고. 서울은 신기루투성이였어요. 그런데 이번에 제가 마주한 신기루는 신기루가 아니었어요. 다가갈수록 제게 손을 내밀었고, 손을 잡았더니 따스한 온기가 느껴져요. 어쩌면 이건 제가 지금까지 찾았던 그 무언가가 아닐까 싶어요. 제가 서울에 온 이유이기도 하고요. 저는 이 아름다움을 잡고 말 거예요. 언젠가 아저씨에게도 보여 줄 날이 올 거라 믿어요. 제가 그렇게 만들 거예요.

서울에서 준서가

함께 밤을 지새우고 캠퍼스 정문에 도착했을 때 그들은 서로의 얼굴을 보고 웃음을 터뜨렸다.

"준서, 너 왜 웃냐?"

그녀는 입술을 지그시 깨물며 준서의 팔을 살며시 때렸다.

"그냥 네가 먼저 웃으니까 나도 웃었지."

그들은 서로를 바라보며 다시 한번 웃음을 터뜨렸다.

"야, 웃지 마!"

그녀는 다시 한번 그의 팔을 툭 쳤다.

"아, 알겠어."

"근데 너 토스트 맛있더라. 맥모닝보다도 훨씬 더 맛있었어."

그녀는 크로스백을 다시 고쳐 메며 말했다.

"또 해 줄게."

준서는 주저함 없이 대답했다. 그의 대답에 주연은 잠시 옅은 미소와 함께 침묵을 유지했다. 그들은 한참이나 아무 말도 없이 나란히 걸었다. 준서는 그 침묵이 불편하지 않았다. 오히려 기분 좋은 침묵이라고 생각했다. 이윽고 인문대 계단에 도착했을 때 그녀가 말했다.

"그래 좋아."

그녀는 고개를 돌려 준서를 바라봤다.

"뭐가?"

준서는 고개를 갸우뚱하면서 물었다.

"또 해 준다며, 토스트."

그녀가 준서에게 미소를 건넸다. 준서는 그 순간 기분이 너무 좋아 무슨 대답을 해야 할지 말이 나오지가 않았다.

"그럼 이따 보자."

그녀는 싱그러운 미소만 남긴 채 준서 곁을 떠났다.

준서의 모든 게 변했다. 이제 혼자 지내던 집은 주연의 싱그러운 정취가 맴도는 공간이 되었다. 그녀가 하룻밤을 잤던 침대도, 그녀가 앉아 아침을 먹던 식탁도, 그녀의 신발이 놓여 있던 현관도, 함께 나섰던 공동 현관도 준서에게는 모두 소중한 의미로 다가오기 시작했다. 캠퍼스에서도 없던 에너지가 생겼다. 괜히 친하지 않던 과 친구들에게도 먼저 인사를 건네기 시작했다. 그들이 의아한 눈초리로 쳐다봐도 개의치 않았다. 총학생회에서는 일이 생기면 먼저 발 벗고 나섰다.

"주연아, 가자."

준서의 하루에서 가장 기쁜 순간은 여전히 주연과 저녁

늦게 집에 가는 길이었다. 그 순간만큼은 온전히 둘만 남겨지는 순간이었다. 그날도 한여름밤의 바람이 부드럽게 불어왔다. 그들은 어김없이 나란히 버스 정류장으로 향했다.

"우리 이거 끝나면 같이 제주도 놀러 갈래?"

준서는 한쪽 어깨에 멘 가방을 다시 고쳐 메며 말했다.

"제주도?"

주연은 의아한 눈초리로 그를 바라봤다.

"응. 보여 줄게. 제주 바다가 보이는 곳이야. 서귀포라고 했던 것 같아. 어때 멋지지?"

그는 스마트폰에 저장한 아저씨의 별장 사진을 보여 주며 말했다.

"우와. 이런 숙소는 비싸겠다."

"언제든지 가고 싶으면 갈 수 있어."

그는 스마트폰을 다시 주머니에 넣으며 조금은 거들먹거리는 말투로 말했다.

"어떻게?"

그녀는 두 눈을 동그랗게 뜨며 물었다.

"아저씨네 별장이거든."

"정말 아무 때나 가도 된대?"

"응. 나한테는 약속하셨거든. 언제든지 누구와도 괜찮다고."

그는 사실 그 누구가 여자친구라는 사실은 숨겼다.

"당장이라도 가고 싶다. 정말로."

그녀는 가볍게 한숨을 내쉬며 말했다.

"정말 가 보자. 이 일 멋지게 잘 끝내고. 나도 그만둘 거거든."

"나도라니?"

"너도 이 일 끝나면 그만둔다고 말했잖아."

"내가? 그날?"

그녀는 놀라며 입을 틀어막았다.

"응. 진심이 아니었어?"

"진심이긴 하지. 나도 참 별의별 얘기를 다 했네."

"별이별이 뭐야?"

그는 고개를 갸우뚱하며 물었다.

"별이별이 아니라 별의별. 온갖 것들을 이야기했다는 말이야."

"아, 너만 하긴 그러니까 나도 별의별 얘기 한 거야. 나도 그만둘 거라고."

준서의 말에 주연은 어이없다는 듯 웃음을 터뜨렸다.

"그래 좋아."

그리고 그녀가 덧붙였다.

"뭐가?"

"제주도 놀러 가자며."

"정말?"

준서는 그녀의 대답에 놀란 듯 몸을 살짝 뒤로 빼며 물었다.

"왜 네가 가자고 해 놓고 놀라?"

이제 준서는 모든 게 행복이었다. 아침에 침대에서 몸을 일으키는 순간부터 잠자리에 드는 순간까지 그 모든 게 기쁘고 신이 났다. 그녀는 서서히 자신을 받아 주고 있었다. 하지만 여전히 고민이었다. 바로 자신과 그녀 사이에 놓인 금기라는 벽이었다. 자신은 그녀를 위해서라면 이 금기 따위야 당장이라도 어기고 총학생회에서 퇴출될 자신이 있었다. 하지만 그녀의 마음을 헤아릴 수 없었다. 그저 단순히 자신과 함께하는 게 좋은 건지, 아니면 사귀는 것도 염두에 두고 있는지. 사귀게 된다면 총학생회에서 탈퇴하는 것을 기점으로 두고 있는지. 준서는 늘 머릿속이 복잡했다.

어느 늦은 저녁에는 홀로 집으로 돌아가며 성현에게 전화를 걸어 보기도 했다. 하지만 길게 이어진 신호음은 자동 응답으로 넘어갔다. 혹시나 하는 마음에 걱정되어 그의 근황을 네이버에 검색해 봤다. 각종 공연과 방송, 그리고 광고 활동을 왕성하게 하고 있었다. 준서는 그가 바쁜 게 아니라 자신과 함께할 수 없는 사람이라는 것을 다시금 깨달았다. 그는 이제 서울에서 자신에게 주어진 건 주연밖에 없다고 확신했다.

31
이데아를 위하여

　캠퍼스는 어느새 텅 빈 것처럼 여름날의 고요한 열기 속에 잠식되어 있었다. 준서는 캠퍼스를 가로질러 총학생회실로 걸어가며 시위 열기는 어디 가고 무더위만 남은 것인지 의문을 품었다. 그는 두 개의 시기를 기점으로 시위의 열기가 무참히 꺾인 걸 알고 있었다. 기말고사 기간과 곧바로 이어진 여름방학의 시작은 재학생들의 시위에 대한 관심을 현저하게 떨어뜨렸다. 거기에 더해 8월이 가까워지자 더위가 점점 기승을 부렸고 본관 앞에 모이는 학생들은 눈에 띄게 줄어들었다. 준서에게 여름방학은 시위의 끝을 의미하는 것만 같았다.

　학생들의 외침으로 가득했던 캠퍼스는 이제 텅텅 비어 있었다. 기숙사는 방학의 시작을 기점으로 순식간에 빈 건물이 되었다. 남아 있는 건 어학당에 다니는 외국인 학생들뿐이었다. 자취하는 학생들도 하나하나 고향으로 내려갔다. 준서의 사학과 동기들은 방학을 맞아 국내 여행을 떠나는 이들도, 유럽 여행을 떠나는 이들도 있었다. 빠른 결정을 내린 동기들은 입대를 택하기도 했다. 이미 학생들의 관심은 캠퍼스를 떠나 있었다. 학교 측은 이걸 노렸다는 듯 대학평의원회 회의 날짜를 여름방학이 시작되고 일주일 뒤로 잡았다.

준서는 총학생회실의 문을 열었다. 그에게 오늘은 결전의 날이었다. 총학생회실에는 부원들이 모두 모여 있었다. 그들은 곧 열릴 대학평의원회 회의를 기다리고 있었다. 다들 기대가 컸다. 오늘이 SIA의 숙원 사업이 끝나는 날이 될 것이라고 고대하고 있었다. 준서 역시 오늘이 금기와 함께하는 마지막 날이 될 것이라며 한껏 들떠 있었다. 성민 역시 마찬가지였다.

"그래도 학교 측에서 나를 참관인으로 결정했으니까 이 사업을 억지로 강행하지는 않을 거야."

그는 회의장으로 떠나며 부원들에게 말했다.

부원들은 회의 결과를 기다리며 함께 SNS에서 여론을

확인했다. 그래도 SNS상에서 학생들의 지지와 응원은 여전했다. 어쩌면 현실에서의 팍 식어 버린 시위 열기는 단순히 뜨거운 여름과 여름방학 때문인지도 몰랐다. 혹은 성민과 총학생회에 대한 전적인 믿음 때문일 수도 있었다. 학생들은 성민이 참관인으로 참여하는 회의라 미래 사회 대학 설립 안건은 당연히 백지화될 것이라 예상하고 있었다. 부원들의 분위기도 이제 점점 확신으로 굳어지기 시작했다. 자신들도 여름방학으로 되돌아갈 거라 믿었다. 준서도 주연과 함께할 제주도에서의 시간을 꿈꾸었다. 부디 성민이 희망찬 회의 결과를 가져오기를 바랐다. 두 시간 남짓 지났을까, 출입문이 덜컥 열렸다. 성민이었다.

"회의 결과가 나왔어!"

성민은 숨을 헐떡거리며 자리에 털썩 주저앉았다. 부원 모두가 그에게 달려갔다.

"학교 측에서 우리의 의견을 무시하고 그대로 사업을 추진하기로 결정했어."

그는 숨을 고르고 입술을 질끈 깨물더니 천천히 입을 열었다. 여기저기서 탄식이 터져 나왔다.

"진짜 학교가 어떻게 돌아가는 거야!"

정우가 손에 쥐고 있던 생수병을 회실 구석에 강하게 던지며 소리쳤다.

"총장 진짜 날도둑놈 아냐?"

석진이 오른손으로 이마를 짚으며 말했다.

"그러면 이제 어떻게 해야 하죠?"

주연이 걱정 어린 얼굴로 물었다.

"그래, 이대로는 절대 안 돼. 총장실로 가자."

성민이 무언가 결심한 듯 몸을 일으키며 단호하게 말했다.

"가서요?"

주연이 물었다.

"대화하자고 해야지. 학생 절반 이상이 서명한 이 항의서도 있으니 말야. 내일 열 시. 총장실로 가자. 정우야 SNS를 통해서 학생들에게 이 소식을 알려 줘. 교직원들 귀에 먼저 들어가지 않게 새벽에 소식을 전파하자."

준서는 이튿날부터 캠퍼스로 향하는 발걸음이 무겁기만 했다. 곧 끝날 줄만 알았던 시위가 새로운 국면에 접어들었다. 본관 앞 광장에는 삼백여 명의 학생들이 모여 있었다. 준서는 한숨을 푹 쉬었다. 집회 인원이 만 명이 되었을 때는 힘이 절로 났다. 그때의 십 분의 일 수준도 되지 않는 인원을 마주하자 그의 열정도 작은 조각이 되어 있었다.

"그래 이 일만 제대로 끝내고 주연이와 제주도로 떠나는 거야."

그는 스스로에게 주문을 걸듯 혼잣말을 했다. 그리고 자신의 곁에서 학생들에게 유인물을 나눠주는 주연을 바라봤다. 그녀와 함께 이 일을 마무리 지어야만 했다. 조금 더 힘을 내야 했다.

이윽고 성민의 연설이 시작되었다. 준서는 연설이 하나도 귀에 들어오지 않았다. 그는 시선을 이리저리 돌리며 다시 주연을 찾았다. 그녀는 준서의 반대편에 있었다. 그녀도 성민의 다른 부원들처럼, 그리고 이곳에 모인 학생들처럼 다소 심각해진 얼굴이었다. 준서는 그녀를 바라보며 그녀도 자신과 같은 마음이기를 바랐다.

"우리는 이제 학교 측에서 이번 사업을 전면 철회하기 전까지 자리를 비키지 않을 예정입니다! 물론 학교는 대학 평의원회 회의에서는 정당한 절차를 걸쳐 이번 사업을 재차 승인했다고 발표했습니다. 하지만 우리에게도 명분이 있습니다. 분명 교육부에서는 이 사업에 재학생 70퍼센트의 동의를 받아야만 진행할 수 있다고 사업 요강에 명시를 하고 있습니다. 학교는 학생과의 의견 조율 없이 이 사업을 강행했습니다. 민주적인 절차를 거치지 않았던 것이죠! 우리는 끝까지 이 사업을 무산시켜야만 합니다!"

성민의 연설에 본관 앞에 모인 학생들은 환호성과 박수를 내질렀다.

"총장실로 다 함께 갑시다! 우리는 삼 층부터 시작해 일 층까지 모든 복도를 점거할 겁니다! 우리의 요구를 들어줄 때까지 대학평의회 임원들을 감금할 겁니다! 우리는 이제 물러설 곳이 없습니다! 절대 한 발짝도 물러서지 맙시다!"

학생들은 성민의 당찬 발걸음을 따라 본관에 입성했다.

"이미 평의원회 회의를 통해 결정된 사항입니다. 학생들은 인제 그만 돌아가 주세요."

교직원들이 우르르 몰려 나와 그들을 제지하려고 했지만 소용이 없었다. 준서는 교직원들이 자신들의 행렬을 보고 뒷걸음질 치는 걸 보며 그들이 우스꽝스럽게 느껴졌다. 시위 행렬은 이미 잔뜩 화가 나 있었다. 준서도 마찬가지였다. 어제만 해도 모든 게 끝일 거라 생각했던 준서였다. 달콤한 여름방학을 꿈꾸던 준서였다. 그는 자신들에게 접근도 하지 못한 채 멍하니 서 있는 교직원들을 바라보며 묘한 쾌감을 느꼈다.

시위 행렬은 총장실이 있는 삼 층부터 시작해 일 층까지 온 복도를 점거했다. 총학생회는 총장실 앞에 자리를 잡았다. 성민은 총장실 문을 노크하고 손잡이를 돌려 봤지만 굳게 잠겨 있었다.

"총장님은 이미 외출 중이십니다!"

복도 끝에서 교직원 한 명이 소리쳤다.

"우우 거짓말쟁이!"

학생들은 약속이라도 한 것처럼 주먹을 쥐고 엄지를 바닥으로 향하게 손을 흔들며 외쳤다. 준서도 이것이 거짓말이라는 것을 알고 있었다. 이미 석진이 총장의 동선을 파악해 총장실에 있다는 걸 최종적으로 확인했기 때문이었다. 성민은 계속해서 노크를 했다. 복도 천장에 맞닿아 있는 총장실에서는 인기척을 내지 않으려는 심산인지 형광등을 껐다. 부원들은 꺼진 불을 보고 총장이 이곳에 있다는 사실을 재확인했다.

"총장님은 나오셔서 우리의 요구를 들어주십시오! 이제 저희는 한 발짝도 움직이지 않을 겁니다. 총장님은 학생들의 의견도 묻지 않고 불법적으로 이 사업을 강행하려 하고 계십니다!"

하지만 총장실은 묵묵부답이었다.

"총장실 저 문, 부숴 버립시다!"

누군가 소리쳤다. 그러자 동요하는 목소리가 여기저기서 울려 퍼졌다.

"안 됩니다! 우리마저 학교와 같아져서는 안 됩니다! 우리는 민주적으로, 끝까지 평화적으로 시위할 거예요!"

하지만 성민이 큰 소리로 모두의 흥분을 가라앉히며 말했다.

수차례 노크를 했지만 굳게 닫힌 총장실의 문은 열리지 않았다. 두세 시간이 지나자 총학생회 부원들 모두 지쳐 있었다. 그들은 전략을 바꿨다. 자신들의 요구안을 담은 성명서를 문 틈새로 끼워 넣고 모두 자리에 앉아 응답을 기다리기로 했다. 학생들은 총학생회로부터 전달 사항을 안내받자 파도타기라도 하듯 차례대로 자리에 앉기 시작했다. 잠시 후 문틈 새에 끼운 성명서가 안으로 빨려 들어갔다. 하지만 문 너머에서는 응답이 없었다.

준서는 복도가 점점 더워지는 걸 느꼈다. 참을 수가 없어 땀에 들러붙는 티셔츠를 손가락으로 잡아 펄럭거렸다. 둘러보니 자신만 그런 게 아니었다. 모두들 나지막이 욕지거리하며 부채질을 하고 있었다. 주연이의 이마에도 이미 땀이 송골송골 맺혀 있었고 잔머리가 땀에 붙어 있었다. 그녀는 눈을 감고 고개를 치켜든 채 유인물을 반으로 접어 얼굴에 부채질을 하고 있었다. 그녀의 미간에서는 짜증이 묻어나는 주름이 미세하게 굼틀거렸다. 준서는 가방에서 손수건을 꺼내 그녀에게 건넸다.

"고마워…."

그녀는 거친 숨을 내쉬며 고맙다는 말도 간신히 꺼냈다.

"학교 측에서 아무래도 에어컨 가동을 중지한 것 같습니다! 총장실 문틈에서는 이렇게 시원한 바람이 새어 나오는데 말이죠. 우리를 모두 덥게 만들어 내쫓으려는 심산이겠죠. 절대 동요하지 맙시다! 우리 모두 복도의 창문을 열고 움직임을 최소화합시다!"

성민은 빠르게 조치를 취해 학생들의 동요를 잠재웠다. 그는 정우에게 이 모든 상황을 SNS로 실시간 중계하도록 했다. 세 시간 정도 지났을까, 재학생들이 시위 행렬에 참가하고 있다는 소식이 아래층에서부터 전달됐다. 잠시 후에는 여러 개의 박스가 학생들의 손에서 손으로 계속해서 전달되었다. 박스에는 시원한 얼음물과 음료수, 김밥, 그리고 과자들이 들어 있었다. 모두 총동문회와 서울 소재의 다른 대학교 총학생회에서 보낸 것들이었다. 지원 물품은 시위대의 땀을 식히고 사기를 북돋워 주었다. 점심시간이 훌쩍 지난 두 시 반 무렵, 총장실 문이 서서히 열렸다.

"학생 여러분. 이렇게 교직원들을 가두면 어떡하자는 거예요?"

고개를 빼꼼 내민 건 학교의 실장이었다. 여기저기서 야유가 쏟아졌다. 성민은 학생들을 빠르게 제지시키며 대답했다.

"그러면 우리의 요구에 응답을 제대로 하셨으면 됐잖아요. 신사업 다시 검토해 주세요."

"성민 군. 그건 이렇게 빠르게 결정할 수 있는 문제가 아니에요. 잘 알잖아요. 우리를 가둬 둔다고 뭐가 해결되겠어요?"

"우리도 이제 교직원을 믿을 수가 없습니다. 총장님은 더더욱이 그렇고요. 이제 응답하시든가 계속 갇혀 계시든가 둘 중 하나밖에 선택할 수 없을 겁니다. 우리는 이제 단호하거든요."

"알겠어요, 알겠어. 일단 교직원들도 사람이에요. 우리도 화장실도 가고, 밥도 좀 먹어야죠."

"좋아요. 단 조건이 있습니다. 식사는 시켜 드시고, 화장실은 학생들과 동행하실 겁니다. 여기서는 아무도 내보내지 않을 겁니다. 협상을 다시 할 때까지는요."

준서는 성민이 단 한 명의 교직원도 총장실에서 내보내지 않는 걸 보고 정말 독한 사람이라고 생각했다. 정말로 화장실에 가기 위해 나온 교직원은 부원 셋을 붙여 화장실에 보냈다. 그들은 볼일이 끝나면 다시 총장실로 들여보내졌다. 잠시 후 총장이 화장실에 가기 위해 나왔다. 야유가 쏟아졌다. 성민은 빠르게 야유를 제지하곤 부원들에게 그를 화장실까지 안내하도록 시켰다. 짜증이 가득 담긴 얼굴로 화장실에 다녀온 총장은 마침내 신경질적으로 입을 열었다.

"아니 학생들 이런다고 뭐가 달라져요? 방학 때까지 나와서 어른들 큰일하는데 이게 뭐하는 짓인지 도무지 이해되질 않네."

총장은 결국 화를 참지 못하고 성민에게 신경질적으로

말했다.

"교직원들이 불법으로 우리 학교를 팔아먹으려고 하는데 어떻게 학생들이 가만히 있을 수 있겠나요? 저희는 정당한 요구를 하는 것뿐입니다. 신사업을 철회한다고 결정만 내려 주시면 이 농성도 끝내겠습니다."

성민은 아주 정중하게 대답했다.

"학교를 팔다니요. 이 시대를 위해 교육 환경을 개선하는 것뿐입니다. 성민 군, 이제 학생들을 선동해서 이따위 시위 벌이는 것 좀 그만하세요."

총장은 짜증 섞인 말투로 성민을 다그치며 말했다.

"우우! 총장님 창피한 줄 하세요!"

"뒤에서 돈 받으셨죠?"

"이렇게 강행하려는 이유가 도대체 무엇이죠?"

학생들이 야유를 보내기 시작했다.

총장은 신경질을 내며 빠르게 총장실로 모습을 감추었다. 총장실은 계속해서 열렸다 닫혔다. 교직원들은 계속 화장실을 들락거렸고 늦은 점심을 시켜 먹었으며, 저녁에는 짜장면과 짬뽕에 탕수육까지 시켜 먹었다. 준서는 이 모습을 교직원들이 학생들을 무시하는 태도라고 생각했다. 아무 성과도 없는 대치가 저녁 늦게까지 이어졌다.

"여기서 물러서지 않을 겁니다. 우리는 여기에서 밤을 지새우려고 합니다. 여기서 우리가 나서지 않으면 신사업은 앞으로 계속 진행될 거니까요. 집으로 돌아가셔야 하는 분들은 여기서 나가셔도 좋습니다. 다만 우리는 밤을 새우고 여기서 아침을 맞이할 거니 힘을 보태고 싶으면 내일 다시 돌아오셔도 됩니다."

성민은 시위에 참여한 학생들에게 감사를 표하며 마지막 전달 사항을 층마다 돌아다니며 전했다. 그의 말에 학생들 몇몇이 조용히 자리를 떠났다. 하지만 대부분의 학생은 꿋꿋하게 자리를 지키고 앉아 있었다. 벌써 밤을 지새울 각오를 한 학생들은 곁에 있는 학생들과 교대로 세면을 하고 자리로 돌아오기도 했다.

준서는 이 상황이 어떻게 진전될지 답답한 마음이었다. 이제 끝날 줄 알았던 총학생회의 일이 그저 새로운 국면으로 접어들었을 뿐이라는 확신이 들었다. 주연과 제주에 가자는 약속을 이번 여름방학에 지키고 싶었다. 이번 여름이 아니라면 언제 약속을 지킬 수 있을까. 이번 가을? 아니면 이번 겨울?

어느새 새벽이 찾아왔다. 총장실은 굳게 닫혀 있었다. 학생들은 각자 자신만의 방법으로 새벽을 맞이하고 있었다. 대부분의 학생은 불 꺼진 복도에 처량하게 앉아 벽에 머리를 기대고 쪽잠을 자고 있었다. 또 누구는 스마트폰으로 무언가를 보며 시간을 보내기도, 친구들과 이야기를 나누기도 했다. 준서는 벽에 머리를 기대고 멍하니 창밖을 바라보고 있었다. 그때 곁에 있던 주연의 머리가 스르륵 쓰러지더니 그의 어깨에 닿았다.

준서는 어둠 속에서 새근새근 잠을 자고 있는 그녀를 슬며시 바라봤다. 긴장하고 있는지 미간에는 미세한 주름이 나타났다 사라지기를 반복했다. 자신의 어깨에 기대고 있는 그녀를 바라보고 있노라니 힘든 마음은 어느새 사라진 지 오래였다. 오히려 행복한 기분만 들었다. 그는 그녀의 헝클어진 머리를 슬며시 귀 뒤로 넘겨 주었다. 이마에 흐트러진 잔머리도 살짝 쓸어 넘겨 주었다. 그리고 박스를 찢어 만든 간이 부채로 그녀에게 부드러운 부채질을 해 주었다. 그 사이 새벽은 점점 더 깊어 갔다.

"저기 봐! 경찰들이 왔어!"

누군가 큰 소리로 외쳤다.

준서는 놀라 잠에서 깼다. 어느새 날이 밝아 있었다. 서둘러 일어나 창밖을 바라봤다. 캠퍼스에는 커다란 경찰 버스가 수십 대나 주차되어 있었다. 학생들은 동요하기 시작했다. 소대 단위로 집결해 있던 경찰은 명령이 떨어지자 본관으로 진입하기 시작했다. 모두 방석복을 입고 진압봉과 진압 방패로 무장하고 있었다. 일층부터 함성과 비명이 울려 퍼지기 시작했다. 모두 몸을 일으켰다.

준서는 모로코에서의 기억이 선명하게 떠올랐다. 그의 나이 열두 살 때였다. 생테스와 함께 라바트역을 마주하고 있는 오노모 호텔 레스토랑에서 점심을 먹고 나오는 길이었다. 무함마드 5세 거리로 나오자 난데없이 시위 행렬이 물밀듯이 몰려들기 시작했다. 젊은이들은 두건을 두르고, 마스크를 쓰고, 모로코 국기와 함께 각종 구호가 적힌 피켓을 들고 있었다. 시위 행렬은 국회의사당까지 이어져 있었다. 전제 왕권과 부패 권력에 반대하는 시위였다. 그들은 돌과 화염병, 쇠파이프를 들고 거세게 저항했다.

"준서야. 다시 호텔로 들어가 있자꾸나."

생테스는 그를 한 손으로 번쩍 들어서 다시 호텔로 들어갔다. 호텔 직원들은 서둘러 현관을 봉쇄했다. 준서는 생테스와 함께 호텔 로비에 서서 걱정스러운 얼굴로 창밖을 바라봤다. 잠시 후 군용 트럭과 전차들이 거리에 도착했다. 군인들이 시위대를 무참히 짓밟기 시작했다. 생테스는 준서의 눈을 가리고 있었지만, 준서는 거친 손가락 사이로 시위 현장을 바라보고 있었다. 여기저기서 비명과 총소리가 들렸다. 그건 피 튀기는 인간 사냥이나 다름없었다.

준서에게 어린 날의 기억은 한 가지 교훈을 남겼다. 정치적인 문제보다는 개인적인 행복을 좇을 것. 시위에 참여해서 정의를 부르짖다가 무참하게 진압되느니 개인적인 삶에서 자신만의 행복을 좇는 게 현명하다고 여겼다. 준서는 군화 소리가 가까워질수록 인생은 아이러니하다는 생각이 들었다. 주연이라는 행복을 좇고자 이곳에 있는 것이었는데 어느새 정치적 문제에 깊게 연루된 것이다. 이제 자신을 지켜 줄 생테스 아저씨는 없었다. 자신이 주연을 지켜야만 했다.

"다들 함께 팔짱 끼고 대열 유지해!"

성민이 크게 소리쳤다.

준서는 양쪽에 주연과 석진을 두고 함께 팔짱을 꼈다. 벌써 호루라기 소리와 비명, 그리고 다급한 외침은 이층에 울려 퍼지고 있었다. 주연은 두려움에 눈을 질끈 감고 귀를 두 손으로 틀어막았다. 준서도 과거의 기억이 오버랩되며 몸이 떨려 왔다.

"주연아. 괜찮을 거야!"

준서는 두려웠지만 주연을 향해 큰 목소리로 말했다. 그리고 손을 마주 잡아 주었다.

"절대 물러서선 안 돼! 우리는 절대 물러서지 않을 거야!"

성민의 결기에 찬 외침이 복도에 울려 퍼졌다.

이윽고 삼층에도 무장 경찰 병력이 진입했다. 방석모에 얼굴이 가려 인격체로 보이지 않는 병력들은 학생들이 만든 인간 사슬을 쉽게도 끊어 냈다. 그리고 학생들을 무자비하게 복도에서 밖으로 끌어냈다. 병력이 들러붙자 준서의 사슬도 순식간에 끊어졌다. 준서의 주변에서는 비명이 난무했다. 남학생들은 과격하게 저항했고, 여학생들도 소리를 지르며 끝까지 자리를 지키려 발버둥 쳤다. 하지만 준서가 응시하고 있는 건 주연뿐이었다. 주연은 경찰에게 무참하게 끌려가고 있었다.

"성민 선배!"

주연은 손을 뻗으며 소리쳤다.

순간 준서는 가슴이 멎는 것 같은 기분을 느꼈다. 그녀가 자신이 아닌 성민 선배를 부른 것이었다. 하지만 성민 선배는 주연에게 아랑곳하지 않고 부원들과 팔짱을 낀 채 대열을 유지하며 소리를 지르고 있었다. 그때 준서의 팔도 경찰이 우악스럽게 잡아챘다.

　"준서야!"

　주연은 다시 손을 뻗으며 소리쳤다.

　준서는 있는 힘을 다해 자신을 잡고 있는 손을 뿌리치고 주연에게로 달려갔다. 그리고 그녀의 목덜미를 움켜쥐고 있는 경찰을 향해 그대로 몸을 던졌다. 그녀가 손아귀에서 풀려나자 준서는 그녀를 온몸으로 감싸 안았다. 공격적인 태도를 보인 준서를 향해 경찰들이 달려들어 제지하기 시작했다. 준서는 무릎으로 차이고 발로 짓밟혔지만 꿋꿋하게 주연의 옆을 지켰다. 그녀는 계속 소리를 질렀고, 준서는 그녀를 감싸 안아 보호했다.

　시위 대열은 산산조각이 나 있었다. 이제 경찰들도 학생들을 향해 폭력을 사용하지 않았다. 대부분은 밖으로 끌어내졌고, 나머지는 결박되어 복도 한구석 한구석에 몰려 있었다. 이윽고 총장실 문이 열리고 총장을 비롯한 대학평의원회 임원들이 경찰들의 호위를 받으며 유유히 빠져나왔다.
"에잇, 버러지 같은 새끼들."
총장은 총학생회를 비롯한 준서의 얼굴을 훑고 지나가며 나지막이 말했다.

32
금기의 저편

 준서는 샤워를 하고 침대에 걸터앉았다. 그의 젖은 머리 위에는 수건이 걸쳐져 있었다. 어두운 거실에 덩그러니 켜진 티브비에서는 뉴스 보도가 한창이었다. 오늘 아침 벌어진 시위 사건이 특별 보도되고 있었다. 기자는 이렇게 대규모 무장 경찰 병력이 대학교에 투입이 된 건 대한민국 역사상 처음 있는 일이라고 했다. 그는 이어지는 이번 사건 관련 기획보도를 흘려들으며 자신의 몸을 훑어봤다. 여기저기가 쑤시고 아팠다. 팔을 이리저리 비틀어 보고 고개를 돌려 어깨까지 살펴보니 여기저기에 피멍이 들어 있었다.

"띵동."

 그때 갑자기 초인종이 울렸다. 준서는 고개를 갸우뚱하며 몸을 일으켰다. 거실의 무드등을 켜고 현관으로 다가

갔다.

"띵동."

"나야, 주연이."

인터폰을 보니 주연이었다. 그는 공동 현관을 열어 주고 다급하게 옷을 챙겨 입었다. 그리고 현관문을 열었다.

"늦었는데 어떻게 온 거야?"

"걱정돼서 왔지. 병원 안 갈 거라고 하길래."

그녀는 손에 들고 있는 하얀 비닐봉지를 흔들며 말했다.

"뭐 크게 다친 것도 아닌데 병원을 왜 가."

"어이구. 가만 보면 늙은 사람처럼 말한다니까."

그녀는 자연스럽게 신발을 벗으며 집으로 들어왔다. 준서는 그녀의 캐릭터 양말을 보고 살짝 미소 지었다.

"이게 다 약이야?"

준서는 건네받은 봉지의 내부를 살펴보며 말했다.

"일단 저기 앉자. 일로 와 봐."

그녀는 준서의 손을 잡고 소파로 향했다. 준서는 그녀를 맥없이 따라갔다.

"앉아 봐."

"다친 데 없다니까."

준서는 그녀 옆에 나란히 앉아 팔뚝에 생긴 피멍을 소매 속에 감췄다.

"뭘 없어. 아까도 엄청 많이 봤는데."

그녀는 봉지에 담긴 것들을 테이블 위에 쏟아 내며 말했다.

"난 약 같은 거 안 발라."

"왜? 알러지라도 있어?"

"아니. 나는 상남자거든. 약은 약한 녀석들이나 바르는 거."

준서의 말에 그녀는 눈을 끔벅거렸다.

"너 사자가 싸우고 나서 약 바르는 거 봤어? 진짜 강한 놈들은 자연적으로 치유해. 정신력으로 치유한다고 해야 할까."

그는 자신감에 가득 찬 표정을 지으며 살짝 미소를 지었다.

"이거나 벗어 봐!"

주연은 그의 등짝을 세게 때리며 말했다.

"벗으라고?"

"자꾸 감추기만 하잖아! 약 발라 줄 테니까 헛소리 말고 가만히 좀 있어."

그녀는 다시 한번 준서의 등을 때렸다.

준서는 티셔츠를 벗고 돌아앉았다. 그녀는 잠시 놀라더니 아무 말 없이 준서의 상처 하나하나에 연고를 발라 주었다. 티브이에서는 계속해서 시위 관련 기획 보도가 이어지고 있었다. 전국 각지의 대학가에서는 이번 사건에 대한 성명문과 총학생회에 대한 지지성명을 앞다투어 발표했다. 총동문회 회장은 인터뷰를 통해 졸업생들도 이번 시위에 전면적으로 힘을 보태겠다고 결의에 찬 어조로 말했다. 준서와 주연은 마치 보도가 들리지 않는 것처럼 하던 일을 계속했다. 준서는 창밖을 멍하니 바라보고 있었고, 주연은 준서의 상처 위에 연고를 발랐다.

"고마웠어. 준서야."

그녀가 나지막한 목소리로 말했다.

"뭐가?"

준서는 고개를 살짝 돌린 채 물었다.

"그냥, 아까 나한테 달려와 줘서."

"고맙긴. 당연한 건데."

"뭐가 당연해?"

그녀는 살짝 숙이고 있던 몸을 일으키며 물었다.

"나는 솔직히 말하면 시위 같은 거 관심 하나도 없어."

준서는 그녀에게로 돌아앉으며 단호하게 말했다.

"그럼?"

"그냥 너랑 함께하는 모든 게 좋아서 시위에 참여하는 거야."

준서는 그녀가 눈을 동그랗게 뜨고 당황한 모습을 보이자 말을 이었다.

"솔직히 나는 SIA고 총학생회고 관심 없어, 네가 아니면."

"지난번에 성적표 같이 볼 때는 그렇게 말 안 했잖아."

"내가? 어떻게 말했었지?"

"네가 성적도 엉망이고 재수강 세 개나 떴다고 했을 때 내가 물어봤잖아. SIA에 가입한 거 후회하지 않냐고. 근데 너는 우리가 정의로운 일을 하는 것 같아서 좋다고 했잖아."

그녀는 뜯어진 거즈 봉지를 만지작거리며 말했다.

"그것도 사실이긴 해. 우리가 하는 일이 무척이나 정의로운 일이라고 생각하거든. 근데 나는 세상의 정의에는 관심 없어. 지금 하는 것도 너랑 함께하기 때문에 열심히 하는 것뿐이지. 근데 솔직히 나는 네가 탈퇴한다고 하면 미련 없이 탈퇴할 거야. 너랑 함께하는 게 더 소중하거든."

준서는 그 어느 때보다 진지해진 얼굴로 말했다.

"듣기 좋다. 그거 고백이야?"

그녀는 옅은 미소를 지으며 물었다.

"응. 나는 늘 진심이야. 너한테는."

준서가 말하고 나자 갑자기 티브이가 꺼졌다.

"깜짝이야."

주연은 자신이 깔고 앉은 리모컨을 빼서 테이블에 놓고 다시 자리에 앉았다.

순간 준서는 자신과 그녀와의 거리가 얼마나 가까운지 깨달았다. 그들은 서로의 눈을 아무 말 없이 바라봤다. 준서는 용기를 내야 한다고 생각했다. 일말의 주저함도 없이 자연스럽게 뻗은 왼손으로 그녀의 목덜미를 감쌌다. 손끝에서 그녀의 머릿결과 따뜻한 살결이 만져졌다. 주연은 잠시 놀랐지만 그를 가만히 응시하다가 천천히 눈을 감았다. 준서는 그녀에게 다가갔다. 그리고 키스를 했다.

그들은 누가 먼저랄 것도 없이 소파에 몸을 뉘었다. 준서는 그녀의 하얀 크롭티 사이로 손을 넣어 그녀의 살결을 어루만졌다. 그의 손은 부드러운 감촉을 따라 그녀의 손을 향해 나아갔다. 어느새 크롭티는 돌돌 말려 그녀의 머리 위로 빠져나와 있었다. 아름다운 선들이 드러났다. 준서는 이 모든 게 자신에게 허락됐다는 사실을 좀처럼 믿을 수가 없었다. 다시 그녀의 목덜미에 얼굴을 묻었다. 그리고 기쁨에 겨워 그녀의 향기를 한껏 들이마셨다. 준서는 그녀와 함께 그동안 자신들 앞에 놓여 있던 금기를 뜨겁게 무너뜨렸다.

잠시 후 준서는 거친 호흡과 함께 그녀 위에 포개졌다. 그들은 한참이나 소파에 몸을 포개고 누워 서로의 호흡을 음미했다. 어느새 창밖에는 비가 내리고 있었다.

"근데 너는 내가 왜 좋아?"

그녀가 준서의 아랫입술을 천천히 깨물더니 물었다.

"예뻐서. 내가 서울에서 봤던 그 모든 것 중에 네가 가장 아름다워."

준서는 주연의 눈동자를 천천히 응시하며 말했다.

"너는 맨날 한국말 못하는 척하더니 이런 말은 정말 예쁘게 하는구나!"

그녀는 준서의 오른팔을 베고 누운 채로 미소를 지으며 말했다.

"우리 그럼 사귀는 거다."

준서는 다소 진지한 얼굴로 그녀를 바라봤다.

"너는 정말 엉뚱하게 직설적이라니까… 그래 좋아."

그녀는 웃음을 터뜨리더니 고개를 부드럽게 끄덕이며 말했다.

"정말로? 맙소사… 나는 말이지, 이제 내가 서울에 온 목적을 알게 된 것 같아."

준서는 기쁨의 미소와 함께 왼손으로 자신의 이마를 짚더니 얼굴을 쓸어내리며 말했다.

"목적? 서울에 온 목적이 뭐였는데?"

"처음에는 무언가 강렬한 이끌림 같은 거였어. 네가 파리를 좋아하는 이유와 비슷할 거야. 나는 모로코에서 서울을 생각할 때면 그곳에 환상적인 신기루가 일렁거리는 것만 같았어. 정말 그걸 쫓아서 이곳에 왔지. 근데 막상 서울에 왔는데 나를 유혹하던 신기루가 뭔지 종잡을 수가 없었어. 가까이 가면 없어지고, 가까이 가면 도망가고, 또 가까이 가면 쫓겨났지. 근데 이제 그 아름답고 환상적인 신기루를 실제로 만나게 된 것 같아. 그리고 그 신기루는 신기루가 아니었지."

"그 아릅답고 환상적인, 신기루가 아닌 신기루가 뭐였

는데?"

그녀는 준서의 이야기를 흥미롭게 듣고 있다가 물었다.

"당연히 너지!"

그는 그녀에게 뻔한 걸 묻느냐는 얼굴로 대답했다.

"너는 예쁜 말로 사람 미치게 하는구나."

그녀는 아랫입술을 깨물며 준서를 흥미로운 눈으로 응시했다. 준서는 그녀의 도자기처럼 하얀 앞니가 젤리처럼 탱글탱글한 아랫입술을 터뜨릴 듯 가르는 걸 바라봤다. 그는 그 아름다운 광경에 이끌리듯 천천히 입술을 가져다 댔다. 그녀의 입술은 세상 그 무엇보다 부드럽고 따뜻했다. 두 눈을 감은 준서는 자신이 우주 공간 속에 그녀와 함께 아주 천천히 부유하고 있는 것처럼 느껴졌다. 그는 그녀와 함께 태양 빛에 녹아가고 있었다. 그리고 점점 하나로 섞이고 있었다. 그들은 아주 오랫동안 둘만의 우주를 부유했다.

"참, 우리 당분간은 부원들한테 비밀로 하자."

잠시 후 그녀가 침묵을 깨며 말했다.

"금기 때문에?"

"좀 그렇잖아. 부원들이 모두 지키는 금기니까."

그녀는 미간을 살짝 찌푸리며 말했다.

"나는 사실 어제 우리가 총학생회를 그만둘 줄 알았어."

"왜?"

"학교에서 신사업을 전면 취소할 거라 생각했으니까."

"나도 그렇게 되면 총학생회를 그만두고 여행을 떠나 볼까 생각 중이었어. 대학생이 돼 처음으로 마주하는 여름방학이니까."

그녀는 자세를 고쳐 누워 천장을 바라보며 말했다.

"어디로?"

준서도 그녀와 함께 같은 곳을 바라보며 물었다.

"고등학교 때는 늘 대학생이 돼서 여름방학을 맞이하면 파리 여행을 꼭 해 보겠다고 다짐했었어. 근데 이상하게 요즘은 여행을 생각하면 다른 곳이 계속 떠올라."

"어딘데?"

"제주도. 네가 보여 준 별장."

그녀는 창가를 가리고 있는 속 커튼 너머로 밤하늘을 바라보며 말했다.

"우리 그냥 다 그만두고 제주도로 갈까?"

준서도 그녀와 같은 곳을 바라보며 물었다.

"너무 좋아. 네가 보여 준 그 별장은 아침에 일어나면 바다가 보이겠지?"

"당연하지. 정원에는 햇살도 가득하고, 하얀 담장 너머 높이 솟은 소나무 사이로 바다가 보일 거야. 너무 멀리 보이면 함께 나가서 산책도 하고 바다도 보고 오자."

"오늘 푹 자고 내일 눈을 뜨면 제주 바다가 보였으면 좋겠다."

"당장 떠나자."

"그러고 싶지만…."

"왜?"

"우리 이번 일까지는 마무리해 보자. 그다음에 함께 떠나자."

주연은 살며시 고개를 돌려 준서를 바라보곤 말했다.

"그래. 끝까지 해 보자. 나도 최선을 다할게."

준서는 굳은 결의를 하듯 고개를 끄덕였다. 그리고 그녀에게 베개로 내준 오른팔로 그녀를 살며시 끌어당기며 말을 이었다.

"내일은 제주도 말고 여기에서 일어나는 건 어때?"

"그래 좋아."

33
퍼즐 조각

 캠퍼스는 무더운 열기에도 불구하고 인산인해를 이루게 되었다. 시위 규모가 이만 명에 육박한 것이었다. 공권력과 함께 무참히 꺾일 줄 알았던 시위는 다시 새로운 국면에 접어들었다. 언론에서는 이 사건을 집중 보도하기 시작했다. 경찰 병력의 출동은 대학 측이 공문을 보내고 총장이 별도로 서장에게 요청했다는 사실이 드러났다. 여론은 뜨겁게 불타올랐다. 캠퍼스에는 집으로 내려갔던 재학생들이 대거 올라왔고, 총동문회에서도 집회 참여는 물론 총학생회에 재정적으로도 지원하기로 했다. 그뿐만이 아니었다. 전국 각지의 대학교에서 시위에 힘을 보태기 위해 캠퍼스로 찾아왔다.
 총학생회는 든든한 지원 병력을 얻자 무장 진압의 충격

을 금세 극복했다. 총학생회실은 밤새 불이 꺼지지 않았다. 언론에서도 매일 그들을 찾아와 인터뷰를 했고 학생들이 찾기 힘든 새로운 정보들을 계속해서 제공했다. 한 신문사 기자는 총장과 재단법인 기람이 모종의 관계가 있다고 알려 주었다. 기람은 국내 대기업 스무 곳에서 엄청난 자금을 출자해 설립되었는데 이상하게도 재단법인으로서의 활동이 전무한 곳이라는 설명도 덧붙였다. 총학생회의 슬로건은 이제 신사업 철회와 더불어 총장 퇴진이 되었다. 더불어 총장의 의심쩍은 행적을 나름의 정보력을 동원해 추적하기 시작했다.

준서도 총학생회의 뜨거운 열정에 동참했다. 매일 시위에 참여했고 총학생회의 업무들을 밤새워 수행했다. 그는 이 모든 게 재미있고 보람찼다. 시위가 전국적인 관심과 지지를 받고 있어서도 아니었다. 매일매일 가늠할 수 없이 커지는 시위 규모 때문도 아니었다. 이제 막 주연과 비밀 연애를 시작했고, 그녀와 이 사건의 끝을 향해 달려가기로 약속했기 때문이었다. 준서는 그저 뜨겁게 달려가고 있을 뿐이었다.

준서가 잠시 흡연장에 나와 담배를 피우고 있을 때였다.

서류 더미에 지친 머리를 식히기 위해 담배 한 대를 더 꺼내려던 참이었다. 주머니에서 스마트폰이 울리기 시작했다.

"준서야 잘 지내지?"

스마트폰 너머에서는 예은의 명랑한 목소리가 들려왔다.

"선배 오랜만이에요."

준서는 반가운 목소리로 인사를 건넸다.

"요즘 너 뉴스에도 나오더라."

"1초 정도 나오나요?"

"그래도 나오는 건 나오는 거지."

그녀는 웃음을 터뜨렸다.

"앞으로는 3초 이상 나오도록 해 볼게요."

"그래, 기대할게. 참, 준서야. 보기 좋더라."

"뭐가요?"

"그냥. 나는 네가 캠퍼스에서 잘 적응하지 못할 거라고 생각했거든. 그런데 총학생회에 가입해서 정말 멋지고 좋은 일 하고 있는 거 보고 내 생각이 틀렸다는 걸 알았어."

"에이, 좋은 친구들을 만나서 그렇게 보이는 것 같아요."

"아무튼 잘 지내는 모습 보니까 너무 기뻐. 진심으로."

"고마워요 선배."

"참, 너한테 제보하고 싶은 일이 좀 있는데 통화 길게 해도 괜찮아?"

준서는 잠깐 시계를 보더니 담배를 케이스에 도로 집어넣고 괜찮다고 대답했다. 그녀는 긴 이야기를 천천히 풀어 놓기 시작했다.

"우리 학과 3학년에 재학 중인 한 여학생이 있는데 유령 같은 존재야. 그동안 얼굴을 본 적도, 이름을 들어 본 적도 없는 학생이거든. 그녀를 발견한 건 우리 학과 조교 언니야. 이 주 전쯤인가 내가 학과 사무실에 갔는데 성적 증명서를 보여 주면서 이 학생을 본 적이 있냐는 거야. 그런데 3학년인데도 이름이 아주 낯설었어. 나는 과에서 학생회도 해서 웬만하면 얼굴과 이름을 다 알고 있었거든. 이상한 건 이게 다가 아니었어. 성적표를 보는데 평점이 4.0인 거야. 그 정도의 성적이면 얼굴과 이름을 모를 리가 없거든. 2학년 때는 수석 장학금까지 받았어. 그런데 동기랑 선후배들에게 물어봤는데도 얼굴과 이름을 아는 사람이 단 한 명도 없는 거야. 학생회 친구들이랑 학과장님께 찾아가서 이런 학생이 있냐고 물어봤지. 그랬더니 대답을 회피하더라. 근데 점점 소름이 끼치는 게 다른 교수님들도 마찬가지인 거야. 우리는 여기에 뭔가 있다는 생각이 들었어. 너무 구린 냄새가 났거든. 그런데 우리가 이 사건에 더 깊이 다가갈 수 있는 역량이 되질 않다 보니까 총학생회에 맡겨 보면 어떨까 해서 준서 너한테 연락해 봤어."

그녀는 준서에게 수집한 자료를 종합해서 메일 하나를 보내 주겠다고 한 뒤 이야기를 마쳤다.

"뭔가 이상한 느낌이 나는 일이네요. 꼭 회장에게도 전달할게요."

"고마워. 아무튼 몸조심하고, 나도 개강하고 다시 서울 가면 학과 애들이랑 함께 시위에 참여할 예정이니까 그때 또 보자."

준서는 전화를 끊고 담배 한 대를 마저 피운 뒤 자리로 돌아왔다. 유령 같은 학생이라니 흥미로운 이야기였다. 메일함을 열어 보니 아직 새롭게 도착한 메일은 없었다. 그는 노트북 옆에 쌓인 파일철을 보더니 메일함을 닫고 서류를 검토하기 시작했다. 그리고 틈틈이 대각선 쪽에 자리 잡은 주연을 바라보며 혼자 행복한 감정에 빠져들었다. 얼마나 지났을까. 그의 노트북에 메일 알림이 떴다.

"성민 선배. 이것 좀 같이 보실래요?"

준서는 손을 들고 멀리 있는 성민을 향해 큰 목소리로 말했다.

"어, 뭔데 준서야?"

그는 서류에 시선을 고정한 채로 큰 목소리로 물었다.

"제보가 하나 왔어요."

"제보?"

그는 흥미로운 듯 준서에게로 다가왔다. 그리고 준서의 어깨에 왼손을 얹고 고개를 숙여 준서와 눈높이를 맞췄다.

"네. 좀 전에 메일로 제보가 하나 왔거든요."

준서는 모니터를 가리키고는 예은에게서 온 메일을 열었다.

"사실 한 시간 전에 제가 아는 한 경제학과 선배가 제게 전화를 줬어요. 자신의 학과에 이상한 일들이 벌어지고 있다고 하더라고요. 이게 자료들이에요."

준서는 성민과 함께 도착한 제보 자료를 하나하나 살펴보며 예은의 이야기를 전달했다.

"이런 일이 있을 수 있나? 뭔가 이상한 냄새가 난다, 그치?"

그는 미간을 찌푸리며 턱을 매만졌다.

"그러니까요. 같은 과에 이름도 얼굴도 모르는 학생이 있는 게 말이 되질 않잖아요."

준서는 팔짱을 끼며 말했다.

"심지어 출석부에는 이름이 아예 없네?"

성민은 마우스를 직접 클릭해 모니터에 뜬 출석부 사진을 손가락으로 가리켰다.

"출석부에도 없는데 성적이 우수한 학생이라는 거죠."

"이것도 한번 조사해 봐야겠다. 이것들 다 출력해 주고 이 내용 보고서로 부탁할게."

"네, 알겠어요."

"우리 학교에는 미스터리 같은 일들이 왜 이렇게 많은 거야."

그가 숙였던 몸을 일으키며 오른손으로 이마를 짚었다.

그때였다. 갑자기 문이 벌컥 열리더니 정우가 뛰어 들어왔다. 그리고 큰 목소리로 소리쳤다.

"다들 주목! 빅뉴스야! 총장이 미래 사회 대학 안건을 전면 철회하기로 발표했어!"

그는 두 손을 번쩍 높이 들며 환호성을 내질렀다.

"뭐? 정말?"

"정말이에요 선배?"

"정말이야!"

재빠르게 뉴스를 검색한 주연도 소리쳤다.

"정말이에요! 벌써 기사가 떴어요! 총장이 입장문을 발표했네요!"

"와! 끝이다!"

갑자기 총학생회실에 환호성이 터져 나왔다. 부원들은 책상에 있던 신사업 관련 서류들을 공중에 집어던지기 시작했다. 모두가 옆에 있는 부원들을 부둥켜안으며 소리를 질렀다. 준서는 슬며시 주연에게로 달려갔다. 그리고 그녀와 함께 기쁨을 나눴다.

"드디어 끝났어 주연아!"

"우리가 해냈네 정말."

그녀의 눈에는 살짝 눈물이 고여 있었다.

"그래, 드디어 끝이야."

"진짜 끝이라니 믿기지가 않아."

"제주에 가면 더 믿기지가 않겠지?"

준서는 축제의 열기에 버금가는 부원들의 환호성 속에 주연에게 나지막이 속삭였다.

"자자! 다들 주목!"

그때 성민의 우렁찬 목소리가 들려왔다. 그는 어느새 자신의 책상 위에 올라가 있었다. 부원들은 하던 걸 멈추고 그를 바라봤다.

"다들 진짜 너무 고생 많았어."

"선배가 제일 고생 많았죠!"

석진이 소리치자 모두가 성민을 향해 박수갈채를 보냈다.

"이런 거 받자고 여기 위에 올라온 게 아니야."

그는 손사래를 치고는 말을 이었다.

"일단 함께한 모두에게 고맙다는 말 전하고 싶어. 우리가 정말 하나의 뜻으로 뭉쳐서 SIA로부터 시작해서 총학생회까지 왔잖아. 그리고 우리가 이루고자 한 일을 마침내 이뤄 냈고. 이건 정말 멋진 일이라고 생각해!"

"맞아요. 미쳤죠 우리는!"

"진짜 제일 의미 있었던 여름방학이었다!"

"성민이를 국회로!"

정우가 소리치자 부원들은 모두 웃음을 터뜨렸다.

"나는 오늘 너희에게 조금 미안한 말을 하고 싶어."

그는 운을 띄우고 부원들을 바라봤다. 모두가 궁금한 얼굴로 그를 응시했다.

"오늘의 기쁨을 잠시 아껴 두자고 제안하고 싶어. 이게 무슨 말인지 짐작하는 사람도 있을 거야. 그래 맞아. 총장 사퇴. 아직 우리가 기뻐하긴 조금 이르다고 생각해. 이 모든 일의 발단은 자격도 없는 사람이 총장 자리에 앉아서 벌어진 일이라고 생각해. 알잖아. 미래 사회 대학도 그렇고 경찰 병력을 요청한 것도 다 총장이 벌인 일이라는 거. 나는 우리가 해야 할 일은 미래 사회 대학 사업 철회만이 아니라 더 나아가서 총장 사퇴까지 이루어 내야 한다고 봐."

모두가 고개를 끄덕이는 사이 성민은 말을 이었다.

"그래서 나는 오늘의 기쁨은 잠시 아껴두고 곧이어 찾아올 총장 사퇴의 그 순간에 이 모든 걸 훌훌 털고 함께 기쁨을 나누자고 제안하고 싶어. 그때 우리만의 축제를 벌이자, 어때?"

"역시 우리 회장!"

"성민이를 국회로!"

"아니지 성민 선배를 총장으로!"

회실은 어느새 웃음바다가 되어 있었다.

이윽고 조촐한 피자 파티가 벌어졌다. 모두가 웃고 잠시나마 기쁨을 나누고 있었다. 하지만 준서는 얼굴이 굳어 있었다. 이제 끝이라고 생각했던 자신의 여정이 끝이 아니었다. 그는 주연이 다른 부원들과 함께 기뻐하는 모습이 좀처럼 이해가 되질 않았다. 분명 자신에게도 신사업이 철회되면 그만두고 싶다고 하지 않았던가. 그는 애가 탔다. 초조한 마음으로 회식이 끝나고 집에 돌아갈 때까지 기다렸다. 드디어 그녀와 함께 걷는 시간이 찾아왔다.

"주연아. 너 그만둘 거야?"

그는 다급한 마음에 교정을 나서자마자 물었다.

"그건 좀 아닌 것 같아."

잠시 뜸을 들이던 주연이 천천히 대답했다.

"이번 일 끝나면 함께 그만두기로 했잖아."

준서는 따지듯 물었다.

"준서야. 나는 이건 끝이 아니라고 생각해."

그녀는 실망한 듯한 표정으로 준서를 바라봤다.

"그러면?"

"우리 아직 해야 할 일이 있잖아."

"총장 사퇴?"

"응."

그녀는 고개를 끄덕였다.

"그치만 우리 제주에 가기로 했잖아. 이제 여름방학도 얼마 남지 않았고."

준서는 다급하게 말했다.

"준서야…."

그녀는 긴 한숨을 내쉬더니 말을 이었다.

"너 이럴 땐 정말 어린애 같아."

"내가 어린애라니? 나는 그저 너와의 약속을 지키려는 것뿐이야."

"맞아. 약속했지. 그치만 나는 성민 선배 말이 맞다고 생각해. 이건 단지 반쪽짜리 성공이야. 신사업이 끝났어도 총장이 그대로 있으면 무슨 소용이야. 똑같은 일이 또 벌어질 텐데."

준서를 바라보는 그녀의 눈빛에는 실망이 가득 담겨 있었다.

"알았어, 보채서 미안. 나도 총장 사퇴까지 함께할게."

"우리 약속은 조금 미루자."

"그래. 총장이 사퇴하면 그때 떠나자."

준서는 애써 미소 지으며 말했다. 그녀는 말없이 옅은 미소를 지으며 고개를 끄덕였다.

"오늘도 갈 거지?"

버스정류장에 도착하자 준서가 물었다.

"오늘은 집으로 갈래. 조금 피곤해서."

준서는 그녀가 7002번 버스를 탈 때까지 기다려 주었다. 그리고 오랜만에 그녀가 떠나는 뒷모습과 7002번 버스의 뒤꽁무니를 바라보았다. 그는 오랜만에 홀로 집으로 향했다. 가는 길은 멀고 외롭기만 했다. 자신을 실망스러운 눈빛으로 보던 그녀의 얼굴이 자꾸만 떠올랐다. 그녀는 약속을 지키기 싫은 것일까. 내가 싫어진 것일까. 아니면 내가 너무 어린애처럼 굴었나. 나는 약속을 지키려고 했던 것뿐인데. 그는 좀처럼 답할 수 없는 의문과 의문 사이를 배회하다가 어느새 집에 도착했다. 집은 텅 비어 있었다. 그는 삼 주 가까이 그녀와 함께 보낸 공간을 홀로 마주하자 참을 수 없는 적막을 느꼈다. 그는 멍하니 서서 소파 팔걸이에 있는 그녀의 까만 머리끈을 바라봤다. 그의 눈시울이 점점 붉어지기 시작했다.

34

도화선

"왜 다들 나와 있어요?"

준서는 학생회실 앞 복도에 모여 있는 부원들을 바라보며 말했다.

"성민 선배 여친이 찾아왔거든. 잠깐 자리를 비켜 줬어."

석진은 유리문 너머를 눈짓으로 슬쩍 가리키며 말했다.

준서도 그가 가리키는 곳을 바라봤다. 그곳에는 한 여학생이 성민과 논쟁을 벌이고 있었다.

"오빠 이렇게 구는 거 이제 나도 힘들어!"

"바쁘면 자기 일에 집중할 때도 있는 거지. 우리가 하루 이틀 만났어?"

"우리 안 만난 지 삼 개월이 넘었어. 오빠 시위한다고 캠퍼스에만 있었던 거 알아? 나는 맨날 오빠 기다려야 하는 사람이야?"

"자기 일 있을 때는 서로 이해해 줘야지. 그렇게 따지면 너도 촬영 스케줄 있을 때 나 안 만났잖아."

"그건 뺄 수 없는 스케줄이니까 그렇지!"

"나도 여기서 빠질 수 없는 입장이야. 네 일은 일이고, 내 일은 일이 아니야?"

성민은 이마를 감싸 쥔 채 깊은 한숨을 내쉬었다.

"이럴 거면 그만해. 오빠는 평생 학교랑 살아!"

그녀는 참았던 울음을 터뜨리며 어깨에 메고 있던 핸드백으로 성민의 가슴팍을 쳤다.

"그래. 우리 그만하자. 나도 숨 막혀서 못 하겠다 더 이상."

그는 그녀가 휘두르는 핸드백에 잠시 몸이 흔들렸지만 꿋꿋하게 중심을 잡으며 말했다.

"연락도 하지 마 이제!"

성민의 한마디에 그녀는 원망이 가득 담긴 목소리로 외쳤다. 그리고 눈물을 흘리며 회실을 나섰다.

그녀는 유리문을 지날 때 한 손으로 얼굴을 살짝 가리고 있었다. 준서는 그녀의 손 틈새로 눈물이 뚝뚝 떨어지는 것을 발견했다. 그는 복도에서 점점 멀어져 가는 그녀의 구두 소리를 들으며 유리문 너머의 성민 선배를 바라봤다. 그는 천장을 바라보며 잠시 손바닥으로 얼굴을 세게 쓸어내리더니 깊은 한숨을 내쉬었다. 준서는 그가 참 매정한 사람이라고 생각했다. 어떻게 일 때문에 여자를 버릴 수 있을까. 자신은 주연과 일 중에서 하나를 택해야 한다면 아무 고민도 없이 주연을 택할 것이라고 확신했다.

"자, 자. 우리 점심 각자 먹고 한 시간 뒤에 다시 모이자."

정우는 복도에 어쩔 줄 모르고 서 있는 부원들을 향해 말했다.

준서는 주연과 석진과 셋이 밥을 먹으러 학생 식당으로 향했다. 그들은 자신들이 함께 조사하고 있는 학사 비리 사건을 조명하기 시작했다. 어떻게 유령 같은 학생이 학교에 삼 년 동안 우수한 성적으로 다닐 수 있었던 건지, 왜 교수진들은 이 학생에 대해 아무도 언급하려고 하지 않는지, 과연 총장은 이 사건에 어떤 방식으로 연루된 것인지 자신들의 추측을 하나씩 풀어놓았다.

준서는 이 여학생이 총장과 친인척 관계일 것이라고 주장했다. 석진은 고개를 가로저으며 금전과 권력이 친인척 관계보다 더 끈끈한 법이라며, 그녀가 어느 고위 권력자의 자제일 것이라고 주장했다. 주연은 기자가 알려 주었던 정보를 인용하며 정말 총장과 재단법인 기람과 모종의 관계가 있다면, 미스터리의 그녀도 기람과 관련된 인물일 가능성이 있다고 주장했다. 그들은 주문한 돼지김치찌개가 나올 때까지 자신들의 논리에 가설을 뒷받침하며 계속해서 이야기를 만들어 갔다.

"근데 성민 선배 매정하지 않냐."

석진은 찌개를 밥에 슥슥 비벼 한입에 털어 넣으며 말했다.

"저는 놀랐어요."

준서는 국물을 맛본 뒤 조금 전 봤던 일을 떠올리며 말했다.

"뭐에 놀랐는데?"

주연이 궁금한 얼굴로 물었다.

"나는 일 때문에 사랑하는 사람을 버리지 않을 거야. 차라리 버릴 거면 일을 버리지."

"이야. 준서 로맨티스트였네."

준서의 단호한 대답에 석진은 과장된 감탄을 하며 말했다. 그리고 호기심 가득한 얼굴로 준서에게 물었다.

"궁금하다. 그러면 준서는 사랑하는 사람을 위해서 어떤 것까지 버릴 수 있어?"

"음…."

준서는 자신과 나란히 앉아 있는 주연을 슬쩍 바라봤다. 그녀를 위해서 나는 무얼 버릴 수 있을까. 잠시 고민하던 그는 입을 열었다.

"세상에서 사랑하는 사람을 뺀 모든 걸 버릴 수 있어요."

"그 모든 게 뭔데?"

"예를 들어 국적을 버리거나, 학교를 자퇴한다든가, 살던 곳을 떠난다든가. 사랑하는 사람을 위해서라면, 저는 뭐든지 할 수 있어요."

그는 물을 한잔 마시고 수저를 내려놓더니 자신 있게 말했다.

"크… 내가 보기에 너 만나는 여자는 진짜 행복할 것 같다. 근데 웃긴 건 뭔지 알아?"

"뭔데요?"

"여자들은 자신한테 헌신하는 남자는 또 싫어한다."

석진은 이해할 수 없다는 듯 고개를 절레절레 흔들었다.

"생각해 봐. 그 여자도 성민 선배가 자기 일에 몰두하니까 애가 타서 찾아온 거지. 벌써 찾아온 게 세 번째야. 애가 타는 거지. 자기가 그렇게 예쁘고 매력적인데 성민 선배는 자기 일만 하니까. 여자는 자기 자신에게 몰두하고 있는 남자에게 끌리게 되어 있는 거야."

그는 자신의 통찰력에 만족한다는 듯 미소를 짓더니 말을 이었다.

"반대로 성민 선배가 SIA나 총학생회도 버리고 학교에서 열심히 공부도 안 하고 그 여자만 쫓아다니면서 헌신하면 그 여자가 성민 선배를 좋아했겠어? 난 아니라고 본다. 여자는 그래."

그는 주연을 바라보며 동의를 구했다. 하지만 그녀는 무언가를 골똘히 생각하며 밥을 먹고 있었다.

"그럼 그분은 왜 헤어지자고 한 걸까요?"

준서가 물었다.

"난 그 여자가 성민 선배가 자신을 사랑하지 않는다는 걸 느껴서라고 생각해. 물론 성민 선배가 하는 일에 큰 사명감을 갖고 있었던 것도 이번 일의 원인이겠지만, 그 여자를 별로 사랑하지 않는 게 더 중요한 이유였다고 봐. 사랑하지 않으니까 잡지 않은 거지."

그는 무심하게 밥숟갈을 입에 넣으며 말했다.

"주연이는 어떻게 생각해?"

"뭐를요?"

무언가를 혼자서 골똘히 생각하고 있던 주연이 눈을 동그랗게 뜨며 물었다.

"듣고 있던 거야?"

"어디까지 이야기했었죠?"

그녀는 마치 다른 곳에 있다가 온 것처럼 석진에게 물었다.

"이거 다 먹고 커피 뭐 마실 거냐고 물었잖아."

석진은 그녀를 한심하다는 듯 쳐다보며 말했다.

"아메리카노 마셔야죠. 날도 더우니까 아이스로!"

그녀가 애써 밝은 태도로 미소 지으며 말하자 준서와 석준은 서로를 마주 보고 고개를 갸우뚱했다. 그들은 총학생회실로 돌아오는 길에 구내 카페에 들러 커피를 테이크아웃했다. 준서는 그들과 함께 걸으면서도 반쯤 넋이 나간 것처럼 대화에 집중하지 못하는 주연을 의아하게 생각했다.

"아까부터 무슨 생각 해?

준서가 빨대로 플라스틱 컵 속의 얼음을 휘휘 젓고는 물었다.

"아. 그냥… 그 여학생 정체가 뭘까 자꾸 궁금해져서."

그녀는 다시 정신을 차리려는 듯 미세하게 고개를 흔들더니 말했다.

"하긴, 이상한 여학생이긴 해…."

"그래 맞아. 교수들도 숨기는 거 보면 무언가 더 큰 게 있을 것 같긴 해."

준서와 석진도 그녀의 말에 다시금 미스터리 속으로 빠져들었다. 그들은 캠퍼스를 거닐며 자신의 가설에 생각들을 보태 이야기를 부풀리기 시작했다. 준서의 친인척설은 그들에게 반박을 받았다. 석진은 총장이 자신의 직위를 이용해 겨우 친인척인 한 여학생을 위해서 출석과 성적을 조작해 주지는 않을 것이라고 했다. 주연도 그 정도의 위험을 감수하려면 엄청난 금전과 권력이 얽힌 이해관계가 있어야 한다고 했다. 이 말에 준서도 고개를 끄덕였다. 석진은 자신의 주장보다 어쩌면 기람과 학교가 얽혀 있을 거라는 주연의 주장이 더 개연성이 있다고 덧붙였다.

"좋은 생각이 났어요. 경제학과 조교한테 그 여학생 번호를 물어봐요!"

주연이 갑자기 손가락을 튕기며 말했다.

"왜 그 생각을 못 했지?"

석진은 입에 있던 얼음을 으드득 깨물며 큰 소리로 말했다.

그들은 방향을 틀어 경제학과 사무실로 향했다. 사무실에는 조교가 홀로 앉아 사무를 보고 있었다. 석준이 자신들이 총학생회임을 밝히고 해당 전화번호를 요구하자 조교는 개인정보를 함부로 알려줄 수 없다고 했다. 다만 사건이 사건이다 보니 주저하는 눈치였다. 자신은 어떤 책임도 지고 싶지 않다는 태도였다. 그러자 그들은 더 이상 전화번호를 요구하지 못했다.

"그러면 통화한 날짜와 시간대를 알려 주시면 저희가 여기서 수신 기록을 찾아보면 어떨까요?"

주연이 그녀의 모니터 옆에 놓인 전화를 가리키며 말했다.

"그 정도는… 괜찮을 것 같네요."

그녀는 머뭇거리더니 고개를 끄덕였다.

준서는 주연이 대담하다는 생각이 들었다. 한편으로는 걱정도 되었다. 정말 그녀가 생각하는 것처럼 미스터리한 기람이라는 곳과 학교가 얽혀 있는 것이라면, 그녀는 너무 위험한 곳의 문을 두드리는 게 아닐까. 총학생회실로 돌아온 그들은 어느새 테이블에 둘러앉았다. 그들 앞에는 유선 전화기가 놓여 있었다. 다른 부원들도 그들 곁으로 다가왔다. 주연은 적어 온 번호에 과감하게 전화를 걸었다. 긴 통화 연결음과 함께 미지의 음성이 들려왔다. 부원들은 모두 숨을 죽였다.

"여보세요?"

"혹시 경제학과 14학번 양소희 씨인가요?

주연은 조심스럽게 물었다.

"누구시죠?"

부드러웠던 첫마디와는 달리 그녀의 목소리는 어느새 날카로운 경계의 태도가 서려 있었다.

"저는 총학생회 이주연이라고 합니다."

"그런데요? 무슨 일로 전화하셨죠?"

그녀는 추궁하는 태도로 질문을 퍼붓기 시작했다.

"저희한테 한 제보가 들어와서요."

"어떤 제보길래요?"

"학교에 그동안 출석한 적이 없으시더라고요. 같은 학과에 다니는 사람들은 양소희 님을 본 적도 없고 들은 적도 없다고 하고요. 그런데 성적이 굉장히 좋으시던데 어찌 된 영문인지 이야기 좀 들을 수 있을까요?"

주연이 나긋한 목소리로 말하자 수화기 너머에서는 잠시 침묵이 맴돌았다.

"저기요. 총학생회에서 그렇게 할 일이 없으세요?"

잠시 후 그녀는 한심하다는 말투로 되물었다.

"학교를 안 나오셔서 모르겠지만 이게 총학생회의 일이에요. 이미 제보가 들어왔고 의심 가는 정황들이 너무 많거든요."

주연의 말에 수화기 너머에서는 가소롭다는 듯 콧방귀를 뀌었다.

"그쪽 이름이 뭐라고 했죠?"

어느새 그녀는 거드름을 피우고 있었다.

"저는 이주연이라고 해요. 정치외교학과고요."

"주연 씨. 총학생회에 있으니까 뭐라도 된 줄 아세요?"

그녀는 비아냥거리면서 옅은 웃음을 터뜨리더니 말을 이었다.

"아무튼 열심히 조사해 보세요."

전화는 끊어졌다.

준서는 총학생회가 어떤 새로운 사건의 문을 열었다는

느낌이 들었다. 그리고 맞은편에 앉은 주연을 바라보며 불길한 예감을 느꼈다. 그녀는 어쩌면 총장이 사퇴해도 총학생회를 그만두지 않을지도 모른다는.

35
약속의 날

준서는 자신이 약속의 날에 가까워지고 있음을 체감했다. 총장은 그야말로 학교에 연명하듯 붙어 있는 형국이었다. 미래 사회 대학 설립 건에 대한 완전한 철폐에도 불구하고 총장의 여론은 좋지 못했다. 지난 여름방학에 있었던 경찰 병력 출동 사건으로 인해 총장은 학생들에게서 완전히 신임을 잃었다. 학생들이 총장을 완전히 불신하는 계기가 되었다. 강당에서 하반기 진행된 학위 수여식에서는 졸업생들이 총장이 진행하는 졸업식을 거부하는 일이 벌어졌다. 총장이 단상 위에 오르자 졸업생들은 준비해 온 피켓을 높이 들었다.

〈학생들을 무력 진압한 총장은 사퇴하라〉
〈대학으로 장사를 생각하는 총장은 사퇴하라〉

결국 졸업식은 총장 없이 진행되었다. 개강을 하자 학생들의 여론은 하나로 종합되었다. 총장 사퇴였다. 캠퍼스 게시판에는 총장을 비난하는 게시물과 사퇴를 촉구하는 포스터가 항상 붙어 있었다. 학교 측에서는 어떻게든 선전물을 제거하려 했지만 이튿날이면 모든 게 원상복구 되어 있었다.

준서에게는 총장이 사퇴하는 날이 약속의 날이었다. 바로 주연과 총학생회를 탈퇴하기로 한 날이기 때문이었다. 하지만 준서는 불안했다. 날이 갈수록 주연의 태도가 예전과 같지 않아서였다. 그녀와 함께 침대에 누워 서로의 이야기를 나누던 밤은 한여름 밤의 꿈이 되고 말았다. 그를 어루만지고 함께 온기를 나눴던 날이 진짜 있었던 일인지 헷갈릴 정도였다. 그녀는 이제 보는 눈이 많다는 핑계로 더 이상 준서의 집에 오지 않았다.

캠퍼스에서도 마찬가지였다. 개강해서 보는 눈이 많아졌다는 핑계로 예전 같은 만남을 갖지 못했다. 관계가 뜨거웠던 여름방학에는 틈만 나면 부원들의 눈을 피해 데이트를 즐기곤 했다. 함께 빈 강의실에서 만나 다정한 이야기를 주고받기도 했고 불 꺼진 계단에서는 키스를 나누기도 했다. 주말에 함께 갔던 극장도, 더위를 피해 대실했던 모텔도, 욕조에 함께 누워 이야기를 나눴던 순간도 모두 옛 추억이 되고 말았다.

늦은 저녁, 준서는 그녀와 버스정류장으로 향하며 나지막이 물었다.

"요즘 무슨 일 있어?"

"왜?

그녀는 아무렇지 않은 듯 준서를 바라보며 물었다.

"그냥. 우리 예전과 많이 다른 것 같아서."

"이제 개강도 했고 총학생회 일도 바쁘고 학과 공부도 해야 하니까."

그녀는 나지막이 한숨을 내뱉으며 말했다.

"바쁜 건 우리 시위할 때가 더 바빴잖아. 그때에 비하면 지금은 한가한 거지."

"그냥. 나 좀 요새 힘들어서 그래."

"뭐가 힘든데? 내가 도와줄게."

준서는 두리번거리더니 그녀의 손을 슬며시 잡았다. 그녀의 손을 잡고 걸었지만 기분이 별로 좋지가 않았다. 예전 같으면 그녀도 부드러운 악력으로 준서의 손을 맞잡아 주었다. 하지만 지금 그녀의 손은 준서의 손에 억지로 들려 있는 것만 같았다. 준서는 가방끈을 고쳐 메는 척하며 맞잡은 손을 자연스럽게 뗐다.

"그냥 이런저런 생각이 많아."

그녀는 준서를 보고 애써 웃음 지으며 말했다.

"어떤 생각?"

"앞으로 어떻게 해야 할지."

"뭐를?"

"그냥 다."

그녀는 길게 한숨을 내뱉었다.

"오늘 우리 집에서 자고 갈래?"

준서는 그녀를 바라보며 물었다.

"그래 좋아."

그녀는 잠시 머뭇거리더니 아주 옅은 미소로 대답했다.

준서는 집으로 향하며 다시 그녀의 손을 잡았다. 이번에는 그녀도 손을 꼭 잡아 주었다. 그는 갖고 있던 불안이 순식간에 녹는 걸 느꼈다. 그녀가 자신에게 마음이 떠난 건 아니었는지 늘 속으로 걱정했었다. 행여나 자신이 잘못한 건 없는지 기억을 되짚어 보기도 했다. 어쩌면 그녀가 정말 힘들어서 그런지도 몰랐다. 그녀를 지켜 주고 행복하게 해 주고 싶었다.

그들은 예전처럼 집으로 들어서자마자 뜨겁게 달아올랐다. 준서는 그녀와 그간 거리를 두었던 게 거짓말처럼 느껴졌다. 그녀와 다시는 멀어지기 싫었다. 영원히 기억하고 싶은 것처럼 그녀의 향기를 맡고, 그녀의 선을 어루만지고, 그녀의 부드러움을 격정적으로 헤집었다. 이윽고 준서는 온몸이 젖은 채로 그녀 옆에 누웠다. 그들은 한참이나 말없이 천장을 보며 누워 있었다.

"고마워."

주연은 옆으로 누워 준서를 바라보며 말했다.

"뭐가?"

"나한테 항상 잘해 줘서."

"힘든 게 있다면 꼭 말해 줘. 그게 뭐든 내가 도와줄게. 아니 내가 어떻게든 해결해 줄게."

준서의 말에 그녀는 갑자기 울기 시작했다.

"미안해. 준서야."

"뭐가 미안하다고 우는 거야."

"너 힘들게 한 것 같아서."

준서는 그녀의 눈물을 닦아 주었다. 그리고 그녀를 끌어당겨 품에 안았다.

"제주는 가고 싶어?

"가고 싶지, 당연히."

그녀는 준서의 가슴에 얼굴을 묻은 채 말했다.

"내일이라도 떠나자."

"그래도 약속했잖아. 총장 사퇴까지는 계속하기로."

"나는 상관없어. 네가 원하면 내일이고 모레고 함께 떠날 거야."

"너한테 중요한 건 뭐야?"

그녀는 품속에서 고개를 슬며시 들며 물었다.

"나는 총장이 사퇴하든 말든 사실 관심 없어. 상관도 없고. 미스터리한 그 여학생도 마찬가지야. 근데 네가 원하고 궁금해하면 그게 나한테는 가장 중요한 일이야. 아무 상관 없다가도 네가 정의라면 그게 정의야. 나한테는 네가 제일 소중한 사람이니까."

"고마워."

그녀는 다시 그의 품에 안겼다. 준서는 자신의 살결에 느껴지는 그녀의 부드러운 호흡과 함께 잠이 들었다. 약속의 시간은 금방 찾아왔다. 며칠 뒤 결국 총장이 사퇴를 발표했다. 총학생회실은 다시 한번 자축의 분위기에 휩싸였다.

하지만 준서는 환호 속에서도 기쁘지 않았다. 주연이 이 순간을 약속의 날로 받아들이지 않을 거란 강한 예감이 들었기 때문이었다. 그녀는 경제학과 양소희의 비밀을 파헤치는 데 몰두하고 있었다. 그녀가 이 사건을 내려놓을 것 같다는 생각이 전혀 들지 않았다. 준서의 예감은 적중했다. 준서는 그녀를 본관 옆 조그마한 정원으로 불러냈다.

"우리 그만두자는 약속 유효하긴 한 거야?"

"너는 왜 자꾸 그만두는 거에 집착하는 거야?

그녀의 물음에는 짜증이 미세하게 섞여 있었다.

"약속했으니까."

준서는 당연하다는 듯 대답했다.

"제주도에 그렇게 가고 싶어?"

"제주도는 그냥 상징적인 장소야. 나도 제주도에 가 본 적도 없어. 그냥 너와 함께 가기로 했으니까 가고 싶은 것 뿐이야."

"그러면 왜 자꾸 그만두고 싶어 하는 건데."

"여기에는 금기가 있으니까."

준서가 미간을 찌푸리며 단호하게 말했다. 그녀가 아무 대답이 없자 그는 말을 이었다.

"사랑하는데도 제약이 있는 건 싫어. 사랑을 숨기는 것도 지쳐. 솔직히 나는 힘들어. 미래 사회 대학 사업안이 철회되면 그만두자. 총장이 사퇴하면 그만두자. 나는 항상 너와의 약속만을 위해 달려왔어."

"나도 솔직하게 말하자면 너와 함께 총학생회를 그만두고 제주에 가자는 것도 그냥 하나의 표현일 뿐이었어. 우리 도망가자. 우리 떠나자. 우리 아무도 모르는 곳에 가 보자. 그건 사랑하는 사이에 할 수 있는 말들이잖아. 그만큼 사랑한다는 말이잖아."

그녀는 짜증을 참듯 천천히 눈을 감았다가 뜨며 머리를 쓸어 넘겼다.

"그런데 여기는 금기가 있잖아. 너는 금기가 있어도 계속 여기 있고 싶어?"

"나는 여기가 좋아."

그녀는 한 치의 망설임도 없이 대답했다.

"그러면 우리는 계속 이렇게 만나야만 하는 거야?

"준서야…."

그녀는 깊은 한숨을 내쉬었다. 그들 사이에는 그녀의 한숨만큼이나 깊은 침묵이 맴돌았다. 잠시 후 그녀가 입술을 질끈 깨물더니 입을 열었다.

"우리 시간을 좀 갖자."

"시간을 갖자니?"

준서는 의아한 눈으로 물었다.

"우리 관계에 대해서 생각을 다시 하고 싶어."

"헤어지자는 말이야?"

준서는 놀란 채로 물었다.

"잠시 동안만. 나도 생각할 시간이 필요해."

준서는 가슴이 멎는 것만 같았다. 순간 선선하게 불어오는 바람에 그녀의 머릿결이 부드럽게 나부꼈다. 그는 어느새 가을이 불쑥 다가왔음을 깨달았다.

36
고백

준서는 서양 중세사 강의를 듣고 홀로 점심을 먹으러 가던 길이었다. 그때 누군가 준서를 불러 세웠다. 뒤돌아보니 빅토르였다.

"준서야. 밥 먹으러 갈래?"

"당황스럽네."

준서는 그의 얼굴을 빤히 보며 말했다.

"뭐가?"

"네가 밥 먹자고 하는 게 처음이라."

"술 한잔하자고 하면 기절하겠네."

그는 눈썹을 샐룩거리며 말했다.

"술은 당황스럽지 않지."

"왜?"

"한잔하고 싶었거든."

"그럼 술도 한잔하자."

그는 유쾌하게 대답하곤 앞장섰다. 그들이 도착한 곳은 캠퍼스 앞에 자리 잡은 제육덮밥으로 유명한 식당이었다. 빅토르는 능숙하게 음식을 주문하곤 소주 한 병을 시켰다. 그들 앞에는 제육덮밥과 소주 한 병이 놓였다.

"진짜 마시게?"

준서는 스마트폰으로 시간을 확인하고 놀란 얼굴로 물었다.

"뭐 어때."

빅토르는 소주잔을 자연스럽게 따르며 말했다.

"나 두 시간 뒤에 강의 있어."

그는 자신 앞에 놓인 술잔이 채워지는 걸 멍하니 바라보며 말했다.

"야, 나도 수업 있어."

빅토르는 자신의 술잔도 마저 채우며 말했다.

"모르겠다. 그래. 마시자."

그들은 잔을 부딪히며 건배를 했다.

"너 총학생회 일은 좀 어때?"

그는 소주잔을 단번에 비우고 코끝을 찡그리며 물었다. 그리곤 얼른 덮밥을 쓱쓱 비벼 입에 털어 넣었다.

"뭐 그냥 하는 거지."

준서도 맛있게 비빈 덮밥을 한입 먹으며 말했다.

"난 깜짝 놀랬다. 네가 총학생회 한다고 해서."

"나는 뭐 총학생회 같은 거 하면 안 되냐."

"그건 아니고, 과 활동도 관심이 없던 애가 총학생회에 가입해서 날아다니니까 그렇지. 방학 때 뉴스에서 네 얼굴 몇 번이나 발견하고 얼마나 놀랐는지 아냐. 개강하고도 맨날 강의 끝나면 총학생회만 가고. 아무튼 너도 참 신기해."

그는 다시 준서의 잔을 채워 주며 말했다.

"너는 어떻게 지냈어?"

준서는 그에게서 소주병을 받아 그의 잔을 채워 주며 물었다.

"나? 요즘 네 생각 많이 하면서 지냈어."

"내 생각을 했다니?"

"내가 재미있는 일을 겪었거든. 근데 네 생각이 딱 나더라고."

"무슨 일인데?"

준서는 흥미롭다는 듯 고개를 갸우뚱하며 물었다.

"최근에 모델 일을 시작했거든."

"모델 일을?"

준서는 소주잔을 비우고 덮밥을 먹으며 물었다.

"내가 좀 비주얼이 되잖냐."

그는 손 끝으로 자신의 얼굴을 부드럽게 만지며 말했다. 준서가 못 들은 척하며 아무 대답이 없자 말을 이었다.

"아무튼 모델 일을 하는데 이상한 경험을 했어. 패션 화보 촬영 현장이었거든. 나 말고도 많은 모델들이 있었지. 한국인 모델들도 여럿 있었고 외국인 모델도 여럿 있었어. 비율이 거의 반반 정도였던 것 같아. 촬영하기 전에 디렉터가 이제 모델들을 분류해서 세우는데 나를 외국인 모델 쪽으로 가라고 하더라. 그것도 영어로."

"아, 정말? 한국인이라고 했어?"

준서는 웃음을 터뜨리며 물었다.

"아니. 나 거기서 완전 주눅 들어 있어서 아무 말도 못 하고 시키는 대로만 했지."

그는 소주 한잔을 입에 털어 넣고 다시 이야기를 이어 나갔다.

"근데 기분이 이상하더라고. 나를 외국인으로 분류해 놓고 영어로 지시를 하는 거야. 다른 외국인들처럼. 반대로 한국 모델들한테는 한국말로 말하고. 외국인 그룹에 속해서 한국인들을 바라보는데 뭔가 기분이 묘했어."

"어땠는데?"

"내가 진짜 외국인이 된 것 같은 거야."

"그 기분 알지."

준서는 자신의 잔을 비우고 빅토르의 잔을 채워 주며 말했다. 그도 소주병을 건네받곤 준서의 잔을 채웠다.

"근데 더 기분이 묘했던 건 그 상황이 불편하지 않았다는 거야. 외국인들이랑 있는데 마음이 편했어."

"그래? 나는 불편했을 것 같은데."

"아니야. 그게 뭐라고 표현해야 할까. 내가 그동안 한국인으로 살았던 게 얼마나 많은 에너지가 소모되고 있었던가 생각을 하게 되더라."

"에너지 소모라니?"

"항상 나를 단정 짓는 시선들과 맞서 싸우며 살았어. 나를 외국인으로 볼 때면 나는 한국인이야, 한국인이야, 외쳐야만 했지. 그게 말이 됐든, 행동이 됐든, 혹은 태도가 됐든 말야. 가만 생각해 보면 내가 한국인으로 인정을 받는 건 나의 주체적인 액션이 없으면 불가능한 일이었던 거야. 평범한 사람들처럼 있는 그대로 한국인일 수 없었던 거지. 사회로 나와서 보니까 내가 말을 하지 않고 드러내지 않으면 나는 결국 외국인이 되더라고. 결국 난 이십 년 동안 계속해서 한국인이라는 걸 증명하기 위해 살았던 거였어."

"재밌다."

준서는 소주잔을 단숨에 비워 내고는 말했다.

"뭐가 재밌어? 난 슬픈데."

빅토르는 입가에 자조적인 미소를 지으며 말했다.

"내 얘기 같아서."

"그래. 사실 네 생각이 났다는 게 그런 의미였어. 너는 내 감정을 잘 이해해 줄 것 같았거든. 이 웃기지만 슬픈 현실을 말야."

그들은 웃음을 터뜨리며 소주를 더 시켰다. 그들의 소주잔은 계속해서 채워지고 비워지기를 반복했다. 테이블에는 소주병이 계속해서 쌓여 갔다. 준서는 어느새 소주에서 아무 맛도 느껴지지 않았다.

"너는 뭐 재밌는 이야기 없어?"

빅토르가 물었다.

"아무한테도 안 한 이야기가 재미있는 거겠지?"

준서가 묻자 그는 당연하다는 듯 고개를 끄덕였다.

"나 연애했어."

"현재 진행형이 아니라 과거형이야?"

"응. 얼마 전에 헤어졌거든. 아니다. 네가 한번 판단해 봐. 여자가 잠시 시간을 갖자고 하는 건 어떤 의미일까? 헤어지자는 게 맞지?"

"냉정하게 말할까?"

"그래, 냉정하게."

준서는 자신의 소주잔을 홀로 채우며 체념한 듯 대답했다.

"내 경험으로 볼 때 헤어지고는 싶고 상대방한테 상처 주기 싫을 때 시간을 갖자고 하는 것 같아."

"왜?"

"헤어지자고 하면 한 번에 상처가 훅 들어가지. 그런데 시간을 갖자고 하면 상대방이 서서히 이별을 납득하게 돼."

"아, 역시 그런 거구나."

준서는 소주잔을 비워 내더니 고개를 푹 숙였다. 그는 한참이나 고개를 들지 않았다. 그의 어깨가 갑자기 들썩이기 시작했다. 그는 흐느끼며 울고 있었다.

"야야, 왜 울고 그래."

"힘들어서. 없으니까 너무 힘들어."

"에이, 다른 애 사귀면 되지."

"우리 많이 좋아했는데 왜 이렇게 됐을까. 믿을 수가 없어."

준서는 왼손으로 자신의 눈가를 가리고 있었지만 눈물은 계속해서 뚝뚝 떨어지고 있었다. 그는 계속해서 넋두리를 이어 갔다.

"나한테 사랑한다고도 했고, 빈 강의실에서는 입으로도 해 줬어. 그럼 개도 나 많이 좋아했던 거잖아? 그치? 근데 왜 그렇게 마음이 변했을까."

"변하는 게 사람 마음이지. 너도 처음부터 개 좋아했던 거 아니잖아."

"아니. 나는 첫눈에 반했어 솔직히. 나는 운명이었다고 생각해."

준서는 눈물을 닦으며 말했다.

"오, 개 예쁘냐?"

"보여 줄까?"

준서는 빅토르가 고개를 끄덕이자 스마트폰을 꺼내 사진첩에서 그녀를 찾았다. 준서는 그녀와 함께 찍은 사진을 보여 줬다.

"어, 그 신입생 대표네! 과 활동도 안 하는 이유가 있었구나. 대외 활동 제대로 했구나!"

"나한테는 주연이가 전부야. 주연이를 사랑하면 마법 같은 일이 일어나."

준서는 손바닥으로 눈물을 훔치며 말했다.

"어떤 일?"

"나의 삶이 달라져. 외로웠던 서울은 아름다운 도시가 되고, 텅 빈 집은 따뜻한 보금자리가 되고, 이방인이었던 나는 진짜 한국인이 되지."

"야, 근데 왜 티도 안 내고 사귄 거야?"

"주연이랑 같이 총학생회를 하거든. 근데 그 총학생회에 금기가 있어."

"금기가 뭔데?"

"연애 금지."

"아니 그딴 금기가 어딨어?"

"거긴 있어. 유일한 금기야."

"그거 아냐? 그런 거 만든 새끼들이 제일 먼저 어기는 거."

"그러려냐."

준서는 몰려오는 취기에 입맛을 다시며 말했다.

"아무튼 그건 그렇고, 금기고 나발이고 진짜 좋아하면 잡아. 네 운명이라고 생각하면."

빅토르는 준서에게 강한 어조로 말했다. 준서가 술에 취해 고개를 끄덕이기만 할 뿐 아무 대답이 없자 그가 말을 이었다.

"참, 나 이제 휴학한다."

"언제?"

준서가 놀란 목소리로 물었다. 그의 눈가는 슬픔과 취기로 잔뜩 젖어 있었다.

"다음 주에."

"휴학하고 뭐 하려고?"

"여행을 떠나보려고. 러시아로."

"러시아로? 왜?"

준서는 취기로 감기는 눈을 부릅뜨며 물었다.

"나를 찾아보고 싶어졌거든. 나도 너처럼."

37
기다림

준서는 주연과 잠시 시간을 갖기로 했지만 총학생회 일을 계속했다. 그녀와의 유일한 접점이었기에 이것마저 놓게 된다면 영영 멀어질까 봐 두려웠다. 그는 주연과 헤어진 거라고 생각을 하지 않기로 했다. 정말 말 그대로 시간을 갖는다고만 여겼다. 시간을 갖다 보면 그녀와 다시 사귈 수도 있을 것이었다. 그녀와 사귀게 된 것도 그렇게 된 일이었으니까.

예전과 똑같이 총학생회의 일원으로 맡은 바 일을 묵묵히 수행해 나갔다. 남들이 보면 달라진 거 없는 삶이었다. 하지만 준서에게는 예전과 극명하게 달라진 게 있었다. 바로 매일 밤 그녀를 버스 정류장으로 바래다주지 못하게 된 것이었다. 준서는 관계가 야속하다고만 생각했다. 사귀기 전에는 버스 정류장까지 수없이 함께했었지만, 정작 헤어지니까 할 수 없는 관계가 되어 버린 것이다.

총장 사퇴 이후 점차 거대한 내막이 드러나기 시작했다. 내막에서 가장 먼저 윤곽을 드러내기 시작한 게 바로 경제학과 양소희 사건이었다. 총학생회가 집요하게 추적한 끝에 그녀가 재단법인 기람과 관련이 있다는 것을 밝혀냈다. 그녀는 바로 기람의 실소유주로 지목된 여성, 이정숙의 딸이었다. 총학생회는 이 이야기를 세상에 폭로했다. 더불어 김승표 국회의원 사무실에 모든 자료를 보내고 사건을 제보했다.

그는 야당 국회의원으로 기람과 청와대의 미심쩍은 관계를 조사하고 있었다. 기람이 국내 스무 개의 대기업이 막대한 자금을 출자해 만들 수 있도록 판을 짠 게 청와대라는 정황과 증거들이 너무 많았던 것이다. 총학생회의 제보는 불분명하던 기람의 존재 이유가 명확하게 드러났다. 기람은 단 한 사람, 이정숙과 그의 가족들을 위한 자금줄에 불과했다. 이 사실이 밝혀지자 추가 제보들이 이어졌다. 이정숙이 대통령의 국정 운영까지 깊이 관여하고 있는 인물이라는 게 드러난 것이었다.

청문회가 열렸다. 기람과 청와대의 관계가 적나라하게 드러났다. 그녀는 대통령의 직무를 대리 수행하고 있다고 여겨질 정도로 권력을 잡고 있었다. 대통령의 인사권을 자신이 쥐고 있었으며, 각종 연설문을 직접 검토했고, 해외 순방 일정 같은 굵직한 스케줄을 직접 조율했다. 거대한 내막이 드러나면서 여기에 깊이 얽힌 캠퍼스의 내막도 그 실체가 드러났다. 이정숙은 자신의 딸을 부정 입학시키고 출석도 없이 좋은 성적을 받게 하는 대가로 그들에게 금품과 좋은 기회들을 제공하고 학교에 다양한 사업을 지원해 주었다. 교수진들 역시 금품과 연구비 등을 지원받으며 양소희에게 좋은 성적을 제공했다.

성민은 어느 날 준서를 본관 옆 정원으로 불러냈다.

"다 네 덕분이야, 준서야."

"뭐가요?"

그는 벤치에 나란히 앉은 성민을 바라보며 물었다.

"지금 세상이 우리 덕분에 바뀌고 있어. 요즘 뉴스 보고 있지? 온 국민이 부정부패가 세상에 드러나게 한 게 우리라고 해. 근데 나는 이 모든 걸 시작하게 한 건 준서 너라고 생각해."

"제가요? 저는 시키는 일을 했을 뿐인 걸요."

준서는 의아한 눈초리로 대답했다.

"네가 양소희 관련 제보를 받아 주고 자료들을 잘 정리해 준 덕분에 우리가 조사할 수 있었던 거잖아."

"그야 중요해 보이는 일 같아서 신경을 썼던 것뿐이죠."

"그것 때문에 이 모든 일이 시작된 거였어."

"그런가요."

준서는 자신을 치켜세우는 성민 덕분에 괜히 뿌듯한 마음이 들었다.

"나는 나중에 내가 졸업하면 이 자리를 네가 맡아도 좋겠다는 생각이 들었어."

"제가요?"

"응, 책임감도 있고, 머리도 잘 돌아가고, 무엇보다 부원들도 다들 너 좋아하거든."

"부원들이 저를 좋아할 줄은 몰랐네요."

"특히 너를 데려온 주연이가 네 얘기 많이 했어."

"뭐라고요?"

준서는 주연이라는 말에 가슴이 뛰기 시작하는 걸 느꼈다.

"재미있고, 성실하고, 똑똑하고, 매력 있는 친구라고

했지."

"정말요?"

그는 눈을 반짝이며 말했다.

"응. 내가 뭐 하러 거짓말을 해."

성민은 어깨를 으쓱하며 대답했다.

"참, 이제 총학생회를 개편해 보려고 해."

"어떻게요?"

"조직도도 바꾸고 부서와 직책도 신설하고. 무엇보다 외부에서 후원을 많이 받게 돼서 여러 가지 다양한 일을 해 볼 수 있게 됐어. 그래서 말인데 그냥 너한테 물어보고 싶었어."

"어떤 걸요?"

"네가 회장이 된다면 어떤 걸 가장 먼저 개편할 것 같아?"

"음, 제가 되면요?"

성민은 고개를 끄덕였다.

"금기부터 없앨래요."

"금기?"

"금기 있잖아요. 연애 금지."

준서가 말하자 성민은 웃음을 터뜨렸다.

"농담 아니에요, 선배."

"너 우리 중에 좋아하는 사람 있어?

그는 호기심에 가득 찬 얼굴로 물었다.

"아, 아뇨. 그건 아니지만. 올드하잖아요. 그 보수적인 이슬람에도 그런 하람은 없어요."

"그래. 생각해 보니 올드하긴 하다. 잘 반영해 볼게."

준서는 기분이 이상했다. 자신이 총학생회에서 인정받고 또 큰 역할을 했다는 사실이 신기했다. 한 모임에서 이렇게 인정받은 일이 있었나 싶기도 했다. 이 모든 게 주연 덕분이라고 생각했다. 주연과 함께하는 게 좋아서 주어진 일에 그저 최선을 다해 왔을 뿐이었다. 그는 자신이 주연과 함께하고 있다는 게 어떤 의미인지 다시 한번 깨닫게 되었다. 그녀는 자신의 삶을 완전하게 해 주고 있다고 확신했다.

"주연아. 잠깐 이야기 좀 할 수 있어?"

그녀는 잠시 고민하더니 고개를 끄덕이며 준서를 따라 나갔다. 준서는 그녀와 보폭을 맞추며 함께 캠퍼스를 거닐었다. 어느새 캠퍼스는 단풍으로 노랗고 빨갛게 물들어 있었고, 그들은 잠시 가을의 아름다운 정취를 바라보느라 아무 말이 없었다.

"너는 시간을 잘 갖고 있어?"

준서가 조심스럽게 말을 꺼냈다.

"그게 무슨 말이야?"

그녀가 의아한 말투로 물었다.

"우리 시간을 갖자고 했잖아."

"아. 맞아. 근데 시간을 갖고 있냐고 물어보니까 뭔가 웃기게 들렸어."

"그래? 좀 어색한 표현인가."

준서는 머리를 긁적였다.

"보통은 시간을 잘 보낸다고 표현하니까."

"아직도 한국말은 배울 게 많다니까."

준서는 옅은 웃음을 짓더니 말을 이어갔다.

"잘 보내고 있어?"

"뭐, 그럭저럭."

주연은 방긋 웃으며 어깨를 살며시 올렸다 내렸다.

"우리 다시 예전처럼 돌아갈 수 있을까. 나는 그러고 싶거든."

준서가 용기를 내서 말했다.

"나, 솔직하게 말하면 성민 선배가 다시 좋아졌어."

"성민 선배?"

"응."

그녀는 조심스럽게 고개를 끄덕였다.

"마음 접었다고 했었잖아."

준서는 마른침을 꿀꺽 삼키며 말했다.

"접었었지. 그런데 선배가 이별하는 걸 보고 마음이 조금씩 바뀌기 시작했어."

"그래서 총학생회를 나가기 싫어했던 거구나."

"그런데 더 솔직하게 말하자면 너도 좋아."

그녀는 입술을 지그시 깨물더니 조심스럽게 말했다.

"둘 다 좋아한다는 말이야?"

준서는 고개를 갸우뚱했다.

"응. 사실 선배는 짝사랑이지만 너와의 사랑은 조금 특별해. 너만큼 나를 아껴 주고 사랑해 주는 사람은 만나 본 적 없거든. 너는 내게 소중하고 잃고 싶지 않은 존재야."

그녀의 말에 준서는 다시 가슴이 뛰기 시작했다. 어떻게든 그녀의 마음을 다시 돌려 보겠노라고 다짐했다.

"그러면 내게 기회를 줘. 네가 흔들리지 않게 최선을 다할게."

"고마워. 근데 시간을 조금만 더 줘. 나도 내 마음을 헤아려 볼 시간이 필요해."

그녀는 준서를 바라보며 다정하게 미소를 지었다.

"알겠어. 나도 기다릴게."

준서는 자신의 라이벌이 성민이 되었다는 사실을 깨달았다. 그리고 그녀의 선택을 받지 못하면 자신을 인정해 준 하나의 집단으로부터도 영영 멀어질 것이라는 확신이 들었다. 그는 어떻게든 쟁취해야겠다고 각오를 다졌다.

38
광화문으로부터

광화문 광장은 점점 촛불의 열기로 물들어 갔다. 매일 수많은 시민이 광화문으로 나왔다. 몇만 명으로 집계되던 촛불 집회의 인원은 이제 십만 단위로 집계되기 시작했다. 준서도 매일 밤 총학생회의 부원들과 함께 광화문으로 향했다. 그들은 광화문에서 영웅처럼 대접받았다. 어른들은 국정농단 사태를 밝혀낸 게 총학생회 덕분이라고 박수를 쳐주었다. 수많은 응원과 격려를 받으면 광화문의 함성에 힘차게 힘을 보탤 수 있었다.

준서는 서울의 중심에서 자신의 존재 의미가 꿈틀거리는 걸 느꼈다. 서울이 비로소 자신의 도시로 느껴지기 시작했다.

"대통령은 하야하라!"

"대통령은 하야하라!"

준서는 캠퍼스에서도 자신의 임무를 수행하기 위해 열심히 뛰어다녔다. 그날도 학생회관과 인문대 앞 게시판에 포스터를 붙이고 있었다. 성민의 시국선언문 옆에 나란히 붙은 포스터는 촛불집회의 참여 방법과 일정 등을 안내하고 있었다. 그때 누군가 준서를 불렀다. 고개를 돌려 보니 수형이었다.

"준서야 뭐하냐?"

그는 테니스 가방을 어깨에 걸치고 있었다.

"어, 수형 선배 오랜만이에요."

준서가 인사를 건네자 그는 포스터를 자세히 살펴봤다.

"이거 한다고 뭐 달라지냐."

"잘못된 건 바로 잡아야죠."

준서는 자신감에 찬 태도로 말했다.

"야. 총장이 바뀌든, 대통령이 바뀌든 세상은 그대로다."

그는 혀를 끌끌 차더니 말을 이었다.

"뭐 그렇게 힘들게 사냐. 학교를 바꾸고 세상을 바꾸면 뭐 해. 정작 나 자신은 그대로인데."

"세상의 불의를 보면서도 모른 척하는 것보다는 낫죠."

준서는 수형의 테니스 가방을 힐끗 바라보곤 대답했다.

"정치인들 봐라. 지 자식들은 다 유학 보내 놓고 서민들 자식 데려다가 정치 선동하고 시위하게 하지. 너희도 다 선동당하는 거야."

"저는 세상을 바꿔야 저도 바뀐다고 생각해요."

준서는 당당하게 대꾸했다.

"그래. 열심히 해라. 난 테니스나 치러 갈란다."

수형은 무심한 손짓으로 인사를 하며 자리를 떴다.

그의 뒷모습을 보고 있노라니 파리에서의 기억이 떠올랐다. 어느 가을날의 일이었다. 수업이 끝난 준서는 서둘러 테니스 가방을 챙겨 교실을 나섰다. 잠시 파리에 온 생테스와 테니스를 치러 약속 장소로 가는 길이었다. 그는 갑자기 친구들로부터 시위에 참여할 것을 권유받았다. 며칠 전에 파리 도심에서 벌어진 총기 테러 사건에 대한 시위였다. 그들이 준서에게 건넨 피켓에는 〈Je suis Charlie〉라는 문구

---

* 프랑스어로 '나는 샤를리다'라는 뜻. 2015년 1월 7일, 프랑스의 주간지 〈샤를리 에브도〉에 이슬람 원리주의자 성향의 두 테러리스트가 총격을 가했다. 이 사건으로 열두 명이 숨졌다. 사건 직후 파리 전역에서 대규모 시위가 진행되었다. '나는 샤를리다'에는 언론의 자유를 지지하고 테러에 저항하고자 하는 파리 시민들의 의지가 담겨 있다.

가 적혀 있었다.

그는 시위에는 별로 참가하고 싶은 마음이 없었다. 그저 하고 싶은 건 테니스일 뿐이었다.

"너는 이 사건에 대해 아무런 감정이 없어?"

한 친구가 그에게 날카롭게 쏘아붙였다.

"나도 물론 안타까운 사건이라고 생각해. 다만 시위에 별로 가고 싶지 않을 뿐이야."

준서는 받아든 피켓을 잠시 바라본 뒤 말했다.

"배신자! 너는 파리에 살 자격이 없어!"

"너랑 같은 학교 다닌다는 게 수치스럽다! 배신자!"

친구들은 그에게 화를 내기 시작했다. 한 친구는 테니스 가방을 발로 차기까지 했다.

"나는 배신자가 아니야!"

준서는 피켓을 들고 학교를 나서는 친구들을 향해 소리를 질렀다.

약속 장소에 도착한 준서는 오랜만에 만난 생테스와 다정하게 포옹을 했다. 테니스 코트에는 싱그러운 햇살이 가득 차 있었다. 시위는 무슨 시위. 이렇게 아름답고 완벽한 곳이 있는데. 준서는 생테스와 함께 열정적으로 땀을 흘리며 테니스를 쳤다. 준서는 경기를 마치고 생테스와 나란히 앉아 음료수를 나눠 마셨다. 잠시 숨을 돌린 준서는 입을 열었다.

"여기 오기 전에 일이 하나 있었어요."

그는 테니스를 치러 오기 전 있었던 일을 이야기했다.

"잘했다. 내키지 않으면 그건 너를 위한 일이 아니지."

생테스는 하얀 수건으로 땀을 닦으며 말했다.

"저는 친구들이 이해가 되질 않아요. 비극적이지만 이미 벌어진 일이고, 거리로 나가서 뭐가 달라진다는 건지…."

준서는 고개를 절레절레 흔들고는 음료수를 마셨다.

"준서와 친구들 사이에 옳고 그른 건 없어. 준서가 거리에 나가지 않는다고 해서 정의를 생각하지 않는 건 아니니까. 다만 친구들은 준서보다 파리를 사랑하고 있었을 게다."

그는 준서에게 다정한 미소를 건네며 말했다.

"파리를요?"

"그래. 준서는 파리에 별로 애착이 없지 않니?"

"파리에 대한 애착. 생각해 보니 없긴 하네요."

준서는 라켓을 만지작거리며 곰곰이 생각하더니 대답했다.

"준서도 언젠가 사랑하는 세계가 생기면 친구들처럼 피켓을 들고 있을지도 모른단다. 원래 사람은 지키고 싶은 게 있으면 위험도 무릅쓰고 자신의 모든 걸 내놓거든. 아저씨도 이따가 옛 친구들이랑 시위에 함께할 예정이란다."

"아저씨도 파리를 사랑하세요?"

"그럼, 사랑하지. 라바트 못지않게."

그는 준서의 머리를 쓰다듬으며 말했다.

저 멀리 테니스장으로 가고 있는 수형의 뒷모습에서 준서는 지난날 자신의 모습이 보였다. 어쩌면 이제 자신은 지난날과는 다른 행복을 찾고 있는지도 모른다고 생각했다. 나는 무얼 찾고 있는 걸까. 그는 포스터를 바라봤다. 세상을 바꾸고 싶은 건 아니었다. 대통령이 하야하든 말든 사실 상관없었다. 이게 정의인 건 알았지만 굳이 내가 나서지 않아도 다른 이들이 발 벗고 나서 줄 거라는 걸 알고 있었다. 그건 총학생회의 부원들과 캠퍼스를 가득 메웠던 시위대, 그리고 광화문의 촛불집회자들이 증명하고 있었다. 그렇다면 나는 무얼 위해 이렇게 매일 열심인 걸까. 준서는 자신이 하고 있는 이 모든 행위에 의문을 품자 단 하나의 얼굴만이 떠오를 뿐이었다. 그것은 주연이었다.

준서는 주연의 얼굴을 떠올리니 마음이 조급해졌다. 그녀는 자신과 성민 사이에서 마음을 저울질하고 있었다. 그는 불안했다. 성민 선배가 라이벌이 된다면 내가 승산이 있을까. 그녀는 성민 선배보다 내가 더 매력적인 남자로 느껴질까. 그녀가 성민 선배에 대한 마음을 접었던 건 분명 여자친구가 있어서였다. 그건 어쩌면 그녀만이 갖고 있던 금기였을지도 몰랐다. 그런데 이제 그녀에게는 금기가 없었다. 준서는 시간이 필요하다는 그녀에게 무얼 더 어떻게 해야 할지 막막하기만 했다.

총학생회실로 돌아가니 성민이 부원들을 불러모았다. 준서도 부원들과 함께 서 있었다.

"자, 주목. 오늘 중대 발표를 할 거야."

성민이 부원들을 앞에 두고 큰 목소리로 말했다.

"우리 SIA, 그리고 총학생회는 이제 시대에 발맞춰 나가야 한다는 생각이 들었어. 그래서 중대 발표를 하나 해 볼까 해. 준서가 제안한 거기도 하고."

그는 재미있는 사실을 혼자만 알고 있는 것처럼 미소 지으며 말했다.

"선배 뭔데 뜸 들여요. 더 궁금하게."

석진이 보채듯 말했다.

"이제 우리의 유일한 금기인 '연애 금지'를 없앨 거야."

"에이, 발표할 거 하나 더 있는 거 아니야?"

정우는 짓궂은 얼굴로 준서에게 물었다.

"아직은 아니지만… 좋은 소식 전할 수도 있겠지?"

성민은 부원들과 함께 있던 주연을 잠시 바라본 뒤 말했다. 그녀는 수줍은 듯 입을 가리며 미소 지었다.

이게 뭐지? 순간 준서는 심장이 철렁 내려앉는 기분을 느꼈다. 그는 그녀 혼자만 성민 선배를 좋아하고 있는 게 아니라는 것을 단번에 알아챘다. 방금 흐른 미묘한 기류만으로도 성민이 그녀에게 품고 있는 호감이 고스란히 드러났다. 아니 호감 이상으로 주연과 어떤 스토리도 있어 보였다. 게다가 부원들 몇 명은 이미 주연과 성민의 미세한 기류를 알고 있는 눈치였다. 준서는 마른침을 꿀꺽 삼켰다.

준서는 잠시 후 주연을 불러냈다.

"혹시 어떻게 된 거야?"

준서는 떨리는 목소리로 물었다.

"뭐가?"

주연은 불편한 태도로 대답했다.

"성민 선배랑 무슨 일 있는 거야?"

"아직 나도 마음 정리 중이야."

그녀는 준서의 눈을 피하며 말했다.

"어떤 정리를 하는데?"

준서는 조급하게 캐물었다.

"말했잖아. 나 시간이 조금 필요하다고. 요즘 내 감정을 나도 잘 모르겠어."

그녀는 옅은 한숨과 함께 머리를 쓸어 넘기며 말했다.

"설마 성민 선배랑 무슨 일 있는 거 아니지?"

준서는 다시 한번 묻고 싶은 이야기를 꺼냈다.

"준서야. 우리 지금 사귀는 사이 아니야. 이렇게 캐물으면 나 불편해."

그녀는 입술을 지그시 깨물며 말했다.

"아, 그렇지… 그래, 미안해."

준서는 머리가 아픈 듯 이마를 짚으며 답했다.

"조금만 더 시간을 줘."

그녀는 부탁하듯 말했다.

"얼마나 기다려야 해?"

"내가 마음의 준비가 되면 말해 줄게."

그녀는 미안함이 서려 있는 눈으로 말했다.

"알겠어. 기다릴게."

준서는 주연이 말하는 그날을 기다리느라 하루하루 마음을 애태우며 보냈다. 만일 그녀가 나를 선택하지 않으면 내가 여기 남아있을 수 있을까. 주연이 성민 선배와 공개 연애하는 걸 지켜보면서 부원으로 계속 활동할 수 있을까. 준서는 주연과의 사랑이 끝나면 자신의 일상이 어디까지 바뀌게 될지 이제는 내심 두려워졌다.

시위는 계속되었다. 준서도 부원들과 함께 매일 밤 광화문으로 향했다. 눈앞에 보이는 광경은 하루하루가 놀라움의 연속이었다. 이렇게 평화적인 시위가 가능한 건지 의구심이 들기도 했다. 모로코와 프랑스에서 겪었던 시위는 늘 폭력을 조장하거나 내포하고 있었다. 하지만 광화문은 달랐다. 모두들 촛불을 하나씩 손에 쥔 채 자리를 지키고 있었다. 무기가 될 만한 것은 하나도 없었다. 수십 만의 군중이 만들어 낸 촛불의 물결은 잔잔한 바다처럼 고요했다. 준서는 서울의 밤을 붉게 물들이는 촛불의 물결을 바라보며 형용할 수 없는 아름다움과 벅찬 감동을 느꼈다.

준서는 광화문이 좋아졌다. 함께 촛불을 들고 있는 이들이 모두 자신을 받아준 것만 같았다. 광화문에는 모든 게 있었다. 주연도, SIA도, 총학생회도, 자신을 시대의 영웅으로 여겨주는 군중들도 있었다. 그들과 함께 구호를 외칠 때면 자신이 가슴 깊이 서울을 사랑하고 있음을 깨달았다. 그는 리세 루이르그랑에서 함께 공부했던 친구들과 생테스가 파리를 사랑한다는 게 어떤 의미였는지 비로소 이해하게 되었다. 자신도 이제 피켓을 들고 있었다.

 그를 가슴 벅차게 만드는 게 또 하나 있었다. 수십 만의 군중들이 촛불을 흔들며 부르는 노래였다. 그들은 누가 시킨 것도 아니었지만 언젠가부터 서울 이데아를 합창하기 시작했다.

 내가 꿈꿨던 서울은 어디에

 서울에서 서울이 그리워
 서울에서 서울이 그리워

 서울 이데아, 서울 이데아, 서울 이데아
 서울 이데아, 서울 이데아, 서울 이데아

수십 만의 음성이 노래를 부를 때면 준서의 가슴은 고동 쳤다. 그에게는 서울 이데아가 주연과의 사랑 이야기로만 들렸다. 수십 만의 노랫소리는 촛불의 물결 속에서 그에게 외치고 있었다. 광화문의 이 모든 게 너의 것이 되고, 서울이 너의 도시가 되려면 그녀를 잡아야만 한다고. 한국에 뿌리를 내리고, 서울을 마음의 고향으로 만들려면 그녀를 쟁취해야만 한다고. 이제 그녀 하나만 잡으면 모든 게 그의 소유가 되는 것이었다.

준서는 〈대통령은 하야하라〉라고 외치는 군중의 구호가 이제 어떻게 할 거냐는 물음처럼 들려왔다. 하지만 쟁취해야 할 그녀는 점점 멀어져만 가고 있었다. 주연은 자꾸만 준서를 의도적으로 피했다. 총학생회실에서도 그와 마주치지 않으려 했고, 이제는 함께 같은 조로 일하려 하지도 않았다. 광화문에서도 점점 그와 함께 서 있는 걸 꺼려했다. 이제 준서와 그녀 사이에는 부원들이 두터운 방벽처럼 촛불을 든 채 서 있었다. 그는 촛불로 가득한 광화문이 미로처럼 느껴졌다. 그녀는 분명 코 앞에 있는데, 그녀에게로 가려면 먼 길을 돌고 돌아 가야할 것만 같았다. 그는 촛불의 미로 속에 갇혀 있었다.

이와는 반대로 성민은 주연과 하루가 다르게 가까워져 가고 있었다. 준서는 그들을 바라보며 마음이 찢어지게 아팠다. 아무것도 하지 않은 채 이 모든 걸 지켜만 보다가는 그녀를 잡을 수 없다고 생각했다. 그는 결국 승부수를 띄우기로 결심했다. 캠퍼스에서 부원들이 광화문으로 떠나는 걸 지켜본 뒤 그는 다른 곳으로 향했다. 그가 향한 곳은 꽃집이었다. 주연을 생각하며 플로리스트에게 가장 예쁘고 비싼 꽃다발을 만들어 달라고 했다. 그는 촛불이 아닌 꽃다발을 들고 광화문으로 향했다.

이른 저녁이었지만 광화문은 인파로 가득 차 있었다. 준서는 당황하지 않았다. 부원들이 광화문에 오면 항상 어디에 있는지 알고 있었다. 그는 촛불로 밝혀진 인파 사이를 몸으로 가르며 천천히 나아갔다. 광화문에서 촛불 대신 꽃을 들고 있는 건 준서뿐이었다. 저 멀리서 부원들의 뒷모습이 보였다. 그들에게로 향하며 주연이 어디에 있는지 살펴봤다. 그녀는 피켓을 들고 총학생회의 대열의 선두에 있었다. 준서는 그녀에게 꽃을 들고 다가가려니 가슴이 두근거렸다. 하지만 아무것도 하지 않으면 아무것도 얻을 수 없다는 걸 알고 있었다.

준서는 주연을 향해 성큼성큼 나아갔다. 그가 꽃다발을 들고 있는 걸 본 부원들은 눈을 동그랗게 떴다. 준서는 아랑곳하지 않고 그녀에게로 다가갔다. 그리고 그녀를 불렀다.

"주연아."

그의 음성에 그녀가 뒤돌아봤다.

"준서야. 이게 뭐 하는 거야?"

그녀는 준서가 들고 있는 꽃다발을 보곤 불편한 기색을 내비쳤다.

"이제는 말해 줘."

준서는 꽃다발을 내밀었다. 그의 행동에 부원들은 입을 쩍 벌렸다. 그때 어디선가 서울 이데아의 노랫소리가 들려왔다. 군중들은 하나둘 서울 이데아를 따라 부르기 시작했다. 부원들은 준서와 주연을 바라봤지만 수십 만의 합창 때문에 그들의 대화를 들을 수 없었다.

"주연아. 나는 너 아니면 안 돼."

준서는 꽃다발을 내밀며 큰 목소리로 말했다.

"이러는 거 이제 부담스러워."

그녀는 꽃다발을 보더니 눈을 질끈 감고 고개를 천천히

가로저으며 말했다.

"다 그만두고 제주도로 가자. 원하면 파리도 가자. 나는 우리가 함께 더 멋진 순간들을 만들 수 있다고 믿어. 내가 꼭 그렇게 만들게. 행복하게 해 줄게."

준서는 꽃다발을 다시 그녀에게 가까이 가져가며 말했다.

"준서야, 나도 너 좋아했어. 진심으로."

그녀는 준서의 손을 잡고 천천히 아래로 내리며 말을 이었다. 준서는 손등으로 전해지는 그녀의 온기를 느꼈다. 그녀의 손길을 따라 그녀의 눈 앞에 있던 꽃다발이 점점 아래로 내려갔다.

"이제 나는 성민 선배가 좋아. 준서 너는 나만 중요하다며. 세상이 어떻게 되든 상관없다며. 나는 중요한 사실을 깨달았어. 너와 함께하면 이 세상에 우리 둘밖에 남지 않을 것 같아. 하지만 선배는 달라. 선배와 함께하면 정의도 추구하고, 세상과도 호흡하며 살아갈 수 있어. 자, 봐봐."

그녀는 주위를 둘러보며 말했다.

"나는 이 시대 속에서 살고 싶어. 제주도와 파리가 꼭 아니어도 좋아. 나는 지금 이 순간이 더 좋아."

그녀는 자신이 너무 매정하다 싶었는지 미안한 얼굴로

덧붙였다.

"그래도… 우리는 친구로 지내자. 너를 잃고 싶지 않아."

그녀의 눈가에 눈물이 고여 있었다.

"진심인 거지?"

준서는 떨리는 목소리로 물었다. 그녀는 눈가에 눈물을 닦으며 고개를 끄덕였다.

"그럼 난 이제 갈게."

그는 금방이라도 쏟아질 것 같은 눈물을 참기 위해 어금니를 꽉 깨물었다.

"어디로?"

그녀가 물었지만 준서는 대답하지 않은 채 뒤돌아섰다. 그는 뒤돌자마자 참았던 눈물을 터뜨렸다. 하지만 우는 걸 들키고 싶지 않아 뒤돌아보지 않고 걷기 시작했다. 부원들은 모두 놀란 눈으로 준서를 멍하니 바라볼 뿐이었다.

그는 그녀와 멀어질수록 다른 것들과도 멀어지고 있다는 느낌이 들었다. 발걸음을 내딛을 때마다 그녀로부터, 총학생회로부터, SIA로부터 점점 멀어지고 있었다.

흐르는 눈물 때문에 준서에게는 광화문을 수놓은 촛불들이 신기루처럼 일렁거렸다. 귓가에는 계속해서 서울 이데아가 울려 퍼졌지만 오늘따라 유난히 슬프게만 들렸다.

그는 광화문 광장을 떠나며 마지막으로 뒤를 돌아봤다. 아름다운 융단처럼 광장을 수놓은 촛불의 향연이 자신을 추방하는 것만 같았다. 자신의 일부라고 여겼던 군중의 함성도, 촛불의 온기도, 노란 희망의 빛깔도 일순간에 아득히 멀어져 갔다. 그는 광화문이 미워졌다. 가을밤을 따뜻하게 수놓고 있는 수십만 개의 촛불도 싫어졌다. 들려오는 서울이데아에 현기증이 몰려왔다. 그는 손에 쥐고 있던 꽃다발을 바닥에 툭 던졌다. 원망하듯 일렁이는 촛불들을 한참이나 바라보더니 떨어지는 눈물과 함께 뒤돌아섰다.

준서는 텅 빈 집에 도착했다. 불도 켜지 않은 채 바닥에 앉아 소파에 등을 기댔다. 고개를 숙이고 흐느끼며 울기 시작했다. 얼마나 지났을까. 스마트폰이 울리기 시작했다. 주연일지도 모른다는 생각에 눈물을 훔치고 스마트폰을 들여다봤다. 하지만 그녀의 연락이 아니었다. 이메일 알람이었다. 준서는 무심코 이메일을 클릭했다. 그는 손을 떨기 시작했다.

메일은 생테스의 변호사가 보낸 것이었다. 그는 준서에게 생테스의 부고를 알렸다. 메일에는 생테스가 지난밤 심장마비로 사망했다는 소식과, 준서에게 그의 재산 일부와 오래된 랜드로버, 그리고 테니스 라켓을 남겼다는 소식이 적혀 있었다. 준서는 어두운 방 안에서 무릎을 꿇은 채 바닥에 고개를 숙이고 한참이나 꺼이꺼이 울었다.

그는 흐느끼며 바닥을 더듬더니 스마트폰을 손에 쥐었다. 어디론가 황급하게 전화를 걸었다.

"여보세요."

스마트폰 너머에서는 은혜의 목소리가 들려왔다.

"나야, 준서…."

그는 울음을 참기 위해 입술을 깨물며 말했다. 은혜는 한참 동안이나 말이 없었다.

"준서야. 나 남자친구 생겼어. 이렇게 연락하지 말아 줘."

그녀는 차가운 한마디와 함께 전화를 끊었다.

잠시 후 준서는 무언가를 결심한 듯 자신의 티셔츠로 눈물을 쓱 닦고 자리에서 일어났다. 구석에 있던 테니스 가방을 둘러메고 집을 나섰다. 그는 갑자기 캠퍼스로 내달리기 시작했다.

그가 도착한 곳은 테니스 코트였다. 코트는 굳게 잠겨 있었다. 준서는 가방을 펜스 너머로 던졌다. 자신도 펜스를 타 넘어 코트로 들어갔다. 그는 공이 가득 담긴 카트 두 개를 옆으로 끌어다 놨다. 가방에서 라켓을 꺼냈다. 그는 공을 집어 들어 반대편으로 강하게 서브를 날렸다. 계속해서 서브를 날리고 또 날렸다. 코트에는 라켓이 공을 강하게 타격하는 소리와 서브를 넘길 때마다 준서가 내뱉는 신음만이 울려 퍼질 뿐이었다.

카트에 담겨 있던 이백여 개의 공은 모조리 네트를 넘어 반대편으로 날아갔다. 이제 카트에 남아 있는 공은 하나도 없었다. 그의 얼굴은 땀으로 흥건했고 몸에서는 김이 모락모락 피어올랐다. 그의 눈에는 슬픔과 분노가 뒤엉켜 있었다. 분출되지 못한 응어리도 가득 차 있었다. 헉헉거리며 반대편을 노려보던 그는 갑자기 라켓마저 네트 너머로 힘차게 던져 버렸다. 반대편 코트에서 그에게 넘어온 것은 단 하나도 없었다. 그는 그대로 무릎을 꿇고 주저앉아 가슴속에 있던 응어리를 쏟아 내듯 거친 소리를 내질렀다. 가을밤의 캠퍼스에는 그의 절규가 애절하게 울려 퍼지고 있었다.

… 작가의 말

서울 이데아를 떠나보내며

 소설을 쓰겠다는 일념 하나로 모로코로 향했다. 캐리어에는 스물아홉 권의 책이 담겨 있었다. 모두 니체, 헤르만 헤세, 허먼 멜빌, 토마스 만, 알베르 카뮈, 주제 사라마구의 책이었다. 나는 그들과 함께 모로코의 수도인 라바트에 정착했다. 내가 자주 갔던 곳은 카페 카리온이다. 이곳은 십일월이라는 특이한 이름을 가진 거리에 자리 잡고 있었다. 나는 이곳에서 읽고 쓰며, 그야말로 문학을 향유하는 시간을 보냈다. 뜨거운 열정과 함께 두 편의 장편소설이 탄생했다. 그 두 책이 바로 『레지스탕스』(2018)와 『서울 이데아』다.
 카리온에서 레지스탕스를 집필하던 어느 가을날의 일이었다. 카페 한쪽 벽면에 걸려있는 티브이에서 익숙한 광경이 보였다. 바로 대한민국의 모습이었다. 화면 속에서는 수

십만 명의 시민들이 촛불을 들고 광화문에 서 있었다. 당시 모로코인들은 이 사건을 흥미롭게 바라봤다. 당연한 일이었다. 모로코는 입헌군주제이지만 왕을 비롯한 실권자들이 권력을 장악하고 있었다. 그들이 가진 건 거의 전제적인 권력이었다. 이 때문에 모로코인들은 권력에 대한 일종의 무기력함이 있었다. 그들은 자신들의 지도자를 바꾸려는 대한민국 국민의 목소리가 어떤 결과를 가져올 지 무척이나 궁금해했다.

  이 사건은 결코 나와 무관하지 않았다. 모로코 사람들은 내게 연일 질문 공세를 퍼부었다. 트램의 낯선 승객도, 부츠를 닦아 주던 구두닦이 아저씨도 이에 관해 물었다. 카리온에서는 옆자리에 있던 손님들도, 웨이터도 내게 티브이를 가리키며 질문을 던졌다. 나는 대한민국이 중요한 순간에 직면했으며, 우리는 반드시 더 나은 방향으로 나아가야 한다고 대답했다. 그들에게 대답하면 할수록 나는 점점 의문에 빠졌다. 그렇게 중요한 문제라고 말해 놓고 나는 지금 이곳에서 무얼 하는 것일까.

  대한민국은 역사의 전환점으로 접어들고 있었다. 그런데 나는 머나먼 타국에서 소설가가 되겠다는 비장한 각오로 집필을 하고 있었다. 무엇이 더 중요한 것일까. 나는 카리온에 앉아 노트북에 있는 원고와 티브이 속 광화문의 촛불을 바라보며 많은 생각을 했다. 하지만 조국으로 돌아가지 않았다. 대신 다른 이를 보냈다. 그는 모로코에서 살고 있는 스무 살의 청년이었다. 그는 나보다 더 한국에 가고 싶어했다. 그의 이름은 준서였다. 그렇게 카리온에서 『서울 이데아』가 집필되었다.

   그날의 원고를 칠 년 만에 꺼내 다듬었다. 이제 서울 이데아를 세상으로 떠나보낸다. 문득 궁금해진다. 그날, 나를 대신해 서울로 향했던 준서는 지금 어디에 있을까. 대한민국일까, 모로코일까.

2023년 5월

서울에서

서울 이데아

발행일 2023년 6월 14일 초판1쇄
인쇄일 2023년 5월 30일 초판1쇄

지은이 이우
편집 신희정
일러스트&디자인 정은경

발행인 이동현
발행처 몽상가들
주소 서울시 마포구 와우산로29나길 20 2층
SNS www.instagram.com/mongsang_books

ISBN 979-11-9116-805-1 03810
Copyright (C) 이우, 2023, Printed in Korea.

이 책 내용의 전부 또는 일부를 재사용하려면
반드시 저작권자와 몽상가들 양측의 동의를 받아야 합니다.